Aurélien Masson

présente

Paris Noir

Gallimard

Titre original :

PARIS NOIR

*L'édition originale de cet ouvrage
a paru chez Akashic Books, en 2008.
© Akashic Books, 2008, under license
from Akashic Books, New York.
© Asphalte éditions, 2010, pour l'édition en langue française.*

Cartographie : Aurélie Veyron-Churlet

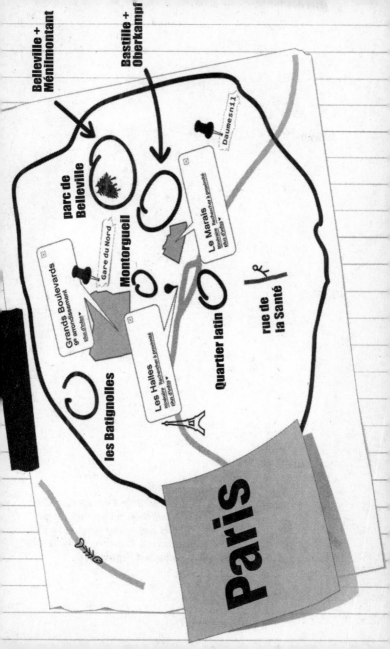

Aurélien Masson est né en 1975. Il s'adonne à des études dilet-tantes jusqu'à ses 25 ans, puis se lance dans un tour du monde qui le mène jusqu'au Népal. Depuis son retour dans la vieille France, Aurélien Masson se consacre à l'édition. Il dirige la collection « Série Noire » chez Gallimard depuis 2005.

Au lecteur français

C'est à l'occasion de la London Book Fair que
j'ai fait la connaissance de Johnny Temple. Perdu
dans un océan d'agents et d'éditeurs encravatés,
notre homme faisait penser à un corbeau ébou-
riffé tout droit envolé du New York du début des
années 1990, à l'époque où Giuliani n'était pas
encore le maire de la Grande Pomme et où le kar-
cher bobo n'avait pas encore totalement transformé la ville.

Depuis une dizaine d'années, à côté de ses activités soniques de bassiste, Temple dirige Akashic
Books, une maison d'édition entièrement indépendante dédiée à la culture populaire urbaine
dans son acception la plus noble. On trouve de
tout chez Akashic : des polars abrasifs qui vous
mettent le nez dans le bitume, des auteurs cultes
qui continuent de sentir le soufre comme Denis
Cooper, des ouvrages de musique, des essais criti-
ques... bref, une marmite bouillonnante et inspi-
rante. Dans un univers anglo-saxon dominé par
les grands groupes médiatiques où les rachats de

maisons d'édition sont légion, l'indépendance et
la radicalité assumée de ce petit Poucet de Brooklyn fait toujours rêver…

Très vite, Johnny m'a parlé de sa collection
autour des villes noires. L'idée est simple : un recueil
de nouvelles pour chaque grande ville. Appréhen-
der la réalité sociale d'une ville par le prisme de la
littérature. Inviter au voyage par les mots et la fic-
tion. Après avoir « capturé » l'esprit de plusieurs
villes américaines, Johnny Temple souhaitait maintenant ouvrir la collection sur le monde. La soirée
a continué, les bières ont coulé et, quelques heures
plus tard, Johnny m'a demandé si je voulais m'occuper du recueil dédié à Paris. Dire non n'a jamais
été mon fort…

Paris Noir a été conçu comme une auberge espagnole. L'envie était de mélanger les genres, de faire
se côtoyer des pointures du roman noir avec des
auteurs plus classiques que l'on a davantage l'habitude de retrouver dans les collections de littérature
dite « blanche ». De faire cohabiter dans un même
livre des raconteurs d'histoires et des ciseleurs de
mots. Bref, essayer de présenter un éventail le plus
large possible au lectorat américain.

Trois ans plus tard, c'est avec joie que j'apprends
que *Paris Noir* va être publié en France. Le cheval
de Troie parisien revient sur ses terres après un
long voyage de l'autre côté de l'Atlantique. Ce qui
me rend particulièrement heureux, c'est de savoir
que *Paris Noir* va être publié par une petite maison d'édition indépendante naissante : Asphalte.

Trois ans plus tard, c'est comme si le même combat continuait : David contre Goliath, petite maison mais grand désir... J'espère humblement que *Paris Noir* leur portera chance. Longue vie à Asphalte.

AURÉLIEN MASSON

Introduction
à l'édition américaine

« C'est bien de nous avoir enfin envoyé les nouvelles, mais n'oublie pas de m'envoyer une introduction. » Cela fait deux jours que le message électronique de Johnny Temple clignote sur mon écran d'ordinateur. Moi, si j'ai choisi d'éditer, c'est bien pour n'avoir jamais à écrire et rester dans l'ombre, à la manière d'un bassiste plongé dans le noir qui regarde en souriant le guitariste partir dans un solo endiablé.

À force de tourner en rond comme une souris sur sa roue sans qu'aucune lumière ne s'allume, j'ai décidé de retrouver le vieux Momo, le bouquiniste du coin. Si Paris est encore et toujours une ville noire, c'est d'abord grâce à Momo et tous ses compagnons de labeur, ces dizaines de petits libraires indépendants qui diffusent sous le manteau les vieux *pulps* des années 1950-1970. Tous les weekends, les amateurs se retrouvent, échangent leurs trésors contre de nouvelles merveilles. C'est Momo qui m'a formé l'œil, gamin, en me passant les Goodis, les Thompson et autres Chandler. Alors vous pensez, l'idée que la Série Noire fasse son entrée sur le devant de la scène américaine, ça lui fait tout chose. Nous, les Français, on est forts pour importer, mais exporter c'est une autre affaire.

Momo et moi, on grille une cigarette devant le café allumé. Deux mois maintenant que les fumeurs font des rondes sur le trottoir comme des pénitents. La première fois que je suis allé à New York, je m'étais amusé de voir ce ballet d'enfumés qui allaient et venaient des bars. Je me disais : « Jamais ça en France. » Finalement, nous, les Français, on fait tout comme les Américains, avec quelques années de décalage, au mieux. Alors Paris, chez Akashic Books, dans la collection des villes noires, il était effectivement temps. Momo me croit à juste titre en rade d'idées lumineuses, et le voilà parti sur un tableau historique de Paris, la ville du crime. Il me parle des classes laborieuses, donc forcément dangereuses, qui peuplaient le ventre de Paris au XIXe siècle avant que les bourgeois ne les chassent à coups de grandes avenues et de nettoyage urbain sous la houlette du non regretté baron Haussmann.

Deux bières plus tard, Momo est parti pour la butte Montmartre et les gangsters des années 1930-1950, les premiers deals de schnouff, les titis parisiens, les prostituées grande gueule avec leur argot qui effraye les notables. Le problème avec Momo, c'est qu'il aime bien la bière et que, plus il est amoureux, moins ses idées sont claires. Le voilà en train de parler de Melville, d'Alain Delon (une de nos spécialités, avec le camembert non pasteurisé) et autres images sépia. Pris d'angoisse, je prends soudain conscience que je n'ai quasiment rien retenu de cette leçon improvisée. Ce n'est finalement pas un hasard si les cours se font dans des salles de classe et non sur les tabourets mal rembourrés de bistrots à l'atmosphère trop claire (« Atmosphère, atmosphère, est-ce que j'ai une gueule d'atmosphère ? »).

À nouveau devant l'écran insomniaque de mon ordinateur, je me dis que l'essentiel est d'écrire que Paris est une ville qui vit et donc qui meurt tous les jours. Pas la peine de se cacher derrière l'histoire, les souvenirs de guerre. Ce qui menace Paris, même dans sa noirceur, c'est la « muséification », qu'elle devienne un grand parc d'attraction à peine plus grand qu'une miniature Disney. À Paris, tout est encore là, il suffit de regarder et d'ouvrir les yeux : à l'ombre de sa berline, le chauffeur de Marc Villard rêve de sauver l'amour de sa vie, une prostituée échouée sur le macadam comme un oiseau sur une plaque de mazout. Plus loin, gare du Nord, Jérôme Leroy mêle ses pas à ceux d'un homme en fuite, l'État à ses basques, les hommes en noir ne sont pas que des membres du FBI. Dans le même temps, Salim Bachi attire notre regard sur deux jeunes Maghrébins qui tentent tant bien que mal de s'intégrer à une société fermée ; malheureusement, à Paris, New York ou Karachi, la tentation de la violence est là, sournoise, insidieuse. Sans parler de ce Chinois déli-

cieusement dépeint par Chantal Pelletier, lequel
pensait goûter à la fameuse gastronomie française
avant de comprendre que c'est lui qui serait le morceau de choix.

Loin des clichés de cartes postales, nous assis-
tons aux côtés de Jean-Bernard Pouy à une révolte
des loufiats, des garçons de café qui se mettent en
quatre pour retrouver leur meilleur client mysté-
rieusement disparu. Le café, c'est là que tout se
passe, pas seulement les cours d'histoire alcooli-
sés de Momo. C'est ici, pour Christophe Mercier,
que les amoureux maudits se donnent rendez-vous
pour fêter Noël en secret. C'est encore dans un
café que le journaliste spécialiste des rumeurs sur
Internet de Didier Daeninckx a été vu pour la
dernière fois avant de se faire poignarder rue des
Degrés. Peut-être ne s'agissait-il pas de rumeurs,
allez savoir. En parlant de rumeur, ne dites surtout pas à DOA que la violence des Russes en est
une. Laissez-le vous parler de sa précieuse amie,
un mannequin russe qui aimait trop les diamants
pour passer inaperçue. Derrière le strass et le glam,
le monde de la mode cache de sérieux prédateurs.
Demandez à Layla, l'héroïne de Dominique Mainard, si elle voit la vie en rose. Pour elle, l'existence
n'a rien d'une émission de téléréalité et la jeune
chanteuse en herbe qui se rêvait en haut de l'affiche
finira bien bas sur cette terre. Pas d'oscar pour la
jeune rêveuse, juste un *body bag*. Sous ses airs de
pierre bien brossée, Paris reste un lieu de tragédie
quotidienne ; sous les pavés parisiens, le Pélopon-

nèse. Comme ce fils, décrit par Laurent Martin, qui revient au bercail après un long exil, pour découvrir qu'on n'échappe pas à ses fantômes, ni à ses amours perdues.

Par-delà les lumières, par-delà les bistrots, Paris parfois ressemble à un tombeau. C'est la ville qu'on fuit, ou du moins qu'on rêve de fuir. Mais à chaque coin de rue, le passé vous saute à la gueule comme une hyène grimaçante. Patrick Pécherot vous baladera au cœur du 17e arrondissement, non loin des quartiers de la Gestapo dans les années 1940. Quand la mémoire commence à vous jouer des tours et que le passé s'imprime sur le présent, la vie tourne vite au cauchemar. Ou la folie... Regardez Hervé Prudon déambuler dans le 14e arrondissement ; si vous lui demandez votre chemin, ne lui parlez pas en anglais ou vous risquez de vous faire répondre « *no comprendo* l'étranger ». Je vous conseille plutôt de le suivre sans un mot, prenez les chemins de traverse, arpentez avec lui la rue de la Santé, une rue où l'on trouve pêle-mêle une prison, un hôpital psychiatrique et la dernière demeure de Samuel Beckett, découvrez son Paris féerique qui n'existe que dans sa tête. Après tout, on ne vit pas sa ville, on la rêve. Il ne me reste plus qu'à vous souhaiter d'« entrer dans le rêve ».

AURÉLIEN MASSON

Playlist

La playlist est une sélection musicale qui accompagne et prolonge votre lecture. Les morceaux ont été sélectionnés par l'anthologiste et les auteurs eux-mêmes.

Retrouvez les morceaux de la playlist sur le site <u>www.folio-lesite.fr/villesnoires</u>

GUNS N'ROSES, *Welcome to the Jungle*
FELA KUTI, *Lady*
JEAN YANNE, *Pourquoi m'as-tu mordu l'oreille ?*
JEAN FERRAT, *Que c'est beau la vie*
GIACOMO PUCCINI, *E lucevan le stelle* (acte III de la *Tosca*)
ELLIOTT MURPHY, *Wild Horses*
BRIAN ENO, *Baby's on Fire*
LOUIS ARMSTRONG, *La Vie en rose*
REMEDIOS SILVA PISA, *Naci en Alamo*
PATRICK SAUSSOIS & ALMA SINTI, *Coin de rue*
VON BONDIES, *Pawn Shoppe Heart*
FRANZ FERDINAND, *Auf Achse*
BOB DYLAN, *Ballad of a Thin Man*

I

VILLE LUMIÈRE,
VILLE TÉNÈBRES

Les Halles

LE CHAUFFEUR

Marc Villard

Marc Villard, né à Versailles, a commencé par le football et le rock banlieusard. Il travaille ensuite comme graphiste et publie des poèmes. Aujourd'hui, il écrit des nouvelles et des scénarios de BF. On peut lire Rouge est ma couleur, Entrée du diable à Barbèsville *ou* La guitare de Bo Diddley *(Rivages). Il vit à Paris et travaille à Gennevilliers.*

VANIA

J'étais pas loin des Halles, c'est mon destin.

À trois pas du Sunside avec les énervés du saxo ténor. J'arpentais les rues à midi avec ceux qui ne travaillent pas, mais aussi les Teutons biturés au houblon et les gravosses du Midwest. Cuir et lobotomie.

J'avançais sur mes talons de merde. La troublante Antillaise. On ramait dur, les macs tournaient, se revendaient les filles et Alicia m'avait même dit : « Vania, arrête la rue, tu vaux mieux que ça. »

Tu parles, Charles.

À Fort-de-France, ma mère était sans job et j'envoyais un paquet de fric pour nourrir mes deux frères. Je roulais masquée ; elle me croyait infirmière à l'Hôtel-Dieu. J'écartais les cuisses, je faisais « oh oui, chéri » et le fric partait pour la Martinique. Un beau soir, je pleurnichais sur un café dans un rade rue Montmartre et Mister K, le dealer des Halles, s'était posé face à moi.

« Tu déprimes, Vania.

— Je merde. Tout mon fric part pour la famille.

— T'es pas assistante sociale, laisse-les se débrouiller.

— Je sais pas quoi faire. Je vais peut-être retourner aux Îles.

— Je peux t'aider.

— Je suis incapable de dealer quoi que ce soit à part mon cul.

— Non. Tu fais la mule. On te charge en coke, tu arpentes et mes dealers viennent s'approvisionner dans ton sac à main.

— Je ne vois pas l'intérêt.

— Les mecs ne risquent rien et les flics du quartier te connaissent : t'es clean. C'est tout bon pour le deal. »

J'ai dit oui.

Le poumon rouge des bars.

Les clodos enragés.

La came vibrionnante.

Rien n'avait changé mais tout avait bougé pour moi.

J'étais Mata Hari, l'espionne en danger de mort. La rue impatiente, la transpiration du boucher, tout faisait problème. J'avais des yeux derrière la tête.

Et au cours du tapin, j'hypnotisais mon sac pendant qu'un hystérique du cul venait ahaner entre mes cuisses.

Mister K me chargeait à sept heures.

Ses trois dealers prenaient les doses à onze heures, midi et dix-sept heures. Mine de rien, je doublais mon mois, j'achetais des fringues, des sous-vêtements saumon pour le dimanche. Les macs, me sachant dans l'équipe Mister K, me fichaient une paix royale.

J'ai commencé à descendre dans les entrailles du RER pour arranger le K. Et là, j'ai plongé tout au fond de la nuit, de la drogue et du sexe.

Cadavres titubants.

Camés au crack.

Baiseurs de dobermans.

La lie de la terre survivait dans des coursives abandonnées par ceux de la vraie vie. Dans cet infra-monde, rien n'était plus comme avant. Les flics, par exemple. C'est comme ça que j'ai rencontré Nico.

J'avais mes habitudes dans le RER B.

Des caches de deals.

Des grabats à tous vents pour les voyeurs.

La température pouvait grimper à 35 °C et je bossais à moitié nue. Puis un matin, ce type est arrivé. Cheveux bruns frisés, costard fripé, chemise hawaïenne. Très souple, monté sur Epeda.

« Salut, Vania. Il me faut vingt grammes.

— T'es nouveau ? Je t'ai jamais vu.

— Je suis la petite merveille à Mister K. J'arrive et j'explose le marché. Aboule la came. »

J'hésitais. On était entre deux horaires et ce type débarquait comme une fleur. Bon. J'ai ouvert mon sac à main en passant les environs au laser.

« Rapproche-toi et prends tes sachets. »

Il s'est collé à moi, a glissé sa main dans mon sac et m'a planté un Sig Sauer dans la chatte.

« Bouge pas, c'est un flag'.

— T'es... t'es... t'es même pas flic ! »

Il a sorti la main de mon sac et m'a brandi sa carte sous le nez.

Putain, la gerbe.

Les flûtes en coton.

J'ai pensé à maman.

À l'odeur de la taule.

À Mister K, *of course.*

Puis Nico m'a fait reculer dans un local de chaufferie, a confisqué mon petit Prada et m'a balancé une claque monstrueuse sur la pommette.

Son corps sur moi.

Ses mains partout.

Son macaroni en bataille.

Nos souffles enragés.

Je le bourrais de coups de poing, il me pilonnait avec son flingue. Il a pu tirer son coup mais il a souffert pour en arriver là. On se regardait comme deux fauves dans une bauge. La haine que j'avais.

« Vous m'avez violée, espèce de salaud.

— On viole pas les putes. J'ai oublié de payer, c'est tout. »

Il a sorti la came du sac à main. Cinquante grammes en sachets. Son sourire de larve.

« Vous allez m'arrêter ?

— Je ne sais pas. Je dois réfléchir.

— Magnez-vous, faut que je change de fringues.

— Voilà. Nous avons deux solutions. Je te mets les pinces, tu plonges et tu pars en vacances à Fleury-Mérogis. Ou alors je ferme les yeux, mais faut que tu sois gentille avec moi.

— Tu veux baiser gratos.

— Non. Je veux un pourcentage.

— Sur la came ?

— La coke, c'est fini pour toi. D'ailleurs, ça ferait mauvais genre qu'un flic des stups du secteur Saint-Denis touche sur la came. Non, je veux ma part sur le tapin.

— J'ai ma famille à charge et je gagne peu.

— Va mourir avec ta famille. C'est moi, ta famille, pupuce. Qui plus est, on va te sortir du tapin bas de gamme, car ton cul ténébreux mérite mieux. Tu choisis.

— N'importe quoi, mais pas la taule. »

Il m'a rendu mon sac. Je me suis relevée, la gueule en sang.

« On fait quoi ? j'ai dit.

— Rien pour le moment. Je m'appelle Nico Diamantis, c'est moi qui te contacterai.

— Super. »

J'ai retrouvé seule la lumière du jour. J'avançais dans les rues borgnes, le cœur en déroute et la tronche de travers. Les copines que je croisais faisaient genre « houlala, la branlée ».

Mister K m'a retrouvée rue des Lombards. J'avais ma dose, alors derrière un café-crème, je lui ai tout déballé : la came envolée, Diamantis aux fesses et le deal à l'eau. Il est resté calme ; c'est un mec de Lagos qui a serré la main à Fela Kuti quand le *Black President* ignorait tout du sida.

« Tu m'as dit la vérité, Vania. Te bile pas, cinquante grammes, c'est pas la mort. Obéis à ce flic pourri mais fais gaffe à ton cul. Je le sens pas bien. »

Il s'est glissé dans la nuit et je suis restée comme une cloche à pleurnicher sur mon avenir de suceuse.

Nico m'a appelée sur mon portable trois jours plus tard.

« Comment tu connais mon numéro ?

— Je suis flic, c'est mon boulot. On se retrouve dans vingt minutes au Ciné Cité. Premier rang de *Trois enterrements*, affole-toi. »

Il a commencé à me caresser les cuisses quand le copain de Tommy Lee Jones s'est fait buter. Puis il m'a expliqué comment j'allais vivre à partir du lendemain.

« J'ai réfléchi. Je vais passer tes coordonnées sur Internet. Contact sur site. Après, j'arrose tous les friqués avec une carte de visite genre : "Vania, toutes positions. Laisser un message au…" Je te donnerai un second portable spécial tapin, j'ai un pote chez Orange. Toi, tu abandonnes la rue, tu achètes des fringues et tu attends le miché. T'es comme une star, quoi. C'est toi qui livres le cul à domicile et tu te limites à Paris. Pas mal, non ?

— Ouais. Combien tu prends ?

— Je prends tout et je te laisse de quoi vivre correctement.

— Hé, ça va pas ?

— J'ai fait analyser les sachets de cocaïne, tes empreintes sont partout. Qu'est-ce que tu disais, au fait ? »

Merde, merde, merde.

Après, j'ai roulé close.

J'achetais mes calebars chez Chantal Thomas : quinze grammes de mousseline et du fantasme au kilo.

Je traversais Paris en métro, et parfois en taxi quand la thune rentrait fort. Trois semaines plus tard, en quittant le duplex d'un producteur rue de Ponthieu, je me suis fait tabasser par deux crevures. Le fric et ma jeunesse ont disparu en cinq minutes.

Nico n'a pas aimé que le fric s'évapore.

Il m'a trouvé un chauffeur.

Keller.

Genre 180 centimètres, 80 kilos. Il ressemble au tueur avec chapeau dans *Tuez Charley Varrick*.

Keller me prend à la maison, rue des Lombards, et me largue à l'adresse des clients. Pendant mon numéro, il patiente dans sa caisse, fume des cigarillos cubains et chope du jazz *neo-bop* sur TSF. Un jour, avant de quitter la voiture, je me suis penchée sur lui, derrière son volant.

« Dis donc, Keller, quand je me fais sauter devant, derrière, par tous ces mecs, tu fantasmes pas un minimum dans ta Seat Ibiza ?

— J'essaie de ne pas y penser. »

J'ai regardé ses yeux. Ils étaient rouges et il prenait bien soin de ne pas les tourner vers moi. Quelle conne j'étais ! Le seul mec qui était prêt à mourir pour moi. J'ai posé ma main sur son avant-bras et l'ai serré un moment. Parler m'aurait enfoncé.

Je repense à tout cela ce soir. Keller m'a sauvé des pattes de deux crackers brésiliens derrière Beaubourg et nous reprenons notre souffle dans la voiture.

« Me ramène pas tout de suite, Keller. Roule un peu en bord de Seine. »

Deux heures du mat'. Nous glissons près du pont des Arts. Guitares, macramé et fromage de chèvre. Le Louvre, les péniches de guingois. Je tape sur son épaule à hauteur de la rue du Bac.

« Arrête-toi, je vais fumer une cigarette. »

J'abandonne mes talons aiguilles et j'avance, pieds nus sur le pont, en suçotant une Camel. Keller, légèrement en retrait, ne sort pas ses Cohiba. Un dernier bateau-mouche illumine les quais.

Rosbifs gouailleurs.

Japs autofocus.

Mémés dégueulantes.

Sans me tourner vers lui, je demande :

« Ça fait combien de temps qu'on bosse ensemble, Keller ?

— Six mois.

— Il te tient comment, Nico ?

— Je pourrais partir.

— Pourquoi tu restes, alors ? »

Il regarde la flotte qui grouille à nos pieds, noire, tel un mauvais rêve.

« J'aime ce job. »

On se dévisage pendant un siècle. Je reprends :

« Je roule en voiture, on me baise sur de chouettes moquettes, mais j'ai très peu de fric en fin de mois. Ce fumier me laisse à peine de quoi soutenir ma famille en Martinique. Je dois m'arracher à cette merde, Keller.

— Le tapin ou Nico ?

— D'abord Nico. »

Finalement, il enflamme un cigare. Je me demande quel prénom il peut porter.

« Je connais un flic honnête, dit-il. Enfin… je pense.

— Ça irait trop loin. La parole d'une pute contre celle d'un capitaine, c'est joué d'avance. Je ne veux pas en faire un truc officiel, j'ai pas le feeling pour ça. Je vais réfléchir, je trouverai quelque chose.

— Si tu as besoin, fais-moi signe.

— Je sais, Keller. »

30 mai, dans la ville maboule. Nico, flanqué de son larbin (Lhostis, un quintal de viande avariée) me klaxonne rue du Louvre. La poste centrale ferme ses portes, les gens normaux rentrent à la maison. Trois pas vers la Safrane avec options.

« Salut, Nico.

— Voilà ta part. T'as pas foutu grand-chose, ce mois-ci.

— J'ai des règles douloureuses.

— Ben voyons. Je t'ai trouvé un savant fou qui veut baiser en regardant *Bambi* à la télé.

— C'est toujours mieux que le Belge avec son serpent.

— C'est juste. Mets le turbo, Vania, j'ai besoin d'argent. »

Là-dessus, il fait demi-tour sur le bitume et disparaît en direction de la rue Montmartre.

Je regarde à l'intérieur de l'enveloppe et de suite, j'ai envie de buter ce fumier. Puis je pense à Noémie. Sa petite femme bien propre.

Deux gosses, la raie à droite.

Une culture en pots Gerber.

Les promenades au Jardin d'Acclimatation.

La bonne odeur du chou-fleur.

Le dimanche chez mémé, après la messe.

Je vais salir son paradis blanc.

Lendemain matin. Dix heures.

Nico est arrivé à deux heures, bourré force 5. Il m'a sortie du lit, à poil sur une chaise, le cul au ciel. Pendant qu'il sodomise, il hurle des saloperies, me lacère le dos, change de langue, baragouine en grec et lâche sa semence n'importe où en réclamant une bière.

Il vient de sortir, donc. Permanence au commissariat. Du coup, je file sous la douche, ensemble en lin, lunettes noires et fissa en taxi chez la famille Diamantis, rue des Sablons à Neuilly.

C'est Noémie qui vient m'ouvrir. Nico m'a montré des photos : un sosie d'Anémone Giscard d'Estaing. Beurk.

« Noémie Diamantis ?

— Oui. Nico n'est pas là.

— Je sais, je viens pour vous.

— Vous êtes qui ?

— Une pute. »

Puis je la repousse dans son vestibule décoré avec une vaisselle de Delf à chier.

« C'est gentil chez toi, Noémie.

— Mais, qu'est-ce que…

— Respire, t'es toute rouge. »

Je m'assois et sors une Camel. J'aime la fumée.

« Je te la fais version courte. Nico, ton chaton, améliore ses fins de mois et fait vivre sa famille à Neuilly grâce à moi. Je baise, je suce et il passe à la caisse. En prime, il me nique en pleine nuit *because* t'arrives plus à faire bander popaul, ma biche. J'en ai marre de ce cirque, j'ai besoin d'argent, alors tu dis à ton Nico que sa femme, c'est toi, et qu'il me lâche la grappe. *Comprendo ?* »

Masquée, Noémie. Un blanc crayeux.

« Partez immédiatement. »

L'un des jumeaux débarque à l'improviste en pyjama Mickey avec un Fisher Price déglingué à la main.

« C'est qui, maman ?

— Personne.

— C'est la gagneuse à ton vieux, mon lapin. Bon, Noémie, je compte sur toi. »

Et je m'arrache, pas mécontente.

Pendant une semaine, je n'entends plus parler de Nico. Keller a changé de voiture ; maintenant, nous roulons dans une Mercedes d'occasion. Allume-cigare et vachette pleine peau. Je visite les âmes en peine, place des Victoires, rue Beaubourg. J'ai aussi deux publicitaires qui survivent dans des lofts à Bastille. Je bois du bordeaux, mange du pain Poilâne et me prends deux kilos sur les fesses.

Là, pour le moment, on roule boulevard Sébastopol en direction de Saint-Georges. Le type vivote dans un troisième étage rue Clauzel. Keller gare la caisse : vingt-deux heures.

« À plus, Keller.

— Tu connais le mec ?

— Non. Coleman, ça te dit quelque chose ?

— Rien. J'irai voir si ça traîne. »

Ascenseur sans Clayderman. Troisième étage, Coleman. Le type qui ouvre est dans le noir.

« Monsieur Coleman ? »

Il me tire à l'intérieur, claque la porte et je stoppe un pain qui m'éclate le nez. La moquette est épaisse. Du coin de l'œil, j'accommode et découvre le grand flic, Nico Diamantis, en survêt' de compétition. Il se penche sur moi, franchement énervé, et me retourne une dizaine de claques. Je vais tomber dans les vapes.

« Alors comme ça, tu débarques *chez moi*. Chez moi, devant ma femme et mes enfants, et tu donnes des ordres ! Mais t'es qui, toi, t'es rien qu'un morceau de barbaque, un flipper à deux trous, alors tu fermes ta putain de gueule et tu restes à ta place, *capice* ?

— Impuissant banlieusard », je bafouille.

Il me relève et me prend la tête en me propulsant contre une sérigraphie protégée par une vitre. Je m'écrase contre le verre, mon visage est en sang, je vois plus rien, puis il me rattrape, m'arrache mes fringues et me pile l'estomac.

La moquette.

Les coups.

Son odeur.

Ses doigts dans mon corps.

Et ça vient du bout du monde : Keller. Je rafle un cendrier et le jette sur la fenêtre la plus proche. L'autre souffle comme un bœuf, me retourne et m'écrase les dents avec son coup-de-poing américain. Quelque chose de rouge claque dans ma tête.

Et je plonge en arrière, le corps vibrant.

LES AUTRES

Keller, au bruit, lève vivement la tête. Troisième étage. Vania. Il saisit son Beretta dans la boîte à gants puis, le cœur djembé, gagne l'immeuble en quelques foulées. Il avale les degrés jusqu'à l'étage, tambourine à la porte de Coleman. Un bruit de course à l'intérieur. Keller se recule et, en trois coups de talon, bouscule la clenche et libère le panneau de droite. Tout est sombre mais, dans la pièce principale, il percute un tas de chiffons immobile. Il remise son flingue, se penche sur Vania qu'il

retourne. Le visage n'est plus qu'une flaque de
sang. Keller, en fibrillation, se penche. Écoute le
cœur de la jeune fille. Puis se détourne en serrant
le poing. Un appel d'air dans la cuisine. Le chauffeur débarque, déjanté, sur les lieux. La porte
donnant sur l'escalier de service est ouverte. Il
se casse sur la rambarde. *Nobody*. Maintenant, il
revient côté rue, éteint la lumière et se penche à
la fenêtre pour voir Diamantis virant vers Saint-
Georges dans sa caisse de parvenu. Keller retourne
vers Vania. Sort son portable.

« Diego, c'est Keller. Tu bosses toujours dans ta
clinique à Poissy ? OK, prépare une chambre et
préviens les urgences, j'arrive. »

Puis l'homme se penche sur Vania. Les yeux rouges et la voix vacillante. Personne ne peut l'entendre, alors il chuchote contre ses cheveux : mon ange,
ma petite fille, mon amour. Il s'agenouille sur la
moquette synthétique, soulève le corps meurtri et,
après un temps d'hésitation, emprunte l'escalier
de service.

Dans une pièce pourrie au sous-sol de son commissariat, Nico Diamantis expédie une dernière
claque à un dealer de proximité.

« La drogue, c'est mal, Rachid.

— Je t'encule. »

Le Grec lève les yeux au ciel et balaie vivement
les pieds de la chaise soutenant l'adolescent. Puis
le bourre de coups de pied. Le môme se rencogne
en fœtus. Lassé, Nico tourne les talons et ferme la
porte à clef.

Bureau. Dix tonnes de dossiers. Lhostis progresse vers lui, soufflant lourdement. Cholestérol et Marlboro. Et se pose sur le fauteuil tubulaire.

« J'ai fait les trois commissariats du coin, comme tu m'as dit. *Nobody.*

— L'appartement ?

— Je suis entré par la porte de service, elle n'est plus là.

— La morgue ?

— J'ai téléphoné, ils n'ont pas vu de Black depuis cinq jours. Tu es sûr qu'elle était morte ?

— Sûr, sûr... J'en sais rien. Elle bougeait plus et je suis parti quand j'ai entendu cogner.

— T'es dans la merde.

— Merci, tu m'aides beaucoup.

— Et le chauffeur, Keller ? »

Maintenant, Nico pense. C'est un travail douloureux pour lui car il n'a pas l'habitude.

« Oui, je vois. Il attend dans le quartier, elle revient pas, il frappe, il cogne et...

— Et quoi ? dit Lhostis.

— Un hôpital.

— Sûrement pas. Tu le prends pour un débile ?

— Un peu.

— Une clinique privée, Nico. Va falloir se cogner tous les annuaires pour retrouver cette abrutie. Tout ça pour que tu puisses parader devant Noémie. On rêve.

— On touche pas à ma famille. Mets-toi sur Internet, ça ira plus vite. »

Pendant que Lhostis s'installe derrière son ordinateur, Nico pose un œil distrait sur ses dossiers. Puis pense : Vania, l'appartement, je suis con.

Il prend sa veste et descend au garage où somnole la Safrane. Deux lignes de coke sur le tableau de bord. Putain, la pêche.

Il arrache la voiture au garage et met le cap sur la rue des Lombards. Il ne voit pas la Mercedes qui déboîte derrière lui.

Rue Saint-Martin, Turbigo, puis le parking souterrain du Forum. Il a fini par louer à l'année pour s'éviter la dépression d'une quête de place en surface. Troisième sous-sol.

Il grimace.

Trois sans-papiers se partagent un Big Mac marécageux.

À l'extrémité du niveau, il repère un espace entre deux Clio. Il s'y engouffre. Portable. Un bisou pour Noémie, puis Nico pense encore. Je dois me trouver une pute. Bon. Il se lève, direction l'ascenseur. Keller, accroupi derrière la Clio de gauche, plonge sur le flic et le larde de trois coups de couteau au niveau du cœur. Pour faire bon poids, il enfonce le silencieux du Beretta dans la bouche du flic et appuie par deux fois sur la détente.

Plus tard, repassant devant l'entrée, il s'approche du sans-papiers qui surveillait la Mercedes mal garée et lui tend vingt euros.

« Tu vois, c'était pas long. »

C'est un sergent en tenue qui prévient Lhostis à son arrivée au commissariat de Saint-Denis, le lendemain.

« Lieutenant, Diamantis s'est fait buter. »

Lhostis se fige. Ses triglycérides également.

« Comment, bordel ?

— Trois coups de couteau dans l'abdomen et deux pruneaux dans la bouche. Il se fait charcuter à l'Institut.

— Qui l'a trouvé ?

— Un commerçant du Forum qui récupérait sa Clio. Il était par terre, au troisième sous-sol. La porte de sa caisse était encore ouverte.

— Ça pue le contrat.

— Oui, je suis d'accord. On est tous avec vous pour trouver le salaud qui a fait ça.

— Oui, oui. Je file à l'Institut. »

Pendant qu'il roule, Lhostis se repasse le mauvais film. Vania. Noémie. La tuerie ratée. Et maintenant, ça. Il n'est pas très chaud pour jouer les justiciers. Ce connard de Nico. Enfin, quand même.

Quinze minutes plus tard, devant le cadavre étendu à la morgue, il se décide enfin, sort son portable et compose le numéro de Noémie Diamantis.

À la clinique de Poissy, Keller veille la jeune prostituée. La partie supérieure de son corps disparaît sous des couches de gaze. Des tuyaux magiques relient Vania à un matériel médical compliqué.

Un toubib en blouse blanche évoquant George
Clooney entre dans la chambre. Il avise Keller.

« Vous avez fait une déclaration à la police ?

— Non. C'est une prostituée.

— Je connais des flics honnêtes.

— Pas moi. Je peux dormir dans la chambre,
cette nuit ?

— Demandez à l'infirmière. Je ne sais pas si elle
vous l'a dit, mais cette jeune femme devra se faire
remodeler le visage. Rien n'est sûr, quant au résultat.

— Je lui dirai.

— Bien. Je repasse dans cinq heures. »

Quand Lhostis pénètre chez les Diamantis à
Neuilly, la famille s'est convertie au deuil. Noémie en tailleur noir Chanel. Et les gosses en gris
avec socquettes blanches. Noémie, remontée.

« Épargne-moi les condoléances. Il me trompait
avec une pute, sans compter ce qu'il me cachait et
que tu sais très bien.

— C'était le père de tes enfants.

— Merci de m'en informer. C'est pour ça qu'il
faut venger Nico.

— On venge personne chez les flics.

— Dix mille euros, ça peut t'aider à y penser. »

Lhostis dans les nuages. Depuis le temps qu'il
veut s'offrir un bateau à moteur pour caboter au
large de Marseille. Là, il est en train de choisir la
couleur.

« Tu atterris, Lhostis ?

— Cinq mille maintenant, cinq mille à la livraison du responsable.

— La responsable.

— Elle n'a pas pu le tuer, elle était très amochée. Le chauffeur, peut-être.

— C'est elle qui tire les ficelles. Démerde-toi pour la trouver.

— J'ai fait tous les hôpitaux d'Île-de-France. Il me reste les cliniques, ça ne sera pas long. »

Noémie, penchée sur un petit bureau Régence, rédige un chèque et le tend au flic. L'homme et la femme se dévisagent.

« Comment tu vas vivre, maintenant, avec les gosses ?

— Mes parents ont de l'argent, c'est pas un problème. Enfin si, c'en est un, car Nico a toujours voulu gagner du fric par lui-même. Ce qui explique cette prostituée. Détruis-la. »

Dans la chambre de Vania, Keller est agenouillé près du lit. Il presse la main de la jeune femme et, pour la première fois, elle répond à son geste.

Elle ouvre un œil tuméfié. Le referme.

Keller, abîmé dans une prière païenne.

Les couteaux d'un orage giclent sur les vitres.

L'ordinateur de Lhostis a craché soixante-cinq cliniques privées.

Trois flics en tenue ont donné un coup de main. Puis à vingt heures trente, la nouvelle tombe : une jeune Black non identifiée en réa à la clinique des

Myosotis sur le plateau de Poissy. Lhostis renvoie les flics chez eux, France-Géorgie les attend sur la Une, en éliminatoires de Coupe d'Europe.

Présentement, il roule.

La forêt de Saint-Germain étire sous ses yeux un décor obscur. Ses deux couteaux de combat reposent sur le siège avant.

Il pense acheter un Beneteau en fibre de verre, c'est une bonne marque. Blanc, à parements bleus, avec un moteur Yamaha pour propulser l'ensemble.

À Marseille, l'eau est à 20 °C.

Les Myosotis. Nous y sommes.

Lhostis gare sa Civic sur un parking pratiquement désert. La lumière du hall éclabousse le rez-de-chaussée.

Le flic revêt une blouse blanche pourvue d'un stéthoscope dans la poche de poitrine, chausse des lunettes aux verres cylindriques et dissimule un couteau de combat dans son dos, coincé par la ceinture du pantalon. La réceptionniste n'est pas africaine. Elle abandonne la lecture de *Voici*.

« Docteur Granger, dit-il. Je suis le médecin traitant de la jeune fille, Vania, que vous avez placée en réa.

— Elle est sortie. Maintenant, elle occupe une chambre individuelle.

— J'en suis heureux. Le docteur Varant m'a dit que je pouvais passer la voir ce soir même. C'est possible ?

— Bien sûr, docteur, mais je n'ai personne pour

vous conduire. Elle est dans la 24, au premier étage.
Vous saurez trouver ?

— Pas de problème. »

Le premier étage somnole. Face à la chambre 24,
Lhostis saisit son poignard, le tient serré à l'intérieur de son bras. Et pousse la porte.

Vania dans le sombre. Bandée. Sa bouche est
découverte mais ses yeux sont clos. Le flic s'avance
lentement, fait glisser son arme dans son poing.

Le Tokarev de Keller fait ploc et sa balle arrache l'œil gauche du policier. Une gerbe de sang, le
corps se tasse. Le chauffeur, en deux bonds, récu-
père le flic et le tire sous la lumière du lavabo.
Satisfait par ce qu'il voit, il subtilise les papiers de
Lhostis, puis se rapproche de Vania. Il actionne
une lampe tamisée. Elle ne dort pas. Penché sur
elle, il effleure ses lèvres avec son doigt. Un mur-
mure franchit cette bouche.

« Keller… emmène-moi. »

Le chauffeur fait oui avec la tête, remise son
arme et lève le corps fragile dans ses bras. La pluie a
cessé, le décor hyperréaliste se découpe derrière
la fenêtre.

Keller connaît une île perdue, à l'est de la Suède.

Il y pleut constamment et le poisson est un plat
récurrent. Ça suffira pour le moment.

Belleville-Ménilmontant

LE CHINOIS

Chantal Pelletier

Chantal Pelletier est née à Lyon en 1949 et a étudié la psychologie. Elle mène en parallèle son activité théâtrale et sa carrière littéraire puis devient scénariste pour la télévision et le cinéma. Elle est plus connue des lecteurs de polar pour son héros Maurice Laice, à qui elle a consacré quatre romans : Eros et Thalasso *(Folio policier n° 402),* Le chant du bouc *(Folio policier n° 262),* More is less *(Folio policier n° 521) et* Montmartre, Mont des Martyres.

C'est la dernière chose que Luc m'a dite sur le pas de la porte : « Déconne pas, prends tes cachets, Sonia. » J'ai hoché la tête. J'aurais effectivement dû recommencer mon traitement, mais je me croyais stabilisée et j'en avais assez d'avaler tous les jours des cochonneries. Dehors, le long de nos fenêtres, les premiers muscaris perçaient la terre des pots de céramique. On est sortis dans la cour, je me suis sentie pleine d'affection pour les deux cerisiers qui agonisaient devant la loge de la concierge et les herbes qui poussaient leur chlorophylle entre les pavés de guingois. Même les façades défraîchies, je les aimais bien.

« T'inquiète pas », j'ai fait.

Il m'a serrée dans ses bras ou, plus exactement, je l'ai serré dans les miens. C'était comme ça, nous deux. Un couple à l'envers. J'étais plus grande, plus lourde. Luc n'avait rien d'un sportif alors qu'adolescente, j'avais été championne de natation. Dix-huit ans plus tard, il m'en restait biceps, épaules, cuisses. Je crois que c'était ça qui avait plu à Luc :

mon côté viril. Mais ce jour-là, fini. Luc partait affronter un autre adversaire. On s'est embrassés sur la joue.

Je l'ai regardé partir. Je savais que je ne prendrais plus le temps de m'habituer à quelqu'un. Trop de boulot, plus la patience. Luc, lui, avait entamé un nouveau slalom sans s'imposer un nouvel entraînement. De nous deux, c'était donc moi qui souriais le plus. Luc savait déjà qu'en me quittant, il rendait plus service à moi qu'à lui. Ce qui ne l'empêchait pas de se sentir coupable, ça m'a presque fait de la peine.

Il a franchi le portail de la cour, je l'ai imaginé grimper dans la camionnette surchargée. Il devait à cet instant éprouver des remords : il détestait s'occuper d'intendance. Le désagrément d'un déménagement allait le déstabiliser longtemps.

Je suis retournée à l'assaisonnement de ma salade, ai rajouté du citron et un peu d'origan en poudre. J'ai goûté. C'était pas mal. J'ai tapé la recette sur l'ordinateur, liste des ingrédients et opérations numérotées, dénommant « salade d'été grec » cette banale scarole-tomates-feta-olives noires. Le titre suffit à la nouveauté, pour les recettes comme pour tout.

J'ai vu par la fenêtre que les pavés de la cour étaient moins sombres, le jour plus franc que les semaines précédentes. Le printemps arrivait. J'en ai éprouvé une sorte d'allégresse, tout à coup persuadée que liberté et printemps pouvaient célébrer de belles noces, il suffisait de le décider.

Je n'avais pas décidé du coup de fil de Jérôme.
« Ça va bien, merci ! » Luc a beau dire, je suis
polie, surtout avec mes clients, et Jérôme était
le principal : j'inventais la plupart des recettes
de son magazine *Foodgourmet*. Débordé comme
d'habitude, plus que d'habitude, il négociait la
vente d'une édition chinoise de son magazine à un
groupe de presse de Shanghai, et comme il aurait
été capable de vendre son âme en la découpant en
petits morceaux pour en orner des porte-clefs, il
ne maîtrisait plus ses nerfs. Un milliard trois cents
millions de clients potentiels. Même un millième
de cette manne, c'était le pactole.

J'ai compris tout de suite qu'il s'agissait de rendre service. Il m'a fallu davantage de temps pour
piger comment : depuis trois jours, il servait de
guide à un Chinois. Avec dévotion, et pour cause :
c'était le cousin de son interlocuteur de Shanghai ! Mais là, décidément, il ne pouvait plus assurer. Pouvais-je me charger du fardeau jusqu'à ce
soir neuf heures, à Orly, d'où l'encombrant pékin
s'envolerait pour Milan ? J'ai eu droit à « je te
revaudrai ça », « c'est l'avenir de la boîte qui est
en jeu » et autres « je suis tellement charrette, je
te paie l'équivalent de trois fiches cuisine », « tu
ne peux pas me dire non », j'ai dit que non, je ne
pouvais pas dire non.

D'ailleurs, promener un Chinois dans la capitale
n'était pas pire que bidouiller des recettes d'après
photo, en imaginant que ceci pourrait passer pour
une tomate, cela pour une béarnaise, et le tout

pour une tranche de tête de veau. Parce que c'était devenu ça, mon boulot : examiner des photos complètement nulles de plats complètement nuls et en déterminer une plausible confection. Il faut reconnaître que ça finissait par couper l'appétit, même à une gourmande comme moi.

Finalement, sans cette histoire, j'aurais envoyé mon autopsie de salade par Internet et ne serais pas sortie de chez moi ; j'ai donc imprimé ma page sans regret, ravie d'aller regarder le printemps dans les yeux.

Je l'ai vu tout de suite en entrant dans les bureaux de *Foodgourmet*. Le choc ! Mon Chinois se déta-chait dans un doux contre-jour sur les cascades de verdure du parc de Belleville. En fond d'écran, Paris embué se prosternait au dos de cette beauté, peau dorée et lèvres retroussées, une vraie faïence à laquelle un thé ambré aurait donné des couleurs de sucre roux. Là, j'ai compris que j'aurais dû prendre mes cachets. Je perdais les pédales. Pour-tant, je n'étais pas portée sur les Asiatiques, trop lisses, pas sexy du tout. Je leur trouvais, sans jamais avoir vérifié, un côté eunuque. Je faisais sans doute l'amalgame avec les domestiques de la cour impériale de Chine qu'on châtrait afin que son Altesse n'ait pas de concurrent sous son toit. Bref, je n'avais rien à faire des Chinois. Je vibrais plutôt pour les voyous, les costauds poilus qui remplissent leurs manches de chemises, affichent épaules à deux places, gros bras et grandes mains

rugueuses, des ombrageux qui vous entortillent
dans les sous-bois de leur voix de ténor... Mais
ce jour-là, tous mes préjugés se volatilisèrent. Il
m'aurait fallu un traitement de cheval pour me
rendre la raison justement enfuie au galop. Cuite,
les jambes en flanelle, le cœur tombé entre les cuisses, en proie à la furie d'une fourmilière rouge,
j'ai eu un mal fou à ne pas me jeter sur lui pour le
bouffer tout cru, moi qui n'avais violé personne
depuis des années.

Le bougre sentait la fraise, plutôt des bois que
de supermarché. J'en salivais comme une dingue,
preuve que je n'avais pas perdu tout à fait l'appétit. Ses lèvres parfaites m'ont adressé un irrésisti-
ble sourire : l'effronté n'avait pas peur, il ne se
rendait pas compte des risques qu'il prenait.

Jérôme est venu porter secours au pauvre type
en me chopant le bras pour susurrer qu'il rembour-
sait tous les frais. Je m'en foutais, je ne perdais pas
une miette du Chinois. Dès qu'il s'est levé, j'ai noté
que ce salopard, en plus, était vachement bien
foutu, pas trop maigre, mais pas de bedaine non
plus, solide, bien droit, un pantalon noir très fluide
qui montrait de la cuisse et tout un équipement
avantageux. Sous la veste bleu foncé, il avait même
des épaules, des pectoraux, et dans le doré du
visage, ses grands yeux brillaient sous des paupières peintes au pinceau, c'était pas possible, ce
bombé sans plis, je n'avais jamais vu ça !

Il parlait un anglais de cuisine et moi aussi, forcément, ça tombait bien. Cesser de faire poterie

dans le hall de *Foodgourmet* lui faisait visiblement
plaisir. Je n'ai pas demandé mon reste, j'ai filé ma
salade grecque à Jérôme et j'ai embarqué le Chinois, qui portait juste un petit sac, c'était un avantage, il voyageait léger.

Je lui ai fait traverser le parc de Belleville, histoire de lui montrer que Paris avait des poumons
bien verts et qu'il n'y avait pas que la tour Eiffel
et le Sacré-Cœur dans la plus belle ville du monde.
« *Very nice !* » C'était effectivement très chouette.
Un groupe d'Asiatiques faisait du taïchi entre
des forsythias en fleurs, il ne devait pas se sentir
dépaysé. Je lui ai expliqué qu'on allait d'abord
déposer son sac chez moi. Que voulait-il faire
ensuite ? « *As you like.* » Ça, il n'aurait pas dû,
mais il ne se rendait pas compte.

Onze heures du matin, j'avais six ou sept heures
pour le passer à la casserole, peu importait la
recette, j'étais prête à me contenter d'un *al dente*
vite fait bien fait. Dans la tranquillité du parc, je
me suis promis de ne rien brusquer, rien casser.
Tranquille. Comme une vraie femme normale.

Au croisement de la rue des Pyrénées et de
Ménilmontant, Paris exhibait sans vergogne ses
dessous jusqu'aux jarretelles de la tour Eiffel. On
a laissé passer deux feux verts pour profiter de ce
strip-tease. Je pensais à ce pauvre Luc, occupé à se
choper un lumbago en déchargeant sa camionnette.
Il n'avait vraiment pas de chance. Je n'aurais pas
parié vingt centimes sur la réussite de son couple.

En descendant la rue de Ménilmontant, le Chinois regardait partout autour de lui les épiceries et les boucheries arabes, les bazars. « *Wonderful !* » J'ai compris que je ne devais pas compter sur la poésie de sa conversation, c'était un avantage. Il hochait la tête, riant tellement il souriait, sa bouche dodue bien tendue sur des dents de porcelaine rangées en ordre militaire. Je plaignais Luc de louper un spectacle aussi affriolant.

Près de chez moi, les immeubles murés et les chantiers ne composaient pas vraiment un joli paysage, mais il avait l'air de s'en foutre. Dès qu'on a passé le portail pour entrer dans ma cour pavée, ce fut tout de suite plus gai, les arbustes, les pots de fleurs, il a trouvé ça « *so cute* ».

J'ai craqué au moment où il a ôté sa veste dans le salon. Son parfum de fraise des bois était insoutenable. Comme il était d'accord pour un café, j'ai fait deux petits expressos bien serrés et j'ai écrasé dans sa tasse cinq de mes cachets les plus dosés. Il a siroté le breuvage sans moufter, assis sur le canapé, et n'a pas fait long feu : après un « *very good, it's a such nice place* », il s'est endormi. C'était râpé pour Milan. J'ai fermé les volets, ôté ma robe, et j'ai déballé gentiment le produit de ses différents étuis pour le déguster. Un régal.

Quand je suis revenue de mes courses au supermarché chinois de la rue de Belleville, il roupillait toujours, à poil sur le canapé, pieds et mains ligotés, son grand corps bien gainé dans sa peau de faïence ambrée sans le moindre pli. Juste, entre

ses cuisses, le sexe un peu plus sombre, petit accident de chair imparfaite, légèrement fripée, qui
bandouillait. C'était un bon garçon. Avoir été
abusé pendant au moins deux heures ne l'empêchait pas de faire de beaux rêves. J'étais bien
tombée.

J'ai rangé les courses, grignoté un morceau et
je me suis remise à la besogne. En lui croquant le
lobe de l'oreille, j'ai à nouveau constaté qu'il n'avait
pas seulement un parfum de fraise des bois, il en
avait aussi le goût. J'ai regretté malgré tout de
l'avoir endommagé : ses lèvres parfaites étaient
bouffies et tournaient bleues, ça m'a mis les nerfs.
Il a passé un sale quart d'heure qui lui a laissé des
traces violettes dans le cou et une grande griffure
sur la joue gauche. Il grognait dans son sommeil de
plomb, son anus faisait la gueule autour d'une petite
déchirure vraiment moche, ce gars-là n'avait pas
l'habitude des bonnes choses. Je l'ai lavé avec une
lingette pour bébé et je lui ai mis de la pommade,
je voulais qu'il me dure un peu. Pour ça, je suis
comme toutes les femmes, je m'attache vite.

Sur le coup de quatre heures du matin, épuisée,
je l'ai basculé sur le fauteuil roulant qu'on avait
acheté au veuf du dessus après la mort de son
infirme moitié lorsque Luc s'était fait sa vilaine
fracture de la jambe. La faïence pesait lourd, mais
j'ai réussi à l'allonger sur le lit de la chambre d'amis.
Je lui avais mordu si fort le sein gauche qu'il en
gardait un gros hématome en demi-lune. J'avais
somme toute de bonnes dents.

J'ai arrangé la couette sur le petit chou qui dormait comme un bienheureux, j'en avais presque des montées de lait, mais j'ai réussi à me raisonner, je l'ai enfermé à double tour, et je suis allée m'écrouler dans mon lit.

Avant de prendre un repos bien mérité, je me suis souvenue qu'il n'est pas raisonnable de s'amouracher des types qui ne sont pas votre genre, c'est toujours la tuile, et qui vous assomme longtemps. À ma fascination déclarée pour les vrais mâles, Luc, avec sa toute petite charpente et sa voix de moineau, avait été une exception qui ne m'avait pas porté chance.

J'ai dormi jusqu'à neuf heures, en rêvant de Luc dans son fauteuil roulant. Cette image représentait au fond la dernière étape de notre compétition amoureuse. Après quelques semaines de convalescence, j'avais eu droit à tout : les mensonges, les scènes. De rééducation en massages, Luc était tombé en amour pour son kiné et je lui étais apparue comme une demi-mesure. Il s'était trompé. Le Chinois, s'il se réveillait, pourrait témoigner de mon énergie pour produire de la belle ouvrage.

À dix heures, le plateau de petit-déjeuner était prêt, mais pas lui. Il avait du mal à ouvrir les yeux, tout rétrécis dans son visage tuméfié, et quand même un peu jaune. Quel âge ? Un peu plus jeune que moi. Trente-deux, trente-trois. Mais il paraît que les Chinois ne font pas leur âge. Il trompait peut-être son monde.

J'ai glissé une cuvette sous la couverture, je lui ai attrapé le sexe.

« *Pee ?* » j'ai demandé, au cas où il ne comprendrait pas.

J'ai entendu le glouglou, une onde m'est passée dans la main. C'était pas mal. J'ai secoué son petit tuyau avant de retirer la cuvette. Je crois que ça lui a fait du bien.

Je lui ai soulevé la tête, j'ai approché le verre d'eau de ses lèvres. Il a d'abord goûté, il a réfléchi, il se méfiait, je ne pouvais lui en tenir rigueur. Finalement, il en a bu la moitié, mais il a refusé le café, je pouvais comprendre. Je lui ai poussé dans la bouche le croissant qu'il a mangé entièrement ; tant mieux, j'avais fourré toute la camelote bien pilée dans la pâte feuilletée.

Il a retrouvé ses esprits un bref instant et s'est mis à gueuler. Ça ne m'a fait ni chaud ni froid : personne ne risquait de l'entendre, le veuf du dessus était à l'hôpital depuis trois mois et la seule fenêtre de la chambre donnait sur une cour aveugle. Devant mon flegme imperturbable, il s'est arrêté pour regarder le plafond.

« *I feel sick*, il a dit d'une voix blanche.

— *You will be better very soon* », j'ai répondu en haussant les épaules.

À vrai dire, s'il continuait d'ingurgiter tous les cachets à ma place, ça ne risquait pas de s'arranger.

Il a fermé les yeux. Pas combatif. Quasiment fataliste. Un truc oriental, à ce qu'on dit. Il avait peut-être eu l'habitude des mauvais traitements

en Chine. Je le trouvais bien calme pour un séques-
tré.

Quand j'ai arraché la couverture et brandi le
fouet, il m'a lancé un regard suppliant, mais la
pitié, j'ai horreur de ça. Et puis, il ne fallait pas
me la faire : sa queue était à moitié raide, c'est le
genre de choses qui ne mentent pas. Il a dû le
comprendre, il s'est tourné légèrement pour m'offrir
son postérieur, ou plus exactement pour protéger
ses parties les plus fragiles. Ses fesses étaient beaucoup plus charnues que celles de Luc qui aimait
bien prendre sa raclée, ce que je ne lui ai jamais
refusé en quinze ans, il ne pouvait pas se plaindre.
Cet idiot n'aurait jamais dû partir, on avait nos
petites habitudes, et ce n'est pas facile de les perdre du jour au lendemain, surtout quand on n'est
pas vraiment stabilisée comme moi et que le printemps arrive.

C'est vrai, on s'aimait encore beaucoup, Luc et
moi. Bien sûr, c'était plus comme avant. En dehors
de nos rituels de soulagement bien rôdés, chacun
se tortillait pour éviter tout contact superflu avec
l'autre. Souder les lèvres face aux paroles blessan-
tes, démêler des jambes que le sommeil a malen-
contreusement enlacées, mais on avait l'habitude,
ça compte. Tant d'esquives pour un peu de paix,
l'art conjugal est un art martial, dans lequel nous
étions passés maîtres, ceinture noire, quatrième
dan. OK même pour les KO, nous nous écrasions
à tour de rôle, sans douleur, sur le tatami. Le Chinois, lui, n'était pas vraiment d'accord. Du coup,

il avait mal. Question de mental, ça ! J'ai pensé
qu'il était peut-être célibataire, qu'il ne connaissait pas grand-chose du sexe faible. Il paraît qu'ils
manquent de femmes, en Chine.

Quand j'ai bien eu mon compte, je me suis sentie très calme, je l'ai laissé roupiller en paix et je
suis allée prendre une douche. Au fond, je pouvais
peut-être le garder longtemps comme ça, mon Chinois, des semaines, des mois, voire des années.
Paris, c'était quand même mieux que Milan. Il
suffisait que je le nourrisse bien, que je ne l'abîme
pas trop. J'allais peut-être installer dans sa chambre la télé et le lecteur de DVD, ça le distrairait,
et puis comme ça, petit à petit, il apprendrait le
français. Ce serait toujours ça de gagné.

Je me suis habillée de propre. Dehors, il faisait
beau, j'ai arrosé mes plantes. J'étais heureuse que
Luc me laisse habiter là. Chez nous devenait chez
moi, du moins pour des années, il l'avait dit,
c'était gentil, il n'était pas obligé, on avait acheté
ce rez-de-chaussée quinze ans plus tôt pour trois
fois rien grâce à un emprunt à la banque, on avait
tout retapé nous-mêmes, et joliment. Il suffisait
que je rembourse le prêt chaque mois. Pas de
souci de ce côté-là, j'avais les moyens, je ne pouvais pas me plaindre.

C'est là que j'ai vu le sac à dos de mon homme.
Aussi léger que lui. J'ai trouvé son passeport. Du
chinois, effectivement. Des dollars en billets de
cent. Un bon paquet. Ce serait pour notre voyage
de noces. Mon chouchou avait pensé à tout.

Toute guillerette, je me suis assise devant l'ordinateur pour pianoter. J'avais un mail de Jérôme :
*Ci-joint trois recettes à me renvoyer avant ce soir,
ma grande. Ça s'est bien passé hier ? Comment il a
été ?*

Très sympa, j'ai répondu. *Je te renvoie ça très
vite.*

J'ai cliqué sur les photos. La première, c'était
facile. Une terrine de légumes. Haricots verts, petits
pois, carottes. J'avais déjà la recette dans mes dossiers, suffisait d'imprimer. Pareil pour le gâteau au
chocolat. La troisième, c'était moins évident. J'ai
fini par me décider pour un jarret de veau-macé-
doine de légumes. J'ai rédigé la fiche de mémoire,
j'avais l'habitude. J'ai tout envoyé par Internet au
milieu de l'après-midi. Jérôme allait être content.

Je me suis fait un café, j'ai fini un reste de
lasagnes, je me suis même enfilé un petit sorbet à
la framboise. N'empêche, le jarret de veau m'avait
ouvert l'appétit. J'ai pensé que ce serait une bonne
idée de cuisiner ce plat bien de chez nous pour
mon petit chéri, ça lui ferait plaisir.

Je suis donc allée jusqu'à la rue de Belleville,
du côté de Jourdain, chez le meilleur boucher
de l'arrondissement. J'ai acheté pommes de terre,
carottes, navets, haricots verts chez un bio, un
super assortiment de fromages chez un fromager
qui ne plaisante pas avec la qualité. Mon sac à dos
était archi-plein quand j'ai redescendu la rue de
Belleville, je me suis arrêtée chez un traiteur chinois, ce qui n'était pas difficile, il y en avait par-

tout, pour acheter trois canettes de Tsingtao et du gingembre confit.

Quand je suis rentrée, pas un bruit à la maison, je me suis mise aux fourneaux en chantonnant. J'ai beau être parfois un peu rude, j'admets que cuisiner des petits plats pour un homme qui dort, y'a rien de plus beau dans la vie. Au fond, le Chinois et moi, c'était comme si on était déjà arrivés au paradis. Et dire que Luc voulait que je prenne mes cachets, il ne tournait vraiment pas rond !

Ça faisait longtemps que je n'avais plus éprouvé autant de plaisir à cuisiner. Tout me revenait : la jubilation des gestes, le bonheur des parfums. Je me suis amusée comme une folle à découper les légumes en petits cubes tous identiques. Il faut dire que j'utilisais un couteau en céramique que Jérôme m'avait rapporté du Japon. Léger comme une plume et coupant comme un rasoir. Décidément, l'Asie n'en finissait pas de me faire des cadeaux !

Pendant que la viande et les légumes cuisaient, j'ai touillé un appareil chocolat-beurre-poudre d'amandes que j'ai versé sur les morceaux de gingembre confit répartis sur du papier sulfurisé, et j'ai mis au frigo. Le gingembre est aphrodisiaque, c'est bien connu, la sauge que j'avais piquée dans la pièce de viande aussi. La soirée s'annonçait bien.

J'ai dressé la table, en m'appliquant comme si c'était pour une photo. La nappe, les serviettes assorties, mes plus belles assiettes, mes plus beaux

verres... J'avais même acheté deux bouquets de
jonquilles, les premières. J'ai coupé deux bougies
avec mon rasoir japonais pour les piquer dans les
branches du chandelier que la mère de Luc nous
avait offert, c'était super, une vraie promo pour
Foodgourmet. Mon bichon me manquait déjà, vite,
vite, je suis allée le rejoindre après m'être vaguement ravalé la façade dans la salle de bains...

Sur sa couche, mon amoureux avait encore un
peu sommeil, deux petites fentes à la place des
yeux, qu'il a ouverts comme des assiettes à dessert
dès qu'il a vu le couteau japonais. Y'avait pas de
quoi, l'instrument n'était pas beaucoup plus gros
qu'un couteau à steak, mais impressionnant parce
que très pointu, un vrai poinçon. Pour lui montrer
que je ne lui voulais pas de mal, je me suis assise
sur le rebord du lit, j'ai glissé la pointe du rasoir
en céramique sur mon genou, au ras de ma jupe
écossaise. Le sang a perlé aussitôt, très propre-
ment, et j'ai tracé, d'un fin trait rouge, un C, comme
Chinois, vu que je ne connaissais pas son prénom.
Le résultat, très délicat, ne l'a pas rassuré. Je me
suis tapoté le cœur pour lui montrer que j'en pin-
çais pour lui et, comme il n'avait pas l'air de me
croire, j'ai même sorti « *I love you* ». Il a dû me
prendre pour une dingue.

C'était pas le tout, mon jarret risquait d'atta-
cher dans sa cocotte, j'ai frappé dans mes mains,
on se bouge, on se bouge ! Il s'est levé, il tanguait,
je l'ai poussé sous la douche, il n'a pas bronché. Il
prenait les choses du bon côté, c'est-à-dire asiati-

que. Le zen est japonais, mais il paraît que les Nippons ont tout piqué à leurs voisins de l'Empire du milieu, c'est donc forcément chinois.

Je l'ai savonné partout avec un gel douche au lait d'amandes qui sentait très très bon. Je passais un formidable moment. Rien à faire, dès qu'un homme a les mains attachées, son sexe prend plus d'importance. Il se laissait faire gentiment, on s'entendait finalement assez bien. Il avait besoin d'expérience, le pauvre. L'acquis profite toujours.

Je l'ai essuyé avec un drap de bain bien chauffé sur le porte-serviettes électrique, j'ai tamponné avec des cotons-tiges imbibés d'eau oxygénée toutes ses petites plaies, étalé de la pommade où il fallait, frotté à l'arnica quelques contusions. Je lui ai enfilé une de mes robes de chambre en soie et je l'ai coiffé. Il avait l'air content. J'étais aux anges.

Quand il a vu la table dressée, il a eu un mouvement de recul, il devait en avoir marre de dormir. J'ai lu l'effroi dans ses yeux noirs tapis sous ses paupières toutes plissées. Spectaculaire, la façon dont l'expérience vieillit l'homme qui en a peu !

J'ai agité les mains frénétiquement comme une muette pour qu'il comprenne bien que c'était fini, fini, qu'on changeait de scénario, *fini dormir, manger maintenant.*

« *It's a very good food, you'll see ! Wonderful French food !* »

Je suis allée chercher dans le frigo les assiettes de hors-d'œuvre, deux rondelles de foie gras de canard du Gers accompagnées de leurs toasts avec, à côté, une pointe de confiture de figues. J'ai pris une des tranches de pain grillé dans son assiette, l'ai tartinée de la pâte onctueuse, y ai posé une lichette de confiotte et j'ai mordu dedans pour montrer qu'il n'avait rien à craindre. Quand j'ai approché la tartine de ses lèvres, il l'a dévorée en moins de deux, et ça a été comme ça pendant tout le repas. Je m'accordais malgré tout des pauses pour me sustenter moi aussi, la générosité a quand même ses limites.

Il faisait des « *hum* », des « *very good, great* », il faut dire que le jarret était super-réussi, je l'avais légèrement pimenté pour que mon chéri ne soit pas trop dépaysé et l'idée se révélait excellente. Je lui enfournais des fourchetées de viande et de légumes. On avait trouvé un bon rythme. Il était beau comme au premier instant, son parfum de fraise des bois s'entêtait malgré les arômes du repas et le parfum lait d'amandes du gel douche. Mon pioupiou avait une forte personnalité, qu'il n'avait pas encore manifestée clairement, mais Luc avait tort, il m'arrivait d'être patiente.

Mon homme avait des mains et des bras absolument somptueux. Je n'avais pas vu une perfection de si près depuis Éric, le jeune champion de deux cents mètres nage libre dont j'avais abusé dans les vestiaires, ce qui m'avait valu toutes sortes d'ennuis, dont ma radiation de la Fédération de natation et un an de scandaleuse camisole chimique. On dit les droits de l'homme, mais les droits de la femme, tout le monde s'en fout.

Il a accepté le café sans que j'y trempe les lèvres. La confiance était revenue, comme quoi il suffit de peu de chose. Ensuite, nous nous sommes installés sur le canapé avec des petits calvas et il s'est laissé faire. Il m'a même semblé surprendre par instant dans ses yeux fatigués une lueur d'émerveillement. À *bonne cuisinière, bon amant*, je connaissais ce dicton, je mesurais sa surprenante exactitude.

À trois heures du matin, repue, je l'ai reconduit dans sa chambre, certaine qu'il allait dormir : j'avais bidouillé son deuxième calva avec trois cachets.

En me couchant, j'ai cru reconnaître l'état d'extase éprouvée les premiers temps avec Luc. Le printemps était arrivé. Je ne doutais pas de notre capacité à former un couple heureux. Ça existe quoi qu'on en dise, il suffit de provoquer le destin un tant soit peu.

Le lendemain, j'ai fait ma toilette, consulté mes mails. Aucune nouvelle de Milan, ça m'a rassurée, c'est toujours quand les choses se passent au mieux que la catastrophe arrive, je connais bien la question.

J'ai préparé le petit-déjeuner. Quand je suis entrée dans la chambre, il dormait ; je ne l'ai pas dérangé, je suis restée à regarder mon petit ange sans broncher, sans arracher la couverture du lit, à deux doigts de la femme soumise, béate d'admiration devant son homme et épouvantée à la simple idée de perturber son sommeil. À la longue, n'y tenant plus, j'ai laissé partir ma main. Je n'étais peut-être pas complètement stabilisée.

Quand il s'est réveillé, je tenais son sexe fermement de la main droite, le gland en tête de micro devant la bouche, et je chantais : « *Stranger in the night, I'm so exciting...* »

Il a fait une drôle de tête. Il faut dire que je ne chante pas très bien. J'ai mis fin au récital et lui ai donné son petit-déjeuner.

Dans la salle de bains, j'ai rempli la baignoire d'une eau juste chaude comme il faut, dans laquelle j'ai fait mousser un gel de chez Chanel parfumé au n° 5. Un vrai délice. Je l'ai fait s'asseoir sur le bord de la baignoire, sinon, avec les pieds ligotés, c'était pas évident, et plouf ! J'étais en train de me demander si j'allais le rejoindre lorsqu'on a sonné. La tuile !

Après le premier instant de panique, j'ai décidé que je n'ouvrirais pas. On a sonné à nouveau. Puis :

« Sonia, c'est Luc, ouvre-moi, je sais que tu es là ! »

J'avais bien fait de fermer le verrou. À double tour, même, j'ai pu constater en ouvrant : bien obligée, Luc était quand même chez lui chez nous.

« Qu'est-ce tu fous ? » il a gueulé en entrant.

Et après, on dira que je ne suis pas polie. Même pas bonjour, merci, rien. Faut dire que le pauvre n'allait pas fort. Il s'est assis sur le canapé, ça sentait la fraise des bois, je me demandais quand il allait s'en rendre compte, mais il s'en foutait, d'ailleurs j'avais déjà oublié : Luc n'avait aucun nez !

« C'est fini avec Georges ! »

Quoi ? Fini avec son kiné viril qui lui faisait de si beaux bleus ? Ça, je n'avais jamais cru à leur histoire. Les massages qui tournent mariage, ça peut pas tenir ! Mais j'avais beau avoir du nez pour deux, ça n'avait servi à rien.

« Luc, de toute façon, on n'y arrive pas, on est trop différents, j'ai glissé d'une petite voix de femme-victime qui allait bien à mon corsage blanc.

— Je reviens, Sonia, je redéménage demain…

— Ah, ça va pas être possible !

— On n'a pas le choix, Sonia, je suis chez moi.

— C'est trop tard !

— En quel honneur ?

— J'ai quelqu'un dans ma vie ! »

Il m'a regardée, du genre *cause toujours, tu n'imagines tout de même pas que je vais te croire.* Ce culot, les garçons ! Toujours à croire les filles incapables de se débrouiller sans eux. Juste bonnes à chougner pour les supplier de revenir. Il s'était vraiment trompé de synopsis, là !

« Arrête tes conneries, Sonia. T'as pris tes cachets, au moins ? Je te trouve bizarre. »

C'était un peu fort ! J'en avais un plus jeune, plus frais, plus beau, qui avait parcouru des milliers de kilomètres pour sauter dans mes bras, qui se prélassait dans ma baignoire parfumée au n° 5, et ce type au rebut prenait des airs de mâle qui vient de sauver sa tribu en tuant le mammouth ! Cet abruti m'avait gâché le premier bain du petit !

Y'a des limites, quand même, que j'ai franchies allègrement, et quand je gueule ça fait du bruit :

« Fous le camp, pauvre nase, j'ai quelqu'un dans ma vie et je t'emmerde, minus ! »

Je commençais à devenir rouge, et là, il s'est souvenu de ce que ça voulait dire. Il est parti en claquant la porte derrière lui.

Je suis restée au milieu du salon un bon moment, histoire de me calmer ; on a beau être stabilisée, parfois, certaines personnes ont le chic pour vous faire sortir de vos gonds. Me quitter, moi, pour un kiné ? Fallait être con. Certes, c'était moins dur d'être lâchée pour un homme que pour une femme, mais... je ne voyais pas le rapport ! À force, ça s'embrouillait dans ma tête. Trop de choses m'arrivaient en trop peu de temps. J'étais à la limite de prendre un cachet. C'était malin ! Par chance, je ne risquais pas l'overdose, il restait une seule pilule dans ma dernière boîte. Le Chinois m'avait tout bouffé.

Dès que j'ai ouvert la porte de la salle de bains, l'absence de parfum de fraise des bois m'a frappée. D'accord, le Chanel n° 5 avait du punch, mais tout de même, je balisais et je n'avais pas tort : la mousse était toute seule dans la baignoire, sans tête de Chinois qui dépassait. J'ai vu rouge. Parti ? Non, juste avachi, blanc dans l'eau rouge, mon bébé ! Je l'ai rattrapé par la tête, l'imbécile se regardait le sommet du crâne, je l'ai tiré un peu plus : le manche du couteau en céramique lui sortait de l'estomac qui pissait rouge dans le Chanel n° 5... Y'a des gens qui ont l'art d'emmerder les autres ! Pourquoi se donner tant de mal pour mourir alors que c'est la seule chose à laquelle personne n'échappe ? Parce qu'il avait dû s'en donner, du mal, pour dégotter ce putain de couteau et se le fourrer dans l'estomac sans l'avaler. Et moi qui croyais les histoires de hara-kiri nippones, eh bien, finalement, même ça, c'était chinois !

J'étais déçue. Préférer son honneur à mes bons petits plats, fallait être diminué mentalement ! Ça ne tenait pas debout. Un truc aussi dangereux, on ne le laisse pas à portée des enfants ! Même moi, je n'aurais pas oublié le couteau n'importe où ! Je me suis vue en train de me graver le genou et après... après, je connectais plus du tout.

Mais, calme ! Le présent était suffisamment compliqué, pas le moment de s'empêtrer dans le passé, fallait surtout penser au futur. Mon ex allait débarquer le lendemain avec sa camionnette pleine. Oh ! Ça, le Chinois allait lui plaire, et tant mieux. J'hésitais. Les laisser faire leurs cochonneries et partir toute seule en voyage de noces ? J'avais de quoi. Je pouvais aller loin. Même à Shanghai. Ils manquaient de nanas là-bas, eh bien j'arrivais ! D'un autre côté, je n'étais pas sûre d'être vraiment stabilisée, et les grands voyages, dans ce cas-là, n'étaient pas forcément recommandés. Je me suis sentie devenir rouge ; les soucis, ça me fait toujours flamber les joues. J'ai trouvé l'ordonnance dans le tiroir de la table. Luc avait raison. Fallait recommencer un traitement.

Dehors, il faisait toujours beau. Un des cerisiers croyait à une nouvelle jeunesse en brandissant sa première fleur. Au printemps, normal d'avoir une petite montée de sève ! Un petit traitement et on n'en parlerait plus. Il suffisait d'admettre une fois pour toutes que les Chinois étaient tout à fait mon genre.

Avant de filer à la pharmacie, j'ai avalé le dernier cachet. Il avait bien réussi son coup.

Quartier latin

LE GRAND FRÈRE
Salim Bachi

Salim Bachi est né en 1971, dans l'Est algérien. Après des études de lettres en Algérie, puis en France, il s'installe à Paris. Le chien d'Ulysse (Gallimard, 2001) a obtenu le prix Goncourt du premier roman en 2001. Depuis il a publié plusieurs romans : La Kahéna, Tuez-les tous *(Folio n° 4649),* Le silence de Mahomet *(Folio n° 4997),* Amours et aventures de Sinbad le marin, *et un recueil de nouvelles,* Les douze contes de minuit, *tous chez Gallimard.*

« Ça daube, cousin. »

La station du RER Saint-Michel puait. Des effluves aigres parcouraient les couloirs à la recherche
de leurs proies.

« Sortons ! »

Ils étaient moches, mal fagotés, mais s'en fou-
taient, ou du moins le laissaient croire. Fallait passer inaperçu, se fondre dans la masse grise des
immeubles de leur cité. Ils ne se changeaient pas
pour descendre à Paname. Ils étaient en habits de
guerre, le style urgence psychiatrique. Attention,
armoire haute tension ! Nike blanches, survêtements Sergio Tacchini, la classe internationale. Des
intouchables, voilà !

« Vos papiers ! »

Pas si intouchables. Les flics les alignèrent contre
le mur de faïence et commencèrent à leur faire les
poches. Puis ils ouvrirent leurs sacs à dos. Dedans,
des chaussures neuves.

« Vous les avez volées !

— Non, monsieur l'agent. Ce sont les nôtres. »

Le plus jeune sortit même un ticket de caisse. Les flics reniflèrent le papier comme s'ils s'étaient torchés avec, le matin.

« Oui, c'est ça, vous êtes tous des voleurs, sales ratons. »

Les rongeurs ne mouftèrent pas. Rien. Au point que les flics se demandaient comment les chauffer un peu plus, histoire de rigoler. Dommage, dommage qu'on ne soit plus en pleine guerre d'Algérie, quand on pouvait balancer les crouilles dans la Seine, juste à côté, vraiment tout près. Pour ces policiers, le 17 octobre 1961 était sans doute un jour heureux : quatre cents bicots dans la Seine, quelle merveille ! Bon, les temps changent, certaines méthodes aussi. On peut toujours sonner le rappel des souvenirs, accentuer le côté psychologique. Mais là, rien. Ils se laissaient tripoter comme des moutons, les melons.

« Laisse ces femmes tranquilles, Robert. Tu vois bien, elles sont toutes timides. »

Les flics rigolèrent et s'en allèrent, se dandinant sur leurs grosses pattes comme des danseuses du ventre.

« Les femmes, c'étaient elles, en fait », dit le Grand Frère.

Les deux lascars refermèrent leurs sacs et se dirigèrent vers la sortie, côté Seine. Dehors, il pleuvait. Ils longèrent un peu le quai Montebello, face à Notre-Dame. Le plus vieux s'adressa au plus jeune en ces termes :

« Tu vois, Rachid, n'entre jamais dans leur jeu, à ces cons.

— Les keufs ?

— Exact. Ça les flingue, des gars comme nous ! Gandhi avait tout compris.

— Gandhi ?

— Dans quelle école es-tu allé ?

— Dans la tienne.

— Gandhi pensait que la force ne pouvait rien. Elle ne faisait que légitimer la violence des occupants. Les flics, ce sont nos Anglais, pigé ? Nous, nous sommes les Hindous. »

Rachid ne comprenait pas. De toute manière, il obéissait au Grand Frère, se comportait comme il lui disait de le faire. C'était bien plus simple que de s'embrouiller la tête avec ces histoires d'Indiens et d'Anglais. C'était une énigme, ce type. Parfois, il parlait, jacassait pendant des heures sur des trucs qui le dépassaient. À la décharge du Grand Frère, cela avait toujours bien payé, il fallait le reconnaître.

« Sais-tu, Rachid, que nous sommes dans le quartier des escoliers, ou Quartier latin, si tu préfères ?

— Je préfère rien. J'aime rien, moi.

— Ne sois pas négatif. Et tu sais pourquoi on l'appelle le Quartier latin ? »

Il l'ignorait.

« Parce qu'au Moyen Âge, on y parlait le latin, et seulement le latin. Tous les lettrés de la chrétienté parlaient entre eux en latin. Sais-tu qui vivait en face, derrière Notre-Dame ?

— ...

— Le moine Abélard vivait près du quai aux Fleurs. Tu as déjà entendu parler d'Abélard et Héloïse, Rachid ?

— Jamais.

— Abélard était le fils d'un noble breton qui avait abandonné son droit d'aînesse pour apprendre à philosopher. Comme le cloître Notre-Dame se faisait petit, Abélard rompit avec ses maîtres et fonda une école sur la montagne Sainte-Geneviève. Ses écoliers le suivirent.

» Il était jeune, beau et d'une éloquence rare. Le soir, il dévalait la montagne jusqu'à la Seine et rejoignait la demeure du chanoine Fulbert, chez qui il logeait. Le chanoine avait une nièce d'une grande beauté, Héloïse. Elle devint l'élève studieuse d'Abélard. Bien entendu, elle tomba enceinte. Abélard l'épousa, mais le chanoine, qui s'estimait trompé, engagea des voyous qui pénétrèrent dans la chambre d'Abélard et le châtrèrent.

— Le châtrèrent ?

— Ils lui ont coupé les couilles, mon vieux. Abélard s'est retiré dans un couvent et Héloïse dans un autre. Ils échangèrent des lettres d'amour pendant de nombreuses années. Mais c'était fini, tu comprends. »

Rachid comprenait, pour une fois. Il aimait Miquette, qui le suçait souvent dans la cave de son immeuble. Il adorait quand elle lui léchait les couilles, là, juste en dessous. Alors t'imagines, si on les lui coupait ? Il voyait bien que le gars Abé-

lard avait dû souffrir extrêmement après, seul dans
sa cave du couvent à écrire des lettres à Héloïse.
L'histoire lui apprenait aussi à se méfier encore
plus du père de Miquette, le Fulbert en marcel
qui promenait son berger allemand tous les soirs
dans la cité, avant d'aller tailler une bavette avec
la patrouille de la BAC, histoire de leur causer de
son Algérie à lui, du temps de la guerre. Il ne parlait pas latin, le daron ; il grognait en français sur
son clébard, se mouchait dans un torchon et le
regardait de travers quand il passait devant l'entrée
de leur immeuble. Il se doutait que lui et sa fille...

« Et si on continuait ? »

Rachid commençait à se plaire au bord de la
Seine, face à Notre-Dame. Il ne parvenait pas à
dater l'édifice gothique, par manque de connaissances. À l'inverse du Grand Frère, Rachid ne lisait
pas de livres. Il écoutait NTM, Tupac Shakur,
50 Cent, Dr. Dre, Snoop Dogg, mais n'ouvrait
jamais un bouquin, ça non.

« Tu sais qui l'a tué, Tupac ?

— La société, Rachid, la société.

— Il était encore vivant dans la voiture de son
producteur, paraît-il.

— À présent, il est mort. Mozart aussi est mort.
Un jour, tu mourras. Peu importe la manière, tu
passeras ton chemin. Il y a plus de morts que de
vivants sur cette terre, Rachid. Et Tupac fait partie de la multitude à présent.

— Mais pour l'imam de la cité, le jour du jugement, nous nous relèverons d'entre les morts.

— Qui, nous ?

— Les musulmans.

— Et les autres ? Les juifs, les chrétiens ?

— Je ne sais pas.

— Pour les juifs, les chrétiens et les musulmans sont bel et bien morts et ils ne se relèveront pas à la fin des temps. Selon les chrétiens, les juifs et les musulmans sont damnés parce qu'ils ont le malheur de ne pas être chrétiens. Et, crois-moi, pour certains musulmans, les juifs et les chrétiens grilleront en enfer jusqu'à la fin des temps.

— Ils se trompent tous, alors ?

— Ils n'ont peut-être pas le même Dieu. Il y aura peut-être une guerre des Dieux à la fin des temps. Tu y as pensé, Rachid ?

— Tu blasphèmes. Il n'y a qu'un Dieu. L'imam le dit.

— Les juifs et les chrétiens l'affirment aussi. Alors explique-moi, Rachid, pourquoi tu n'es ni juif ni chrétien ? Et pourquoi ni les juifs et ni les chrétiens ne sont musulmans ?

— Tu me prends la tête, *ouallah !*

— Et les autres ?

— Quels autres ?

— Les bouddhistes, les animistes, les athées, les agnostiques.

— Ils iront en enfer, avec les juifs et les chrétiens, trancha Rachid.

— Ça fera beaucoup de monde. On sera en bonne compagnie, en enfer.

— Impossible.

« — Si le Dieu des juifs a raison, nous brûlerons dans les flammes, parce que ni toi ni moi ne sommes juifs. Si c'est le Dieu des chrétiens, alors nous irons en enfer avec les juifs.

— C'est Allah le Dieu véritable.

— Une chance sur trois, Rachid, une chance sur trois. C'est mathématique.

— Dieu ne joue pas aux dés !

— Einstein pensait la même chose que toi, Rachid. Qu'il vous entende ! Ce n'est peut-être pas le même, d'ailleurs. »

Il se mit à rire en regardant Notre-Dame, là-bas, si proche et si lointaine. Parfois, des mouettes remontaient la Seine et se perdaient. Elles aussi rigolaient d'une certaine manière, elles jouaient en survolant l'œuvre de Maurice de Sully et de Louis VII. Œuvre infinie dont la construction se poursuivait encore. Il lui semblait que les générations se perdaient dans les limbes de l'histoire, dans le nocturne des mémoires.

« Et ceux d'avant, Rachid ? Que fais-tu des Arabes d'avant l'islam ? Iront-ils en enfer ? Mahomet ne leur avait pas encore appris qu'Allah existait. Mahomet lui-même n'existait pas encore. Que fais-tu de ces hommes, Rachid ?

— Ils sont morts, c'est tout.

— Cela en fait beaucoup, tu ne crois pas ? »

Ils traversèrent le quai et s'engagèrent dans la rue du Fouarre.

« Le fouarre, c'est la paille. »

Le Grand Frère était déjà passé à autre chose.

Rachid en était resté à leur discussion à propos de Dieu et de ses adorateurs. Cela le troublait quelque peu. Si le Grand Frère avait raison, alors plus rien n'avait de sens. Mais le Grand Frère devait se tromper, c'est sûr.

« La rue de la paille. Drôle, non, comme les rues de Paris recèlent toujours un sens caché, une histoire nouvelle. Ici, on recouvrait la rue de paille pour que les escoliers puissent s'asseoir au sec pour suivre leurs cours. Toute la rue était couverte de ces studieuses personnes. Elle était fermée à la circulation. Et si une charrette s'avisait de passer pendant les cours dispensés par les moines, son conducteur était rossé par les étudiants et son chargement renversé sur la chaussée. Pour éviter les bagarres, les autorités de la ville fermaient la rue avec des chaînes. Les cours débutaient le matin, après la messe. Comme la nuit, des clochards venaient dormir sur la paille, d'où l'expression "se retrouver sur la paille", il fallait les réveiller à coups de pompe avant de changer le fouarre pour les étudiants du Moyen Âge.

— Comment tu sais tout ça ?

— Les livres. Les meilleurs compagnons de l'homme. »

Ils longeaient à présent la rue Dante.

« On dit que Dante Alighieri a vécu ici après sa fuite de Florence.

— Florence ?

— Putain, mais il faut que tu sortes un peu de La Courneuve ! »

Le Grand Frère voyageait souvent, aussi dingue
que ça paraisse. Il possédait une carte d'invalidité qui lui permettait de prendre le train gratis et
d'avoir des réductions sur les vols de la plupart
des compagnies aériennes. Il avait été blessé à
Sarajevo en désamorçant une mine anti-person-
nelle. À dix-huit ans, il s'était engagé dans la
Forpronu et avait été envoyé en Bosnie. Après sa
démobilisation, il avait filé vers l'Italie, comme il
le racontait à Rachid, qui n'était jamais sorti de
La Courneuve et dont l'italien se limitait aux mots
pizza et *spaghetti*. D'ailleurs, il se faisait engueu-
ler par le Grand Frère quand il découpait ses pâtes
avant de les engloutir.

Il avait voyagé, disait-il, pour se remettre l'esprit
en place après les horreurs de la guerre. Une sorte
de convalescence. Rachid ne se souvenait pas bien
des étapes du périple. Il savait en revanche que
le Grand Frère possédait une carte d'invalidité.
Ce dernier restait très discret sur sa blessure de
guerre. Il n'en parlait jamais. Quand Rachid insis-
tait pour savoir, le Grand Frère lui enjoignait de
lire *Le soleil se lève aussi* d'Hemingway. Mais
Rachid n'ouvrait jamais un livre, c'est connu.
C'était bien le drame d'ailleurs. Si Rachid avait eu
un tant soit peu d'intérêt pour la chose écrite, il
eût mieux compris son aîné. Comme la fréquen-
tation du Grand Frère avait toujours bien payé,
Rachid laissait pisser au loin, quitte à faire débor-
der la Seine de son ignorance.

« En 1309, Dante quitte l'Italie. Il vient ici, à

Paris, pour entendre les leçons de Siger de Brabant. Ici même, sur la paille de la rue du Fouarre, il absorbe les "vérités odieuses, mises en syllogismes". »

Rachid ressentait les affres de la faim ; un doux et capiteux fumet de kebab lui chatouillait les narines, seule vérité qu'il parvenait à mettre en syllogisme et qui n'était guère odieuse à son ventre.

« J'ai la dalle.

— Il faut garder ventre vide et esprit léger. »

Le Grand Frère se mit à réciter, à tue-tête, dans la rue :

Est-ce là le glorieux moyen par lequel on rappelle Dante Alighieri dans sa patrie, après l'affliction d'un exil de près de trois lustres ? Est-ce là le salaire de son innocence évidente pour tous ? Voilà donc le fruit des sueurs et des fatigues studieuses ? Loin de l'homme ami familier de la philosophie cette bassesse de se voir enchaîné comme un malfaiteur pour être racheté ! Loin de l'homme qui a été le héraut de la justice l'idée de venir, lui l'offensé, vers ses offenseurs, comme vers des bienfaiteurs, payer un tribut ! Ce n'est pas là le moyen de retourner dans la patrie, mon père. Si vous ou quelque autre en trouvez un qui ne flétrisse pas la réputation et l'honneur de Dante, je le prendrai sans hésiter. S'il n'y a pas de chemin honorable pour revoir Florence, je n'y rentrerai jamais. Hé quoi ? ne pourrai-je, de quelque coin de la terre que ce soit, voir le soleil et les

*étoiles ? Ne pourrai-je, sous toutes les régions du
ciel, méditer ce qu'il y a de plus doux au monde, la
vérité, sans devenir un homme sans gloire ou plutôt déshonoré aux yeux du peuple et de la cité de
Florence ? Le pain même, j'en ai la confiance, ne
me manquera pas.*

Le Grand Frère se tut.

Le Grand Frère était né et avait grandi en Algérie, à Cyrtha. À l'âge de dix ans, son père, émigré
qu'il n'avait pas connu, les fit venir, sa mère et lui,
en banlieue parisienne grâce au regroupement
familial. Il s'était, depuis, toujours senti en exil,
d'où son amour immodéré pour Dante et Joyce,
son panthéon de relégués.

Il aimait par-dessus tout ces existences arrachées
à l'enfance, brisées par les événements politiques,
les guerres, les famines. Ou tout simplement éloi-
gnées par manque d'attachement avec le milieu qui
les avait vues naître et grandir, un peu comme
Joyce fuyant Dublin devenu trop étroit pour son
génie. Lui-même sentait la France devenir un costume qui gênait de plus en plus ses mouvements,
d'où son engagement dans l'armée à dix-huit ans,
puis sa fugue en Italie, un exemplaire de *La Divine
Comédie* dans la poche de son treillis.

« Pour reprendre notre conversation, sache,
Rachid, que Dante a placé les hommes sans religion
dans le Purgatoire, cette antichambre du Paradis.
Et sais-tu où se trouve Mahomet dans *La Divine
Comédie* ?

— Non.

— En Enfer ! Même Averroès, Ibn Rochd pour nous, le Maître second après Aristote, se trouve au Purgatoire, devant notre Prophète. Tu vois, Rachid, il faut relativiser. Il faut toujours relativiser. »

Le Grand Frère aimait parler seul. Il monologuait sans se soucier de savoir si Rachid suivait ou non ce qu'il racontait. De fait, il vivait un peu à l'écart dans la cité. Il ne fréquentait personne et gardait une discrétion absolue sur ses allées et venues à Paname. Il avait bien entendu besoin de Rachid pour l'assister dans ses basses besognes, mais celui-ci était une sorte de benêt que seul l'imam du quartier considérait quelque peu. Les autres gamins de son âge se moquaient de lui et le tenaient à l'écart de leurs petites affaires, ces deals, vols de mobylettes, rodéos nocturnes qui leur permettaient d'agrémenter une vie sordide entre des barres HLM où les seules fleurs de bitume étaient celles qu'ils fumaient le soir en se racontant des conneries.

Ils cheminaient à présent dans la rue Dante. Ils débouchèrent sur le boulevard Saint-Germain qu'ils remontèrent en direction du boulevard Saint-Michel. Ils pénétrèrent dans le McDo au croisement des deux axes. Ils attendirent quelques minutes devant les caisses et commandèrent deux menus Best Of à la frétillante étudiante en tablier rouge. Ils grimpèrent à l'étage avec leurs sandwichs et leurs frites.

« T'imagines l'odeur de sa chatte, à la cousine serveuse ?

— Rachid, je t'ai déjà dit de ne pas être vulgaire.

— Elle doit sentir la frite et la viande grillée. Je voudrais pas y mettre le nez.

— On te demande rien, tu sais. »

Rachid sortit son téléphone portable et commença à tapoter les touches qui s'illuminaient en émettant des notes de musique.

« Tu branles quoi ?

— J'envoie un SMS.

— À qui, bordel ?

— À ma meuf.

— Tu es fou ! Nous sommes en service commandé, ici !

— Je lui dirai pas où nous sommes. Elle doit bosser, elle aussi, à cette heure.

— Elle travaille où ?

— Au Quick, sur les Champs.

— Et elle, elle sent pas la frite, ta dulcinée ?

— Dulcinée ? C'est une insulte ?

— Non. Ou si tu préfères, oui. Montre-moi ce que tu lui envoies comme message. »

Ma ptit' Mikette Jte kif grav ma paraule. On ce bip ce roisse. Dè foi ke ton daron il çor le iench. On ce tope dan la kave. Je te manjerai labrikot. Pran une douch avan. Biz maï Love.

« C'est de la poésie, ça, Rachid ! Tu devrais écrire plus souvent. Elle doit être heureuse, Miquette.

— Mon Big Mac va refroidir ! »

Il se jeta goulûment sur l'immeuble à deux étages de pain et de viande. Il l'engloutit avec une grande allégresse sans oublier d'y adjoindre les frites ramollies et malodorantes. Il noya le tout sous des décilitres de Coca glacé et ponctua la fin de son repas d'un rot sonore qui fit sursauter de dégoût le Grand Frère.

Celui-ci n'avait pas touché à son plateau. Un appétit d'oiseau, le Grand Frère. La peau sur les os. Sec comme un roseau. Un roseau pensant. Qui ne savait pas s'il fallait rire ou pleurer sur Rachid et ses amours. Sur sa vie dont le sordide ne lui échappait pas. Sur la lumière crue et sale qui baignait ce restaurant de carton-pâte, usine à bouffe où se retrouvaient tous les paumés de Paname. Et aussi sur les touristes en mal de repères, perdus *en el corazon de la grande Babylon*. Non, en vérité, il n'allait pas pleurer sur leurs vies. Elles étaient ainsi, il en prenait son parti. Souvent, il regrettait son enfance sous des cieux d'argent, au bord d'une mer qui lui semblait infinie. Et le miroitement des vagues, éclats de soleil ressassés sous le bleu acier. Mais n'était-ce pas, là encore, une sorte de mirage qui l'assaillait devant ces murs couverts de reproductions de Keith Haring ? De petits hommes schématiques se tenaient la main sur le jaune pisseux. Des banquettes recouvertes de skaï et des tables en formica étaient devenues son monde, unique, impossible à piller. Il n'y avait rien à empor-

ter. On pouvait mourir ici, sans regret, il en était
certain.

Il prit son sac, se leva et se dirigea vers les chiottes. À l'intérieur, il referma la demi-porte à clef et
commença à enlever son survêt. Dessous, il portait une veste de costume et un pantalon en flanelle. Il ouvrit son sac et en retira les chaussures
neuves. Rien à voir avec les Nike qu'il fourra dans
le sac avec son jogging et qu'il jetterait une fois
hors du restaurant. Il tira de la poche de sa veste
Hugo Boss une cravate club assortie à sa chemise
légèrement bleutée. Quand il ressortit des toilettes, il ne ressemblait plus à un jeune de banlieue,
mais presque à une sorte de yuppie.

« À ton tour, maintenant », dit-il à Rachid.

La même opération vit la transformation de
Cendrillon, mais cette fois, la princesse avait des
couilles et des poils sur le menton.

« Tu aurais pu te raser, ce matin.

— J'ai oublié, Grand Frère, je le jure. »

Un McDo présente un grand intérêt pour ce
genre de métamorphose ; on pouvait se planter au
milieu de la salle, s'y déboutonner et se palucher
en direct sans créer le moindre sursaut dans l'assis-
tance. Les gens qui y bouffaient devenaient sourds
et aveugles, concentrés uniquement sur leur sachet
de ketchup ou de mayonnaise, un peu comme dans
le métro, où régnait aussi la plus grande indifférence. Une des règles de ce genre de lieu est de
n'y jamais dévisager personne. Un regard en coin,
à la rigueur, mais interdiction de mater. Si vous

observez scrupuleusement cette unique règle, vous pouvez sans peine trucider un inconnu et déguerpir sans que personne ne se souvienne jamais de votre visage. Voilà pourquoi Rachid admirait le Grand Frère. Ce dernier avait le don de dénicher les angles morts des sociétés modernes.

Ils sortirent. Cette fois, ils longèrent le boulevard Saint-Michel. Ils avaient failli poursuivre sur le boulevard Saint-Germain et changer d'arrondissement en se dirigeant vers le quartier de l'Odéon. Mais quelque chose les retint. Un commandement obscur. Un peu comme si quelqu'un, au loin, traçait pour eux les lignes à suivre, les frontières à ne pas franchir. Le Grand Frère pensait souvent n'être que le protagoniste d'une histoire racontée par un idiot, pleine de bruit et de fureur. C'était sans doute ses lectures qui brouillaient son jugement. Il avait souvent l'impression que la vie, sa vie, brûlait dans une nuit obscure.

Ils traversèrent la rue des Écoles, poursuivirent sur le boulevard Saint-Michel, passant devant le Collège de France sans lui jeter un regard, non loin de l'endroit où fut renversé Roland Barthes par un camion de lait.

« Il s'est laissé mourir.

— Qui ?

— Roland Barthes. Il portait son deuil. »

Rachid ne se doutait pas qu'un homme avait ici écrit des livres, enseigné à des étudiants — en avait aimé certains — et était mort parce qu'il n'avait pas supporté la perte de son unique amour : sa mère.

Le Grand Frère ne tenait pas en estime ses parents, sa génitrice encore moins. Il leur reprochait de ne pas l'avoir préparé à cette vie. Il avait dû tout apprendre par lui-même, et il avait commencé bien tard, trop tard sans doute. Il avait fait son éducation après l'armée, pendant sa longue errance en Europe, avec pour seul bagage un sac à dos et ses deniers de trouffion. En monnaie de singe. Sa paye lui avait tout de même permis de s'acheter des livres.

Oui, ses parents avaient été importés d'un pays étranger, utilisés par l'immense machine industrielle, puis écrasés comme l'ancienne version d'un logiciel.

Leurs enfants n'avaient jamais fait partie du programme, eux. Ils avaient proliféré comme des erreurs sur une ligne de code. Si le changement de siècle n'avait pas vu le grand crash informatique, l'énorme bug mondial, quelques individus, arrivés à l'âge adulte au même moment, avaient tout simplement disjoncté dans leur coin. Tous, bien sûr, n'étaient pas montés dans l'avion d'American Airlines un matin de septembre 2001, mais la plupart avaient pris des trajectoires aléatoires, et ce dans le monde entier puisque l'immense machine s'était étendue à tout le globe, usant des personnes comme de vulgaires matériaux, interchangeables et jetables, de la même manière qu'elle avait usé de ses parents.

Cela, il ne pouvait l'exposer à Rachid. Comment

lui expliquer que les riches n'avaient plus besoin d'importer des pauvres pour faire tourner leurs usines à moindre coût, puisque ces mêmes usines s'étaient implantées directement chez eux, à domicile pour ainsi dire ?

« "Si vous ne faites pas partie de la solution, vous faites partie du problème."

— Euh…

— Malcom X. »

Ils s'arrêtèrent un instant devant la place de la Sorbonne où, encore une fois, et sans doute pour se moquer de lui, le Grand Frère sermonna Rachid.

« Rue du Fouarre, toutes les maisons étaient consacrées aux écoles. Mais comment loger tout ce monde qui s'entassait sur la paille pendant la journée et errait à la recherche d'un logis la nuit ? On créa donc les collèges ! Ceux-ci étaient à la fois un dortoir, un abri et une cantine. Robert de Sorbon, le chapelain de saint Louis… Que la peste soit de ce croisé de roi Louis ! Robert de Sorbon reçut du roi une maison près des Thermes. L'homme y logea seize pauvres étudiants qui préparaient leur doctorat de théologie. C'est ainsi que naquit la Sorbonne, en lieu et place de cet ensemble fin XIXᵉ, fort laid, troué par une chapelle du XVIIᵉ, fort belle. C'est le cardinal Richelieu qui dote la Sorbonne de cette magnifique chapelle où il est enterré. Un chef-d'œuvre de l'architecture classique. »

Le Grand Frère jouait au guide touristique, indiquant de la main la façade d'une des universités les plus célèbres du monde. Rachid, lui, suivait les allées et venues des étudiantes qui sortaient des derniers cours.

La nuit était tombée et seuls les cafés entourant la Sorbonne éclairaient la place où défilaient les énigmes à cheveux longs qui intriguaient Rachid.

Des blondes, des brunes, des rousses, des longues, des petites, des emmitouflées, des dévêtues en dépit du froid, ou en raison même du froid, les joues rosies, les jambes comme des fusées, filaient, filaient comme du vif-argent pour ne pas rater leur bus, ou s'engouffrer très vite dans le métro, pour disparaître à jamais de la surface de la terre, le temps d'une nuit puisque le lendemain, aux premières lueurs, efflorescence précoce, ces bouquets se mettraient à nouveau en marche, tiges dans le vent matutinal.

Rachid commençait à avoir l'âme poétique. S'attendrissait-il au contact de Paname, la Ville lumière ? Les cours prodigués par le Grand Frère commençaient-ils à porter leurs fruits ? Le Grand Frère, lui, se foutait des femmes comme de sa première vérole, chopée à quinze ans chez la concierge de l'immeuble avide de jeunesse et d'exotisme. Depuis, il n'avait plus eu de temps à consacrer à ça. Il n'en avait plus eu les moyens non plus.

Ils se postèrent devant le premier immeuble de la rue Gay-Lussac, à l'angle du boulevard Saint-Michel. Le Grand Frère pianota sur le clavier du digicode, le portail s'ouvrit et ils entrèrent dans le vestibule de l'immeuble. Un ami postier lui avait filé le code en échange d'un service. La vie est dure pour les hommes de lettres et un peu de poudre blanche égaye la plus morne des journées. Et puis, personne ne l'ignore, le salaire d'un employé des postes ne couvre pas les besoins d'un nez qui coule et de la cervelle en manque qui le surmonte.

La concierge était absente, lui avait certifié son ami cocaïnomane. Et c'était vrai.

Le Grand Frère rechercha quelques noms sur une boîte aux lettres, de préférence aux étages nobles. Il appuya sur l'interphone et attendit. Rien. Il ne fallait pas trop s'attarder, il le savait. Il essaya un autre nom. Silence. Puis un grésillement. Il entendit un oui ensommeillé, traînant, la voix d'une femme âgée sans doute.

« Un courrier pour vous, madame.

— À cette heure tardive ? fit une voix méfiante.

— Vous êtes bien madame Hauvet ?

— Oui.

— C'est un Chronopost, madame.

— Quatrième étage, première porte à gauche. »

La porte vitrée émit un son aigu et s'ouvrit.

Ils prirent l'antique ascenseur en bois de merisier. Un petit siège était rabattu contre une des parois. Lui et Rachid tenaient à peine dans la cabine. Ils espéraient que personne d'autre n'avait commandé l'ascenseur au deuxième ou au troisième palier. C'était déjà arrivé une fois. Le Grand Frère avait dû regarder ses chaussures sans décrocher un mot pendant quelques secondes qui lui avaient semblé des siècles.

La cabine s'éleva puis s'arrêta à l'étage souhaité. Il n'y avait eu personne.

Un second prodige les attendait sur le palier : la porte de l'appartement avait été ouverte à leur attention.

À quoi bon tous ces blindages, ces codes, ces interphones munis parfois de caméras, s'il fallait baisser sa garde au dernier moment, quand le danger était à son comble ?

Ils entrèrent dans l'appartement et refermèrent la porte derrière eux, sans un bruit. Ils entendirent la vieille dame qui leur demandait de laisser le courrier sur la console et de repartir.

Le Grand Frère et Rachid n'avaient pas d'enveloppe ou de colis à déposer sur la console recouverte de marbre de Carrare. Ils ne ressortirent pas non plus de l'appartement. Ils empruntèrent plutôt le long couloir et pénétrèrent dans un immense salon au grand dam de la femme à la chevelure blanche comme neige, dont les ondulations étudiées avaient sans doute nécessité tout le savoir-faire d'un coiffeur très chic.

« Vous voulez sans doute un petit quelque chose ? »

La femme se leva, prit son sac et en sortit un porte-monnaie. Elle l'ouvrit devant eux sans remarquer qu'ils n'étaient pas habillés comme des postiers. Elle tira un billet de cinq euros qu'elle présenta à Rachid. Il lui paraissait le plus avenant, sans doute en raison de sa jeunesse.

« Nous ne voulons pas de pourboire, dit le

Grand Frère en s'avançant vers la dame. Nous ne voulons pas de votre aumône. »

La voix qui avait proféré ces mots était sinistre. La vieille femme s'en aperçut, sa bouche s'ouvrit en grand.

« Surtout, ne criez pas, madame. »

Il lui présenta ses mains qu'il referma avec une étrange douceur, comme si elles enserraient déjà le cou de son interlocutrice. Il fit ensuite un signe à Rachid. Celui-ci se dirigea vers leur proie et commença à dérouler la ficelle qu'ils avaient achetée au *Tout à un euro*, un peu plus bas sur le boulevard. Il lui lia les mains derrière le dos, l'allongea sur le canapé et lui ligota les chevilles. Ils ne la bâillonnèrent pas.

« Si vous criez, vous êtes morte, vous me comprenez ? »

La femme hocha la tête, la bouche ouverte et vide. Quelque chose ne passait plus, les mots restaient coincés dans sa gorge.

Le Grand Frère sortit du salon pour explorer le reste de l'appartement. Il entra dans une grande cuisine et se dirigea vers le plan de travail. Il ouvrit un tiroir et prit un couteau à viande. Il marcha ensuite vers le fond du couloir en ouvrant les chambres les unes après les autres. Dans l'une d'elles, au fond, près de la salle de bains, il fit une découverte qui lui sembla, après tout, bien naturelle. Il revint dans le salon et parla avec Rachid à voix basse.

Rachid sortit à son tour et traversa le couloir,

passa devant la cuisine, un second salon rempli de
vases et de statuettes qui lui semblaient bien laides, puis il pénétra dans la chambre que les murs,
recouverts d'un tissu bleu roi, assombrissaient.
Ses yeux durent s'habituer au manque de lumière
pour comprendre enfin la raison de sa présence
en ces lieux.

Au même moment, le Grand Frère, couteau en
main, arpentait l'immense salon, auscultant les
tableaux sur les murs, les petites figurines amérin-
diennes et même un vase berbère qu'il souleva de
son socle.

« Cela vient d'Algérie, dit la voix chevrotante.
Vous pouvez le prendre, si vous le voulez. Je vous
l'offre. C'est mon père… Vous savez, il aimait beaucoup ce pays. Nous avions des biens, là-bas. »

Le Grand Frère reposa le vase et s'approcha
des tableaux.

« Jean Dubuffet, dit-il en indiquant un portrait
très schématique, presque fou, lignes brisées tracées par un enfant génial.

— Vous pouvez le prendre aussi, vous pouvez
tout prendre. »

Madame Hauvet s'agitait de plus en plus sur
son canapé. Elle reprenait vie. Elle croyait tenir
une monnaie d'échange. Tout rentrerait dans l'ordre
bientôt. Il prendrait le tableau et s'en irait avec
son affreux comparse. Peut-être lui offrirait-elle
quelques babioles de plus et tout serait fini.

« Il est très bien où il est, répondit le Grand Frère.
Je n'y toucherai pas. Ces œuvres-là ont une âme,

madame. Elles n'appartiennent à personne. Elles devraient être dans un musée. Et les musées devraient être gratuits. »

Elle ne comprenait plus, pour elle ces dessins lui appartenaient et elle aurait pu se torcher avec si elle l'avait voulu. Sa monnaie d'échange se trouvait dévaluée par ces paroles idiotes. C'était des crétins, de vrais crétins !

« Voyez-vous, madame, j'ai été envoyé en Yougoslavie pendant la guerre.

— Oh ! Ce devait être affreux, dit-elle en feignant une immense compassion. Vous avez dû souffrir beaucoup.

— Moi ? Non, rassurez-vous. Mais les paysans bosniaques, oui. Ils ont souffert beaucoup, comme vous dites. »

Il se tut.

« Vous avez lu Dante, madame ?

— Dans ma jeunesse. Quelle lecture ennuyeuse !

— Dommage », dit-il, très sec.

Elle s'en voulut d'avoir donné son opinion sur Dante. Elle oubliait presque qu'elle était à leur merci. À sa merci. Il l'effrayait. Il n'était pas comme les autres. Pas comme ceux qu'on voyait à la télévision. Ceux qui avaient brûlé des voitures pendant deux mois. Ceux-là étaient loin de son monde, loin d'elle. Lui s'en rapprochait trop, comme le soleil de la terre, pour être inoffensif. Il était chez elle, elle ne s'en était pas encore aperçue ! Il était chez elle, mon Dieu ! Elle avait envie de pleurer d'avoir été aussi bête.

Il l'interrompit, brutal, pour lui parler encore :

« Eh bien, l'enfer existe, madame. Je l'ai vu des mes propres yeux. Je l'ai vu dans ces fermes dévastées, où tout avait été emporté, détruit, piétiné. Je ne vous parle pas des êtres, je vous parle des objets, madame, juste des objets. Croyez-moi, ils ont une âme. Comme vous et moi. »

Il l'empêchait de penser. Il cherchait à la distraire ; pire, à lui faire la leçon. Il l'épouvantait à présent.

« Alors laissez les tableaux et prenez mes bijoux, prenez-les tous. Ils sont dans le coffre, derrière le Dubuffet que vous aimez tant. La clef est fixée sous le cadre. »

Elle était au bord de la crise de nerfs.

« Ce n'est pas très prudent, madame. N'importe qui peut les trouver. »

Rachid revint dans le salon. Il n'était plus seul. Madame Hauvet, en le voyant, se mit à émettre de petits cris.

« Silence ! »

Il était accompagné d'une jeune fille pâle. Pour le Grand Frère, elle paraissait sortie d'un Modigliani. Pour Rachid, elle était juste un peu maigre et grande. Et surtout, elle était morte de peur.

Elle tremblait de tous ses membres, les yeux encore embués par le sommeil. Elle n'avait pas plus de seize ans.

« C'est ma petite fille chérie ! »

La vieille femme sanglotait à présent.

« Taisez-vous, bordel ! »

Elle se tut et le Grand Frère retourna le portrait, décrocha la clef et ouvrit le coffre. À l'intérieur, une boîte en ébène dont il souleva le couvercle. Des colliers, des bracelets, plusieurs paires de boucles d'oreilles. Il en ausculta le contenu à la lumière d'une lampe et referma le petit coffret en bois noir.

« Je croyais pouvoir vous faire confiance, dit-il. Vous me décevez beaucoup, vraiment.

— Je ne comprends pas, non, je ne comprends pas. »

Si, elle comprenait. Les bijoux étaient en toc. Voilà pourquoi elle ne les protégeait pas. Le Dubuffet aussi était une copie. Le Grand Frère ne l'ignorait pas non plus. Mais il aimait donner une deuxième chance à tout être humain, voire une troisième. Il avait appris en Bosnie que les hommes et les femmes de certaines régions n'avaient pas eu la moindre chance, eux.

Il marcha vers la vieille dame, la retourna sur le ventre, prit sa main et lui coupa l'auriculaire avec le couteau à viande. Il le jeta sur la moquette blanche. Une tache de sang s'épanouit comme une rose. Pour qu'elle ne crie pas, il lui avait enfoncé la tête dans le coussin du canapé.

Rachid eut à peine le temps de la retenir dans ses bras : la jeune fille qui ressemblait à un modèle de Modigliani s'évanouit. Il l'allongea doucement sur la moquette.

Quand la vieille femme cessa de bouger, le Grand

Frère la retourna pour qu'elle ne meure pas étouffée.

Lorsqu'elle revint à elle, il lui dit :

« On arrête de jouer, maintenant. Où sont les bijoux ? »

La vieille marmonnait, les lèvres en sang. Elle se les était mordues sous l'effet de la douleur. Quand elle tentait de parler, des bulles roses gonflaient dans sa bouche et explosaient sur son menton. Le Grand Frère dut approcher son visage pour l'entendre lui dire où se trouvaient les bijoux.

Il se leva et se dirigea cette fois vers un petit secrétaire. Il délaissa le seul tiroir en évidence et s'accroupit avant de passer la tête sous le meuble. Il tâtonna quelque peu et trouva. Il fit coulisser un petit panneau en bois et les objets précieux tombèrent sur la moquette. Il les ramassa et les fourra dans la poche de sa veste Hugo Boss. Quel flic irait fouiller un homme habillé comme lui ? Surtout s'il rentrait chez lui en taxi.

« J'ai une mauvaise nouvelle, dit-il en s'adressant à la vieille dame. Mon ami et moi, nous ne pouvons nous permettre d'être reconnus. Par personne.

— Oh, mon Dieu ! Oh, mon Dieu ! Je vous en supplie. Je vous en supplie. Laissez-moi vivre, je vous en prie. Je ne dirai rien. Je vous le jure. Je vous en prie. Je ne mérite pas de mourir.

— Personne ne mérite de mourir, madame. Pourtant, un jour ou l'autre... Considérez aussi que

vous avez bien vécu jusqu'ici. Vous n'avez manqué de rien.

— Je vous en supplie, pour l'amour de Dieu,
prenez-la, elle. Prenez-la. Prenez ma petite fille.
N'est-elle pas belle ? Elle vous plaira beaucoup,
j'en suis sûre. Je vous en prie, ne me tuez pas. Je
ne le mérite pas. Je vous la donne, prenez-la ! »

Ce genre de réaction ne le surprenait plus. C'était,
somme toute, une réaction bien humaine. Une
vieille ourse aurait réagi différemment, pas une
grand-mère.

« Pourtant, elle mérite de vivre, elle aussi, fit-il
avec une grande douceur. Elle est si jeune. Regardez tout le chemin qu'elle peut encore parcourir.
Toutes les bonnes choses qu'elle peut apporter
à l'humanité. Et croyez-moi, je m'y connais, en
humanité. »

La vieille femme se mit à cracher du sang.

« Elle n'apportera rien à personne. C'est une
traînée. Une dégueulasse. C'est, c'est… c'est une
putain, voilà. »

Le Grand Frère en avait assez entendu. Il
s'occupa de la vieille femme.

La fille reposait toujours sur la moquette, alan-
guie telle une odalisque. Elle était belle. Et elle
dormait comme une princesse de conte de fées. Le
Grand Frère était heureux qu'elle n'eut pas assisté à
tout cela. Il en était heureux pour elle. Peut-être
même dormirait-elle jusqu'au bout de sa propre
nuit, une nuit sans fin, une nuit sans gloire.

Gare du Nord

BERTHET S'EN VA

Jérôme Leroy

Jérôme Leroy est né en 1964. Il aime le vin naturel et le char à voile. Parfois il écrit de la poésie et du roman noir. Il espère que cela va pouvoir durer encore un peu. Son roman Le Bloc *a paru à la Série Noire à l'automne 2011.*

1

Berthet et le conseiller Morland déjeunent Chez Michel, rue de Belzunce. Berthet et le conseiller Morland ont commandé une fricassée de langoustines aux cèpes en entrée et de la grouse au foie gras pour la suite des opérations.

C'est l'automne.

Berthet et le conseiller Morland sont des hommes du monde d'avant. Berthet et Morland n'aiment que les restaurants avec des produits de saison et Berthet et Morland croient encore à l'Histoire, à la fidélité, à des choses de ce genre.

Berthet et le conseiller Morland savent qu'ils ont tort, mais c'est comme ça. Berthet et Morland sont nés avant le premier choc pétrolier, vraiment bien avant pour Morland. Berthet et Morland font partie des Européens de plus de quarante ans, on n'a pas implanté à Berthet et Morland la puce de la soumission.

Il ne viendrait jamais à Berthet ou à Morland

l'idée de trouver normale une température de 27 °C, un 3 novembre.

Il ne viendrait jamais à Berthet ou à Morland l'idée que l'économie de marché et ses carnages afférents ne soient pas une vaste imposture.

Il ne viendrait jamais à Berthet ou à Morland l'idée de manger des sandwichs debout ou d'écouter de la musique sur des baladeurs MP3 branchés directement sur le cortex.

Berthet et Morland sont renseignés sur la fin du monde en cours.

Parfois, le conseiller Morland plaisante. C'est rare chez cette barbouze de haut rang, protestante de surcroît. Très rare. Mais ça arrive.

« Berthet, dit Morland, j'ai une maîtresse qui n'a pas trente ans et tu sais, parfois, j'ai l'impression que je vais me retrouver avec une prise USB à la place de sa chatte. »

Berthet ne dit rien. Berthet est nerveux. Berthet ne connaît pas la maîtresse de Morland et Berthet n'est même pas certain que Morland ait une maîtresse.

Ce que Berthet sait de Morland,

c'est un poste de fonctionnaire européen comme couverture,

c'est une grande femme très baisable qui enseigne la philosophie au lycée français de Bruxelles,

c'est pas d'enfants,

c'est vingt-cinq ans au service de l'Unité, à un grade très élevé,

c'est une prédilection honorable pour la littéra-

ture des malchanceux des années cinquante, Henri
Calet et Raymond Guérin,

c'est une prédilection un peu moins honorable
pour le répertoire intégral de Sacha Distel,

c'est une relation de chef à subordonné,

c'est de la sympathie aussi, presque de l'amitié.

« Qu'est-ce qui ne va pas ? dit Berthet. Ce n'est
pas ton genre de parler de la chatte des filles.

— L'Unité te lâche, dit Morland. Elle veut ta
peau, très vite. »

Avant la fricassée de langoustines aux cèpes,
Berthet et Morland ont commandé en guise d'apé-
ritif une bouteille de champagne Drappier brut
zéro dosage.

Berthet et Morland mangent de bonnes cochonnailles et boivent le champagne qui a un goût de
vin, ce qui est toujours surprenant dans une époque définitivement falsifiée.

« Quand ? dit Berthet

— On aura beau dire, dit Morland, lorsqu'on
commence à travailler le pinot noir avec cette
science, on pourrait presque espérer la survie de
l'humanité.

— Quand ? répète Berthet, qui est d'accord sur
le zéro dosage et le pinot noir comme sublimation
du caractère vineux du champagne, qui y prend
plaisir même, mais qui est toutefois un peu angoissé
par l'information de Morland.

— Quand quoi ? dit Morland qui ressert une
coupe de champagne à Berthet et à lui-même.

Quand est-ce qu'ils vont te tuer ou quand est-ce que la décision a été prise ?

— Les deux », dit Berthet.

Berthet pourrait dire « les deux, mon général ». Ce ne serait pas une plaisanterie. Morland est général une étoile, même si peu de monde le sait. Morland n'a pas dû porter un uniforme depuis trente ans. La couverture de Morland est conseiller auprès d'un commissaire européen à Bruxelles.

Berthet et Morland se regardent.

Chez Michel, on se croirait toujours un peu en province. La rue de Belzunce est calme, petite déchirure nette et étroite du continuum formé par la gare du Nord, le boulevard de Magenta et la rue La Fayette. C'est un décor à la Simenon. Berthet n'a jamais aimé Simenon. Morland si.

« Je repars à Bruxelles par le Thalys, viens avec moi. On plaidera ta cause…

— Comme ça, vous me buterez plus facilement là-bas.

— Tu me chagrines. Je prends des risques, aussi, en te prévenant. »

Ils terminent le champagne, les cochonnailles. Le gras d'une andouille de Guéméné apaise Berthet, le rassure un instant sur la durabilité de son corps, presque autant que le Glock 9 mm dans son holster d'épaule et le Tanfoglio 22 glissé dans un étui le long de sa cheville.

Berthet ne répond pas. Berthet demande la carte des vins. Une serveuse blonde arrive. Berthet bande. Ce genre de choses ne trompe pas. La mort

rôde. Berthet se concentre sur le choix d'un blanc,
pour aller avec la fricassée de langoustines aux
cèpes. Berthet se décide pour un vouvray. Sec. La
Dilettante, de Catherine et Pierre Breton.

La blonde dit que c'est un bon choix et Berthet
a envie de dire à la blonde qu'il lui boufferait bien
la chatte.

« Tu lui boufferais bien la chatte, non ? » dit le
conseiller Morland.

Il y a, chez les hommes qui ont longtemps côtoyé
ensemble le secret d'État et la mort violente,
d'étranges et précises télépathies.

Berthet pense qu'il va mourir. Berthet sait qu'il
va mourir ou qu'il est sur le point de. La dureté
soudaine de sa queue est un signe somatique qui
ne le trompe pas. Un signe plus certain encore que
l'annonce de Morland.

Berthet bande pour n'importe qui, n'importe
quoi, quand la mort est là.

Ça a commencé quand Berthet avait douze ans,
bien avant Saint-Cyr Coëtquidan, bien avant
l'Unité. On avait enterré son grand-père dans un
village de Picardie. Il avait fallu prendre un train,
gare du Nord, justement. Berthet était triste comme
si c'était lui qui était mort.

En descendant du taxi avec ses parents, Berthet
avait regardé sous la pluie les statues aux gros seins
sur le sommet de l'édifice. Les statues représentaient les destinations internationales. Celles qui
étaient plus bas, devant la verrière, représentaient
des destinations plus locales. Elles avaient de

moins gros seins, forcément. Berthet avait préféré l'international. Les villes à gros seins.

Des villes où Berthet irait plus tard pour le compte de l'Unité, Londres, Berlin, Vienne, Amsterdam, des villes où il manipulerait, déstabiliserait, mentirait, torturerait, assassinerait et des villes où, après tout ça, il baiserait désespérément, recherchant des femmes qui ressembleraient à ces statues-là, massives, fermes, très grandes.

Pour se rendre à l'enterrement du grand-père, il avait fallu prendre un vieux train grandes lignes à compartiments. Berthet, angoissé par le premier mort de sa vie, avait passé son temps à déranger sa mère en sanglots pour aller se branler dans les toilettes du wagon en se repassant mentalement, au rythme des rails, les caryatides ferroviaires, leurs seins durs, leurs bras sur le ciel gris.

Quand on avait enterré son grand-père sous une pluie qui jouait parfaitement son rôle dans ce cimetière de la banlieue d'Abbeville, Berthet pleurait à chaudes larmes, parce qu'il aimait bien son grand-père, mais aussi parce que sa queue martyrisée saignait un peu et qu'il avait peur que cela se voie sur son pantalon de velours noir.

À l'époque, la gare du Nord n'avait pas cette allure d'aéroport pour la quatrième dimension, de plate-forme pour *freaks* en partance pour les univers parallèles de la dope, de la clochardisation accélérée et de la mort sociale. Leurs gueules médiévales, leurs ulcères, leurs dents manquantes, leur odeur de charnier, leur langage à peine articulé, tout ça

comme un reproche vivant à la démission trentenaire de l'État providence.

À l'époque, la gare du Nord n'avait pas ses trains
profilés pour la grande vitesse, à usage exclusif
des élites mondialisées. Des trains bleus, gris, bordeaux, phalliques à faire hurler de rire un laca-
nien. Et de ces trains, des hommes et des femmes,
à chaque heure, descendent l'air affairé, avec des
ordinateurs portables, des téléphones mobiles, le
corps plein de benzodiazépines, d'antidépresseurs,
d'alcool, de foutre, de merde et des derniers chiffres de retour sur investissement des start-up
d'Amsterdam ou de Copenhague. Le corps plein
de tout ça, mais pas de nicotine. Il ne faut pas
exagérer, la nicotine sent mauvais et fumer peut
tuer.

À l'époque, la gare du Nord n'avait pas, pour
s'interposer entre ces deux espèces mutantes, des
patrouilles mixtes de militaires et de flics en uni-
formes, ce qui donne toujours l'impression qu'un
putsch n'est pas loin. D'ailleurs, à l'Unité, on sait
qu'un putsch n'est jamais bien loin, qu'il y en a
peut-être même un qui se déroule en ce moment
précis, sans que personne ne le sache. Un putsch
post-moderne.

À l'époque, il n'y avait pas non plus de bataillons
de CRS transformés en guerriers ninjas anti-émeute
pour matérialiser définitivement le nouveau fossé
marchand, un fossé numérique, infranchissable,
un fossé de la fin des temps et de la guerre de tous
contre tous. Les casques à protège-nuques, les

visières opaques, les gilets en kevlar, les renflements aux articulations, les talkies-walkies qui grésillent en permanence.

Et Berthet pense qu'il n'a jamais aimé le 10ᵉ arrondissement et encore moins la gare du Nord, la gare du Nord comme :

l'antichambre du putsch,

le prélude à la guerre civile,

l'arrière-cuisine du fascisme électronique,

le hangar de la mort marchande,

le laboratoire de l'apocalypse.

Encore une fois, télépathie de Morland :

« Quand je suis arrivé de Bruxelles, tout à l'heure, je me suis dit, en marchant sur les quais, que maintenant tout le monde vivait dans un état d'urgence permanent et que tout le monde trouvait ça normal. Personne n'est foutu de se rappeler le coin, ne serait-ce qu'il y a vingt ans. Et ça vaut mieux, sinon les gens se mettraient sérieusement à paniquer. »

Morland s'interrompt. Morland rote discrètement la cochonnaille, car Morland est un haut fonctionnaire du renseignement distingué, pas un peigne-cul.

« Bordel de merde, Berthet, ils veulent vraiment ta peau, à l'Unité... »

La serveuse blonde apporte la bouteille de Dilettante.

Berthet bande toujours, Berthet goûte. Le vouvray est parfait, déchirant de perfection, même, quand on sait que l'Unité vous lâche et que conti-

nuer à boire des vins comme celui-ci ne va plus
pouvoir durer très longtemps.

« Tu sais pourquoi ? demande Berthet

— Hélène. Hélène Bastogne », dit le conseiller
Morland.

On apporte les fricassées de langoustines aux
cèpes. Berthet et le conseiller Morland hument.

C'est comme une forêt en automne, au bord de
la mer.

Et puis les vitres de Chez Michel explosent.

2

Berthet est allongé sur le sol. La fricassée s'est
répandue sur son costume. Berthet voit :

Morland, le crâne décalotté comme un œuf à la
coque, qui tient son verre de Dilettante à mi-chemin de sa bouche,

la serveuse blonde bandante qui n'a plus de
visage mais qui reste debout, une bouteille d'eau
minérale de Chateldon à la main,

l'autre couple qui déjeunait Chez Michel, très
mort, la tête déchiquetée dans leur assiette de
grouse au foie gras, encore prometteuse malgré
deux doigts manucurés et féminins, tranchés nets,
qui traînent sur le gibier,

un chat tout près de son visage, un chat qui
miaule comme pour dire son mécontentement mais
un chat que Berthet n'entend pas.

Berthet songe à deux choses :

premièrement, les chats ne sont pas démocra-
tes, ce qui doit être une vague réminiscence bau-
delairienne,

deuxièmement, je suis sourd à cause du choc.
Grenade défensive, probablement. Ils vont repasser finir le travail. Merde. Merde. Merde.

Berthet se relève. Berthet pue les langoustines
et les cèpes. Berthet est contrarié. Berthet a une
idée romantique du baroud d'honneur. Et elle ne
correspond pas à la vision d'un homme en costume Armani plein d'accrocs, et qui sent la langoustine.

Hélène Bastogne, tu m'en diras tant.

Une voiture quelque part fait couiner son alarme
antivol.

La tête décalottée du conseiller Morland goutte
dans la Dilettante de Catherine et Pierre Breton.

Barbares. Tous des barbares. Faire ça à du vin
pratiquement non soufré.

Une moto accomplit un demi-tour au bout de la
rue de Belzunce. Deux types casqués. Des petits
sous-traitants. L'Unité sous-traite, maintenant,
comme n'importe quelle grosse boîte du secteur
privé. C'est pitoyable. Le pilote de la moto prend
appui, le temps du dérapage, sur un contrefort de
l'église Saint-Vincent-de-Paul.

Le passager dégoupille une seconde grenade.

Sous-traitants de merde, vraiment.

Des professionnels seraient entrés Chez Michel,
seraient venus jusqu'à la table de Berthet et du
conseiller Morland, auraient tiré simultanément

dans le cervelet avec des armes de petit calibre, du genre du Tanfoglio 22 contre sa cheville.

Bruits de pet, et le temps que tout le monde réagisse et comprenne qu'il ne s'agit pas d'une attaque cérébrale, on est loin.

Mais là, non. Des cons d'intérimaires. Même l'Unité a des comptables. Même l'Unité fait dans la rigueur budgétaire. Du travail à temps partiel chez les barbouzes. Les cons. Berthet sait qu'il vit dans un système où même le jour de la fin du monde, il y aura des types pour se plaindre des déficits.

Berthet sort son Glock. Berthet fait monter une balle dans le canon. Le chat non démocrate lui gueule toujours silencieusement dessus. Berthet aurait aimé être sûr que la balle est bien montée. À l'oreille, on sait toujours, mais Berthet est encore sourd.

Berthet ouvre le feu. Berthet n'entend pas le bruit de canonnière énervée du Glock.

Berthet dégomme d'abord le passager grenadeur. Qui est désarçonné théâtralement, qui tombe, qui explose tout seul sur le pavé de la rue de Belzunce et crible d'éclats Saint-Vincent-de-Paul.

Puis Berthet change d'axe.

Puis Berthet entre en phase d'acquisition d'une nouvelle cible.

Puis Berthet pense : « Enculé ! »

Puis Berthet troue le casque du pilote. Quatre fois.

La moto chavire, le corps roule, la moto continue, allongée sur le flanc, et s'arrête aux pieds de Berthet.

Maintenant, la serveuse énucléée est assise sur une banquette, l'eau de Chateldon se répand, l'eau de Chateldon pétille sur la moleskine.

Le conseiller Morland est toujours à attendre pour l'éternité l'impulsion nerveuse qui permettrait à son bras de faire venir le verre de Dilettante jusqu'à ses lèvres qui bougent spasmodiquement.

Berthet comprend que son ouïe est revenue quand Berthet entend :

le miaulement effectivement réprobateur du chat,

le conseiller Morland qui chantonne dans une bouillie rougeâtre « La Belle Vie » de Sacha Distel,

le moteur de la moto qui tourne à vide,

les sirènes de police.

Hélène Bastogne. Merde.

Et dire que Berthet rate la grouse au foie gras.

Berthet remet le Glock dans son holster, s'envoie des rasades de Dilettante au goulot.

Et Berthet s'enfuit.

Hélène Bastogne.

3

Contrairement à Berthet, Hélène Bastogne aime le 10e arrondissement. Hélène Bastogne y vit. Un appartement, place Franz-Liszt, en dessous de Saint-Vincent-de-Paul et du charmant petit square

Cavaillé-Coll. Pas très loin de l'endroit où le conseiller Morland achève d'égoutter sa calotte crânienne dans la Dilettante, du carnage que Berthet quitte précipitamment en direction de la gare du Nord.

Hélène Bastogne est journaliste d'investigation et, comme tous les journalistes d'investigation, Hélène Bastogne est manipulée. Hélène Bastogne ne le sait pas et quand bien même Hélène Bastogne aurait des doutes, Hélène Bastogne s'en fout parce qu'Hélène Bastogne va jouir.

La solution serait un roman, pense Hélène Bastogne. Il y a du ciel bleu dehors. Un roman où Hélène Bastogne dirait tout. Le ciel bleu de novembre et le vent dans les arbres du square Cavaillé-Coll.

Hélène Bastogne se concentre sur le sexe en elle. Un roman réglerait pas mal de choses. Mais Hélène Bastogne ne connaît pas le nom des arbres. Hélène Bastogne le regrette. Un roman ne réglerait rien, en fait. Hélène Bastogne sent le sexe en elle mollir.

Hélène Bastogne va jouir.

Pourvu qu'il ne jouisse pas avant elle. Le sexe appartient à l'amant n° 2. L'amant n° 1 est un éditeur mécheux de la rue de Fleurus. L'amant n° 2 est son rédacteur en chef. L'amant n° 2 est venu pour faire le point sur le travail d'Hélène Bastogne. Les confessions d'un mec des services secrets. L'amant n° 2 a promis de l'emmener dans un nouveau bar du canal Saint-Martin. Hélène Bastogne

ne connaît pas le nom du bar. Hélène Bastogne
ne connaît plus rien sauf le plaisir qui approche.

Un roman. Un roman qui parlerait du plaisir,
du vent dans les arbres dont elle ne connaît pas
le nom. Des bars du canal Saint-Martin, du
10e arrondissement, de la queue de l'amant n° 2,
de la queue de l'amant n° 1, aussi.

Hélène Bastogne va jouir.

Le sexe de l'amant n° 2 reprend de la vigueur.
Ou alors, c'est parce qu'Hélène Bastogne, qui le
chevauche, a légèrement changé d'angle. Et ça va
mieux pour lui. Ne débande pas s'il te plaît, ne
débande pas.

Des confessions explosives, comme on dit. Le
type est venu au journal il y a quinze jours. Le type
avait un beau costume Armani. Quarante-cinq ans,
maximum. Regard doux, voix grave, cheveux ras.
Le type a commencé à parler.

Vent dans les arbres, vent dans les arbres du
square Cavaillé-Coll, encore. La cime de celui
qu'Hélène Bastogne voit par la grande fenêtre
bouge au même rythme que le sexe de l'amant n° 2.

Hélène Bastogne va jouir.

Le type aurait pu faire un bon amant, aussi. Le
type a raconté des choses vraiment intéressantes,
en période préélectorale. De la Côte-d'Ivoire aux
émeutes de banlieue, la vraie poésie sanglante du
secret.

Des noms aussi.

Puis il est parti. Puis il est revenu le lendemain.
Et il a encore raconté des choses vraiment inté-

ressantes, le jeu avec les cellules dormantes isla-
mistes, les journalistes enlevés en Irak, et il a encore
donné des noms, et des sommes.

Hélène Bastogne va jouir.

Ça va et ça vient comme il se doit dans une
société marchande. Le vent dans les arbres du
square Cavaillé-Coll, le sexe de l'amant n° 2 en
elle, les confessions de la barbouze en Armani, tout
va et vient dans le monde d'Hélène Bastogne. Un
roman pour dire ça. Mais Hélène Bastogne ne
saurait pas. Hélène Bastogne s'en voudrait presque. Hélène Bastogne a besoin d'une rédemption.
Vite. Hélène Bastogne a besoin de jouir. Vite.
Comme tout le monde, elle ne croit plus en Dieu.
Alors, un roman. Mais Hélène Bastogne ne saurait pas. Déjà :

elle ne sait pas le nom des arbres,

elle ne sait pas prier,

elle ne sait pas si l'espion ne l'a pas un peu manipulée,

elle ne sait pas si elle sait écrire.

Hélène Bastogne va jouir.

En même temps, Hélène Bastogne n'est pas dupe.
L'amant n° 2 est un rédacteur en chef avant tout.
Quand il a écouté l'enregistrement MP3 de la barbouze, il a trouvé cela tellement dingue qu'il a
dansé dans le bureau d'Hélène Bastogne au journal, « c'est de la bombe, bébé ! », parodie pitoyable d'un rappeur par un baby-boomer quinqua,
bientôt sexa, au salaire indécent.

Alors, après, il avait eu envie de baiser Hélène

Bastogne. Logique. Hélène Bastogne, trente-deux ans dans un mois, aime pour l'instant l'animalité cynique de la chose. L'amant n° 2 n'est plus cette force abstraite qui fait tourner la rédaction en tyran néronien, qui fait l'aller-retour à New-York dans la journée, qui rencontre des visages fatigués et avides dans des salons de grands hôtels, qui passe des coups de téléphone avec un portable nickelé comme une arme de poing.

Non, l'amant n° 2 a soudain eu un corps. Hormones, adrénaline, eau de toilette. Léger tremblement des mains, moiteur aux tempes : les ondes des amphétamines, les ondes de la victoire, les ondes de ses gonades exultantes. Un espion qui balance, un espion qui donne des noms, des dates, des preuves, un espion qui va faire exploser les tirages du journal.

Hélène Bastogne va jouir.

Un coup de vent, plus fort. Les arbres sans nom du square Cavaillé-Coll bougent. L'amant n° 2 jouit. En distillant tout ça petit à petit, ils peuvent doubler les ventes sur quinze jours.

Hélène Bastogne retombe sur le torse de l'amant n° 2. Puis glisse à ses côtés, sur un couvre-lit bordeaux. Sous-vêtements La Perla chiffonnés. L'écran d'un Mac qui palpite. Hélène Bastogne niche son visage dans un cou en sueur, près d'une carotide affolée.

« Alors, ma belle, je t'y emmène, dans ce nouveau bar ? C'est quai de Jemmapes.

— Si tu veux. »

L'amant n° 2 est un baby-boomer typique. L'amant n° 2 aime exhiber des filles qui ont la moitié de son âge et le tiers de son salaire dans des endroits à la con, comme le canal Saint-Martin, complètement muséifié. Toujours à vouloir croiser le fantôme d'Arletty. Connard. Pour la peine, elle fera un peu la pute et se fera offrir des fringues de chez Antoine et Lili, une boutique branchée un peu plus loin, quai de Valmy. En fait, Hélène Bastogne n'est pas de très bonne humeur.

C'est qu'Hélène Bastogne n'a pas joui. Comme d'habitude.

4

« On a raté Berthet, monsieur.

— Vous êtes vraiment un branque, Moreau. Vous avez encore sous-traité ?

— Oui, monsieur.

— Avec vos économies de bouts de chandelles, vous allez nous mettre dans la merde. C'est vous, la tuerie dans le dixième ? Je viens d'entendre ça sur France Info.

— Oui, monsieur.

— C'est qui, les morts ?

— Mes deux sous-traitants, trois civils et Morland.

— Vous avez tué le conseiller ? Vous êtes vraiment un con, Moreau.

— Si le conseiller causait avec Berthet, c'est que le conseiller trahissait, non ?

— Vous êtes un branque, un con *et* un abruti. En plus, vous avez bousillé une des tables les plus sympathiques de Paris. Vous appelez d'où, là ?

— Du Brady…

— Le passage ou le cinéma de Mocky ?

— Un cinéma, effectivement, monsieur. La salle est pleine de Noirs qui se touchent, monsieur. Le cinéma de qui, vous avez dit ?

— De Mocky, Moreau, de Mocky. Vous êtes complètement inculte en plus. Vous restez là, Moreau, et vous attendez les ordres. Je vais rattraper vos conneries. »

On raccroche.

Moreau est malheureux. Moreau est obligé de rester dans la salle obscure.

Moreau est obligé de regarder un film en noir et blanc avec un Bourvil jeune qui vole dans les troncs des églises.

Moreau est obligé de rester avec des Noirs qui se touchent.

Berthet paiera.

5

Berthet entre dans la gare du Nord. Les caryatides se foutent de lui dans le ciel bleu de novembre. Surtout celle de Dunkerque, a-t-il l'impression. Un train pour Dunkerque, pourquoi pas ? Puis un cargo.

Et puis quoi encore ?

Berthet déconne à plein tube, Berthet sait qu'il faut qu'il se reprenne, et vite. On n'est pas chez Conrad. On n'est pas chez Graham Greene.

Berthet a l'Unité au cul. Berthet a un costume taché qui sent la cordite et la langoustine. Berthet a encore un chargeur pour son Glock, deux pour son Tanfoglio. Berthet sait que ce n'est pas la peine de rentrer chez lui. L'Unité l'attend, forcément.

Berthet n'habite pas si loin, pourtant, rue Jean-Pierre-Timbaud, dans le onzième, mais bon, la rue du Faubourg-du-Temple, qui fait la frontière entre les deux arrondissements, lui semble soudain impossible à franchir, comme avait dû l'être le Mur de Berlin pour Morland, avant. Pauvre Morland.

Enfin, en même temps, tout ça est un peu sa faute, à Morland.

C'est Morland qui a dit à Berthet de parler à cette journaliste, là, Hélène Bastogne. Que ça allait rendre un immense service à l'Unité. De se faire passer pour un gars du Service. De déstabiliser le Service en balançant des trucs sur le Service. Parce que dans l'élection présidentielle qui se prépare, l'Unité reste fidèle au Vieux, tandis que le Service est plutôt pour le Prétendant. Et le Vieux veut la peau du Prétendant.

C'est ce qu'avait expliqué Morland en tout cas.

C'est chiant, la politique intérieure, pense Berthet qui entre dans une brasserie en néon et en inox, merveilleusement impersonnelle.

À l'intérieur, il y a des gens qui ont cette mauvaise mine propre à tous les voyageurs sur le départ, et d'autres gens qui ont la mauvaise mine de ceux qui ne sont pas des voyageurs sur le départ mais qui n'ont rien d'autre à foutre que regarder ceux qui partent.

Oui, c'est chiant, la politique intérieure, pense Berthet qui veut bien mourir à Alger, à Abidjan ou à Rome, mais pas à deux kilomètres de chez lui dans un arrondissement où il n'y a que des gares, des hôpitaux et des putes. Autant dire un arrondissement de départs hypothétiques, en direction de régions pluvieuses, de maladies incurables ou d'orgasmes tarifés avec taches de mélanine sur les croupes callipyges.

Oui, c'est chiant, la politique intérieure.

Et quelles gares, putain. Berthet croit bien qu'il trouve la gare de l'Est encore plus cafardeuse que la gare du Nord. La gare du Nord se la joue futuriste et orwellienne, mais la gare de l'Est sent encore les trains de conscrits qui sont partis deux fois en vingt ans se faire massacrer sur les frontières du même nom.

En plus, le paradoxe, c'est que Berthet a des planques que même l'Unité ne connaît pas dans une dizaine de villes européennes et africaines, mais à Paris et dans le 10ᵉ arrondissement, nib, zob, macache.

Berthet comprend enfin, mais un peu tard, un précepte de *L'Art de la guerre* de Sun Tzu. Un livre que tout le monde affecte de lire à l'Unité, qui sert de bible et de prétexte à des séminaires après les stages commandos en Guyane. Berthet pensait que c'était un peu frime, Sun Tzu, un peu « nous-à-l'Unité-nous-sommes-des-guerriers-philosophes », un genre qu'on se donne, quoi.

Mais là, Berthet doit bien reconnaître que le vieux Chinetoque avait raison : « Assurer le repos dans les cités de votre nation, voilà d'abord l'essentiel. » Autrement dit, le repos, ce serait un studio connu de lui seul avec :

des costumes propres,

des armes sans numéros de série,

des jeux de papiers d'identité,

des médicaments dans l'armoire de toilette,

de l'argent liquide,

des téléphones portables à cartes locales.

Ces studios existent. Le plus proche est à Delft, entre Bruxelles et Amsterdam. Ça lui fait une belle jambe, à Berthet, Delft.

Une chance par la route, peut-être. Droit vers la porte de la Chapelle, l'autoroute de Lille. Tu parles.

Berthet demande un café au comptoir. Berthet réfléchit. Berthet comprend. L'Unité veut sa peau pour éliminer la source des fuites sur le Service. L'Unité, une fois ses saloperies faites, veut garder les mains propres.

Berthet se sent très déprimé. Si l'Unité a décidé de le sacrifier comme ça, c'est que l'Unité doit le trouver ringard, vieux, minable.

Berthet pourrait téléphoner à Hélène Bastogne, lui révéler la manip'. Ça ne servirait pas à grand-chose, juste à emmerder l'Unité. De toute manière, maintenant, il est définitivement grillé.

Berthet a envie de pisser. Berthet monte à l'étage de la brasserie. Il faut payer pour entrer dans les chiottes, mettre cinquante centimes d'euros dans une espèce de tirelire sur la poignée.

Évidemment, un peigne-cul clochardisé attend que Berthet entre et que Berthet lui laisse la porte ouverte en ressortant. Ça énerve Berthet, cette mesquinerie de la brasserie, cette mesquinerie du peigne-cul, cette mesquinerie de la politique intérieure.

Dans le monde d'avant, on ne payait pas pour pisser. Accepter ça est encore une preuve qu'une puce de la soumission a bien été implantée chez toutes les personnes nées après le choc pétrolier.

Berthet cherche de quoi faire l'appoint. Berthet sent près de lui l'envie de pisser du peigne-cul aussi pressante que la sienne. Ça énerve Berthet encore plus.

Alors Berthet pète les plombs.

Berthet sort son Glock et casse le nez du peigne-cul avec la crosse. Puis, Berthet trouve enfin une pièce de monnaie adéquate, Berthet entre dans les chiottes, Berthet tire le corps du peigne-cul avec lui, très facilement étant donné la maigreur toxicomaniaque de l'économiquement faible, et une fois la porte refermée, Berthet écrase la gueule du peigne-cul à coups de talon de Church's en pensant à :

ces fumiers de l'Unité,

ces fumiers du Service,

ce fumier de Sun Tzu,

cette grouse au foie gras qu'il a ratée,
cette connerie de politique intérieure.

Le peigne-cul est assez vite défiguré et mort.
À la place de son visage, il y a des esquilles d'os,
des bouts de dents pourries, de la chair déchirée
et même un œil désorbité qui regarde Berthet avec
désapprobation.

Berthet pisse, Berthet pète et Berthet se demande
ce qui lui a pris.

Berthet se lave les mains, Berthet se passe de
l'eau sur le visage, Berthet essuie ses Church's et
le bas de son pantalon.

Berthet se souvient alors qu'il a oublié de prendre son Haldol, au moment du déjeuner Chez
Michel. Et voilà le travail.

Berthet avale deux gélules roses et s'apprête à
ressortir quand l'un de ses deux téléphones portables vibre.

6

« Cher ami ? »

L'amant n° 2 reconnaît tout de suite la Voix, à
l'autre bout du fil. L'amant n° 2 aime cette Voix.
Phrasé haut fonctionnaire, onction de cabinet minis-
tériel, aura médiatique en plus, parce que la Voix
publie deux essais annuels sur la mondialisation,
toujours les mêmes, et que la Voix est invitée partout pour recevoir des compliments et des révé-
rences de tous les journalistes. La Voix est une

des dix ou douze Voix parmi les plus puissantes de France.

« Bonjour, monsieur. »

L'amant n° 2 essaie d'être cool, à l'aise. De traiter d'égal à égal avec la Voix. L'amant n° 2 est rédacteur en chef dans un grand quotidien, tout de même.

« J'ai un service à vous demander, cher ami… »

L'amant n° 2 se rengorge. L'amant n° 2 oublie qu'il est encore à poil sur le lit d'Hélène Bastogne et que ses doigts sentent Hélène Bastogne. Hélène Bastogne, elle, est en train de prendre une douche dont la durée pourrait être insultante, si l'amant n° 2 avait la tête à ça.

« Allez-y, monsieur.

— Vous avez une journaliste qui s'appelle Hélène Bastogne, dans votre canard, non ?

— Tout à fait, monsieur. »

L'amant n° 2 se retient de dire c'est drôle, cette coïncidence, je viens juste de la baiser, assez bien je dois admettre, et là on va aller boire un verre près du canal Saint-Martin. Rejoignez-nous, on fera un plan à trois. Ces trentenaires sont de bonnes salopes, vous savez ? C'est sans doute lié à leur faible pouvoir d'achat par rapport à la génération précédente.

Mais bon, l'amant n° 2 ne connaît pas assez intimement la Voix. C'est dommage. Ça viendra.

« Mademoiselle Bastogne a recueilli quelques informations assez sensibles, je crois, de la part d'un agent de nos services, n'est-ce pas ? »

Hou la la. Hou la la. Prudence. Prudence, pense l'amant n° 2.

« En effet, nous nous apprêtons à les sortir bientôt. Mais si cela vous gêne, monsieur, je peux surseoir… »

La Voix devient désagréablement ironique. L'amant n° 2 se dit que la Voix doit le mépriser un peu.

« Hors de question, cher ami, ce n'est pas notre genre de contrôler la presse. Au contraire, je vais vous faire une confidence, c'est nous qui l'encourageons à parler, cet agent. C'est une histoire d'équilibre interne, c'est très compliqué, je vous raconterai, un jour. Nous sommes pour la transparence, cher ami. Seulement voilà, cet agent a encore des choses à dire à mademoiselle Bastogne, des choses très intéressantes.

— Il n'a qu'à repasser demain au journal.

— C'est bien là le problème. Un service adverse l'a repéré dans vos locaux. Nous sommes en période préélectorale. Il risque sa carrière et même sa peau s'il s'y rend de nouveau. Votre journaliste habite bien dans le dixième, non ? Dites-lui de retourner chez elle. Notre homme est dans le secteur. Il la retrouvera à son domicile. Il se sentira en confiance. Faites ça vite, cher ami, dans une petite heure, disons. Ça urge. On mettra notre bonhomme au vert juste après.

— Pour des raisons de sécurité, j'aimerais bien assister aussi à l'entretien, dit l'amant n° 2. On ne sait jamais.

— Votre éthique et votre courage vous hono-
rent, cher ami, j'allais vous le suggérer. Mais notre
agent est très nerveux. Il faudrait que l'idée semble venir de mademoiselle Bastogne, ça le mettrait
en confiance. Je compte sur vous, cher ami, et je
saurai m'en souvenir après les élections. »

La voix raccroche. L'amant n° 2 se lève, va vers
la fenêtre de la chambre. L'amant n° 2 regarde le
square Cavaillé-Coll. Des mômes jouent avant la
nuit qui ne va pas tarder. L'amant n° 2 se gratte
les couilles, l'amant n° 2 regarde la façade de
Saint-Vincent-de-Paul. Bof. Pas terrible, dans le
genre faux temple grec.

L'amant n° 2 se gratte le cul. L'amant n° 2 a
l'impression qu'on l'a amené là où l'on voulait
l'amener. Mais non, c'est de la parano, trop de
coke. Changer de dealer, penser à changer de
dealer.

Tiens, se dit l'amant n° 2, ce n'est pas loin, justement, que mon dealer me file des rencards. Près
de l'hôpital Saint-Louis. J'irai tout à l'heure quand
tout sera réglé avec ce Berthet. On s'éclatera avec
la petite Bastogne. Je ferai venir un *bo bun* du
restaurant asiatique de l'avenue Richerand. C'est
le meilleur *bo bun* de Paris. Coke, *bo bun* et baise :
quitte à passer la soirée dans cet arrondissement
pourri, autant se faire un programme sympa.

Dans son dos, la douche s'est arrêtée. Cette
conne a enfin terminé de se laver le cul.

Sans se retourner, l'amant n° 2 devine la présence
mouillée d'Hélène Bastogne. Le sexe de l'amant

n° 2 retumesce un peu. C'est pas le moment, même si, à cinquante piges bien tassées, ça fait toujours du bien de voir que la machine réagit au quart de tour.

« J'ai eu un tuyau au téléphone pendant que tu te récurais, un tuyau comme quoi Berthet a encore des tas de trucs à balancer. Et vite, parce qu'après, il se tire. Il est dans le quartier, paraît-il. Ça tombe bien, tu trouves pas ? On pourrait le faire venir ici. T'as un moyen de le joindre ? »

Hélène Bastogne regarde les fesses molles de l'amant n° 2. Hélène Bastogne a envie d'envoyer paître ce mauvais baiseur. Mais ce mauvais baiseur est parfois un bon journaliste. Pas souvent, mais parfois. Alors Hélène Bastogne dit :

« J'ai son portable, je l'appelle. »

7

« Moreau ?

— Oui, monsieur ?

— Vous êtes toujours au Brady ?

— Où, monsieur ?

— Chez Mocky, abruti.

— Chez qui ?

— Enfin, merde, dans votre salle de cinéma.

— Oui, monsieur, et il y a toujours des Noirs qui se touchent, monsieur.

— Je vais vous libérer, Moreau. Vous allez vous rendre dans un appartement de la place Franz-

Liszt, au 7. C'est près d'un bar qui s'appelle l'Amiral. Le code est le 1964CA12. Dernier étage. Appartement d'Hélène Bastogne.

— Et ?

— Vous nettoyez. Si Berthet n'est pas là, vous nettoyez quand même et vous attendez. Jusqu'à ce que Berthet arrive.

— Bien, monsieur.

— Dites, Moreau, c'est quoi, le film de Mocky ?

— Quoi ?

— Le film qui passe à l'écran.

— Un truc avec Bourvil jeune qui pique dans des troncs d'église. Je n'y comprends rien. Tout le monde joue mal. Et puis avec tous ces Noirs qui se touchent…

— Moreau, vous ne comprenez rien au cinéma. Et cette histoire de Noirs qui se touchent, vous êtes raciste ou quoi, Moreau ? Ou vous n'avez pas pris votre Haldol… On fait des bêtises quand on ne prend pas son Haldol, vous savez ?

— J'ai pris mon Haldol, monsieur, et il y a *vraiment* des Noirs qui se touchent.

— Bon, mettons, quoique je ne voie pas l'intérêt de se toucher sur *Un drôle de paroissien*, à moins d'être très, très cinéphile. Alors, votre mission ?

— Dernier étage, place Franz-Liszt, code 1964CA12. Je nettoie.

— C'est bien, Moreau. Allez, fissa. »

8

Dans son chiotte payant de la gare du Nord, Berthet remet son portable dans sa poche. Hélène Bastogne. Qui veut le voir. C'est peut-être un piège, peut-être pas. Berthet s'en fout, en fait. Berthet a mal à la tête. Berthet regarde le cadavre défiguré du peigne-cul. Ils ont peut-être raison, à l'Unité, il est peut-être devenu complètement tocard. À voir comment il a perdu les pédales en sautant seulement une prise de Haldol. Merde.

Autant aller voir Hélène Bastogne. Berthet quitte le chiotte. Deux personnes attendent. Berthet sort une carte tricolore.

« Service d'hygiène, c'est fermé pour l'instant. »

Et Berthet sourit, et Berthet indique d'un grand geste compétent et sympathique qu'il faut redescendre, qu'il arrive, juste derrière.

Berthet quitte la brasserie, Berthet quitte la gare.

Le 10ᵉ arrondissement bascule dans la nuit tiède de novembre. Réchauffement climatique. Les banlieusards commencent à affluer. Depuis que Berthet est dépressif bipolaire, non, en fait, depuis qu'il est devenu complètement psychotique, Berthet se rappelle tous les chiffres qu'il voit. C'est terrifiant.

Ne serait-ce qu'aujourd'hui, au hasard des affiches, des journaux entrevus, Berthet va se rappeler pour toujours :

la dette du Portugal qui fait 63 % du PIB,

le 08 92 68 24 20 pour dialoguer sans tabous avec des filles très chaudes,

les 349 euros par mois sans apport pour une Passat Trend TDI,

les 60 % de peau brûlée d'une jeune Sénégalaise après l'attaque d'un bus en banlieue.

Alors Berthet, qui va à contre-courant du flot humain, le convertit presque automatiquement en chiffres, et ce n'est plus des gens que Berthet voit entrer gare du Nord mais :

180 millions de voyageurs annuels,

27 voies à quai,

2 lignes de métro,

3 lignes de RER,

9 lignes de bus,

247 caméras de surveillance,

1 commissariat spécial.

Tout ça parce qu'il y a quelques années, l'Unité avait confié à Berthet la direction d'un groupe d'étude pour monter des attentats dans les transports en commun parisien.

Berthet se fait bousculer. Berthet a envie de vomir maintenant. Berthet a de plus en plus mal à la tête.

Berthet évite la rue de Belzunce en passant par le boulevard de Denain, la place de Valenciennes, la rue La Fayette. Berthet a chaud. Novembre, pourtant. Merde. La fin du monde en cours.

À se demander à quoi ça sert, de jouer encore au chat et à la souris dans cet arrondissement qui sombre entre chien et loup, à quoi ça sert, la guéguerre entre le Service, l'Unité, le Vieux, le Prétendant.

Pour prendre un pays promis à la déroute sur une planète en phase terminale ?

Berthet se souvient d'un autre déjeuner avec Morland Chez Michel, il y a peut-être un an. Là aussi, des chiffres, des chiffres secrets. Berthet ne veut pas que ces chiffres-là lui reviennent. Berthet reprend un Haldol.

Un comprimé rose contre l'apocalypse. Pauvre con.

Berthet arrive place Franz-Liszt. Berthet hésite à se jeter un gorgeon à l'Amiral avant de monter voir Hélène Bastogne. Berthet renonce, bien que le Haldol lui dessèche la gueule.

Le code. Les escaliers. Il dégaine le Glock, puis se baisse pour prendre le Tanfoglio contre sa cheville gauche. Intuition. Intuition de barbouze. Intuition de psychotique.

Dernier étage. Berthet pousse un peu la porte déjà entrouverte. Lumière chaude d'une lampe. Il dit : « Hélène Bastogne ? » Ça ne répond pas.

Berthet balance un grand coup de pompe dans la porte.

Berthet fait un roulé-boulé.

Berthet entend le bruit flatulent d'un réducteur de son. Berthet sent des balles qui entrent dans son abdomen, dans son thorax, et qui font aussi sauter le lobe de son oreille gauche.

Berthet voit sur le mur une reproduction de Combas — c'est bien des goûts de trentenaire,

ça ! — et Berthet tire au jugé. Sur sa droite avec
le Glock, sur sa gauche avec le Tanfoglio. On dirait
des baffles mal réglées, une stéréo détraquée.
Berthet vide ses chargeurs

Berthet se relève. Berthet crache du sang. Berthet tousse dans la fumée.

Berthet entre dans un salon meublé style bro-
cante chic et voit Hélène Bastogne égorgée sur un
fauteuil club usé et un vieux beau qu'il se rappelle
vaguement avoir croisé au journal. Le vieux beau
a été égorgé également et, pour faire bonne mesure,
émasculé. Ses couilles sont dans un cendrier Ricard
vintage, sur une table basse, genre Vallauris.

C'est pour cela que Berthet est tout de même
surpris de reconnaître Moreau, étalé sur un kilim
élimé, avec deux trous ronds dans le front, carac-
téristiques des balles du Tanfoglio. Moreau aussi
était sous Haldol, mais Moreau devait sauter des
prises. Sinon, Moreau n'aurait pas salopé le travail comme ça Chez Michel. Moreau n'aurait pas
castré le vieux beau. Moreau n'aurait pas laissé la
porte entrouverte.

Berthet tousse. Des caillots de sang. Sans compter
l'oreille qui lui fait un mal de chien.

Enfin, Berthet aura au moins buté Moreau.
Berthet s'assoit dans un autre fauteuil club. Il fait
nuit maintenant sur le 10ᵉ arrondissement. Berthet
voit la cime des arbres du square Cavaillé-Coll, le
haut de la façade de Saint-Vincent-de-Paul.

Berthet a peur. Berthet a mal. Il espère que ça
ne va plus durer trop longtemps, maintenant.

Il lui semble entendre du vent dans les arbres.
Mais ça l'étonnerait, avec toute cette circulation,
et toutes ces sirènes en bas.

Deux minutes après, Berthet meurt.

9

Par pure curiosité, trois jours plus tard, la Voix
s'est promenée gare du Nord, rue de Belzunce,
place Franz-Liszt. La Voix est remontée par le
square Cavaillé-Coll, la Voix est entrée dans l'église
Saint-Vincent-de-Paul et la Voix a prié, assez sin-
cèrement, pour les âmes :

du conseiller Morland,

de la serveuse blonde de Chez Michel,

du couple qui déjeunait Chez Michel,

des deux motards incompétents,

du clochard dans les chiottes de la brasserie de
la gare,

de Berthet,

de Moreau,

du rédacteur en chef émasculé,

d'Hélène Bastogne.

Ensuite, la Voix est ressortie.

L'automne était toujours aussi chaud sur le
10e arrondissement.

Et la Voix s'est dit que c'était une opération
plutôt réussie, au bout du compte.

II

LIBÉRATION PERDUE

Daumesnil

COMME UNE TRAGÉDIE

Laurent Martin

Laurent Martin est né en 1966 à Djibouti. Il a été libraire, archéologue, guide touristique et enseignant avant de se consacrer pleinement à l'écriture. Il écrit des romans, des textes pour la radio et le théâtre, ainsi que des scénarios pour la télévision. Il a reçu le Grand Prix de littérature policière 2003 pour L'ivresse des dieux *(Folio policier n° 425).*

Je prends le monde pour ce qu'il est, un théâtre où chacun joue son rôle et où le mien est d'être triste.

WILLIAM SHAKESPEARE,
Le Marchand de Venise

1

C'est toujours la même odeur, la même vue, le même dégoût. Rien n'a changé.

La fenêtre de ma chambre qui donne sur la nuit. Cette nuit où les lumières de la ville, autour, brillent. Cette nuit où les hommes cachés attendent sans impatience le lendemain. Petit, je pensais que les lumières mortes quittaient la terre pour gagner le ciel sous forme d'étoiles. Le repas est fini. Ils sont partis. Ma sœur Sophie et son mari. En fait, ils se marient demain. C'est pour ça que je suis là.

Quelques pas en somnolant dans ma chambre. Rien n'a changé. Les meubles vieillis. Le papier peint. L'odeur triste. Une journée de voyage pour

venir jusqu'ici. La fatigue, l'ennui d'être là, je vais
m'effondrer.

Quand je suis arrivé, la table était déjà mise. Ils
étaient déjà arrivés. Il s'appelle Patrick et ma sœur
est amoureuse. Je n'en sais pas plus. Maman nous
a fait de la soupe. Une tradition de famille, la
soupe. Trente ans que ça dure. « Servez-vous pendant que c'est chaud. » Maman n'a pas vieilli.
Presque pas. Toujours un fond de tristesse dans le
regard, des joues roses et des cheveux bien noirs.
Pas comme moi qui tire sur le brun, et maintenant
le blanc. J'ai salement pris de l'âge. Le repas.
Faire semblant de s'intéresser à Patrick. Avec un
putain de mal de crâne. Patrick est grand, assez
beau garçon. Ma sœur aussi est jolie. Les années
l'ont comme embellie. Dire un peu n'importe quoi
pour meubler, et Sophie qui me pousse à raconter
quelques-unes de mes aventures. Mes aventures,
quand j'étais dans les sous-marins. « C'est une
autre vie, ça ! — Raconte quand même. » Alors je
raconte. Les plongées, les voyages, les escales. Les
situations dangereuses qui font frémir quand on
ne sait pas trop comment marche un sous-marin.
Moi, j'étais aux machines. Un poste très important
et Patrick m'a trouvé intéressant. Tout le monde
était content de mon retour et de mes histoires, et
puis j'ai fait le bon fils prodigue qui revient chez
lui, comme si rien n'était arrivé, alors que j'aurais
voulu être loin, très loin d'ici. Patrick m'a demandé
pourquoi j'avais quitté Paris. « Pour voir ailleurs. »
Il a senti que je mentais. Y'a des histoires qu'on

préfère ne pas raconter. Sophie, discrètement, m'a remercié d'être revenu. « Sans ta présence, il aurait manqué quelque chose à mon mariage. »

On s'est tous quittés. Jusqu'au lendemain. Je me suis retrouvé dans ma saloperie de chambre où j'ai passé tant d'années merdiques à regarder les étoiles qui quittaient la terre, en me demandant si un jour j'aurais le courage de partir. Il m'a fallu une bonne raison pour fuir cette ville et me retrouver dans un sous-marin, enfermé la moitié du temps. On s'étonne que j'aie déjà des cheveux blancs et des yeux fatigués.

2

Le premier matin. Le premier levé. Une habitude de la marine. Six heures, chaque jour, faut pas perdre les sales habitudes. Maman dort encore. Je nourris le chat. Il doit avoir quinze ou seize ans. C'est moi qui l'ai trouvé, ce chat. Perdu, mouillé, au pied de l'immeuble. La seule bonne action dans toute mon existence. Je crois. Je me fais un café. Toujours aussi mauvais, le café de maman. De la fenêtre de la cuisine, on voit aussi la ville, les rails, les tours qui se détachent et tentent de se réveiller. Il fait encore un peu nuit. J'attrape une vieille édition du journal qui traîne sur la table. Il manque des pages. Je survole quelques nouvelles en buvant.

Dans le silence du petit jour, je cherche le fer à

repasser. Il n'a pas changé de place. Dans le placard du couloir. Rien n'a changé de place. Je me demande si je suis bien parti, si je suis pas au matin d'une nuit agitée, arrosée, qui m'a fait croire que j'avais disparu pendant dix ans. Mon unique costume doit être repassé. Soigner les apparences. Les parents de Patrick ont de l'argent. Ils ont loué une salle dans un restaurant du bois de Vincennes avec un petit jardin. Nous, on n'a pas les moyens. Alors on soigne les apparences. Une tradition de famille. Comme la soupe. Mais je n'en veux pas à maman qui s'est débrouillée comme elle a pu quand mon père est mort. Un costume parfaitement repassé. Un mariage en septembre avec les jours qui raccourcissent, c'est une drôle d'idée. Je le dépose dans ma chambre sur mon lit et je ferme pour que le chat ne vienne pas dormir dessus.

Maman se lève à son tour. Elle s'étonne. Elle avait oublié ma présence. C'est quand même la première fois que je mets les pieds ici depuis dix ans. « Tu as bien dormi ? — Oui ! Tu as laissé ma chambre exactement comme avant. — Que voulais-tu que j'en fasse ? — Je ne sais pas. » Elle attrape une tasse, se sert et boit une gorgée. « Ton café est fort. — Il n'y a que comme ça que je l'aime. » Elle y ajoute un peu d'eau. « J'ai repassé mon costume pour le mariage. — J'aurais pu te le faire. — J'ai l'habitude. Dans les sous-marins, on faisait tout nous-mêmes. — C'est pas comme avant, alors. » Elle sourit tristement et elle ajoute : « Tu vas bien ? » Quoi répondre ? Je mens. « Oui ! Le bou-

lot, la vie, ça va. » Elle finit sa tasse. Je lui dis que
je vais me promener. « Il te manque quelque
chose ? — Non ! J'ai envie de faire un tour. — Tu
verras, y'a eu quelques changements. — J'imagine
que oui. »

Je descends de l'immeuble. Quatrième étage.
Cinquante-six marches. J'ai toujours en mémoire
le tempo saccadé de la descente. Comme, dans le
temps, la lumière était souvent en panne, il fallait
bien avoir en tête le décompte des marches pour
ne pas tomber. Dehors. Une sorte de place où
se font face deux immeubles. Le nôtre et celui
d'Olivier. Olivier, c'était un copain de mon père.
Il n'habite plus ici, d'ailleurs. L'air est frais.
L'impression bizarre que ce nouvel ancien monde
est plus petit que celui que j'ai quitté. Quelques
cris au loin, et ce fond sonore qui jamais ne s'en
va. Un mélange de toutes les activités de la ville.
Jamais je n'ai entendu le silence par ici. Je remonte
la rue de Fécamp, je traverse l'avenue Daumesnil,
je prends la rue de Picpus pour atteindre le square
où j'ai souvent traîné, où j'ai fumé mes premières
clopes avec Marco et avec d'autres. Ce mélange
d'habitations neuves et anciennes qui rythment le
regard. Rien n'a vraiment changé, mais tout est
différent. Dix ans, c'est une éternité. Après le
square, je remonte jusqu'à Nation. Je quitte le quartier. Notre quartier, notre univers où l'on avait
l'impression de dominer la ville et le monde. Quelle
rigolade. On n'était que des insectes petits, fragi-

les, qui s'agitaient dans un espace trop vaste et trop bruyant pour eux.

Et les ruelles autour, comme des îlots, où une vie s'organisait autour d'un bistrot. C'est dans ces bistrots qu'on se retrouvait. On allait rarement plus loin. Les autres quartiers, on y allait rarement. C'était ailleurs et loin pour nous. J'avale un café dans un de ces bistrots. Je ne sais plus si l'enseigne a changé. C'est un peu flou dans ma mémoire. Quelques vieux types bavardent autour d'un verre. Ils étaient déjà là, à la même place, il y a dix ans, il y a cent ans.

Des magasins s'alignent, comme partout ailleurs. Les mêmes enseignes, les mêmes couleurs. L'uniformisation qui s'installe et domine. Que des ombres. Les immeubles, les voitures, les hommes, les femmes, ce peuple. Que des ombres que j'ignore.

Je retourne vers Daumesnil, jusqu'à trouver un autre bistrot triste pour m'installer. Une jeune femme d'à peine vingt ans vient prendre ma commande. Un simple café. Ce retour en arrière est terrible. Il m'oblige à penser à moi alors que je n'ai fait que me cacher pour m'oublier. Je suis le même. Rien n'a changé. On ne garde que l'essentiel. Les vapeurs lourdes et épaisses qui s'échappent de l'âme des choses. Le léger, le superficiel, l'enivrant, j'ai tout oublié. Je remonte, accablé d'un mal douloureux. Une cinglante nostalgie.

Maman s'inquiétait. « Tu aurais pu prévenir. — Pour quoi faire ? Je suis là. — Le mariage. — Tu

ne crois pas que j'ai fait mille kilomètres pour
rater le mariage de ma sœur. » Elle m'a fait un plat
de viande en sauce. J'en mange à peine. « C'est
pas bon ? — J'ai pas vraiment faim. — Pourtant
tu aimais ça, le sauté. — Oui ! J'aimais ça ! » Elle
me trouve pâle pour quelqu'un qui vit sur la Côte
d'Azur. « Tu sais, au garage, on est pas souvent
dehors. » Et elle fait des remarques sur mes cheveux blancs, et mon père qui n'en avait pas au
même âge.

On se prépare pour la mairie. Maman ne veut
pas être en retard. Elle a même commandé un
taxi. « On va pas aller au mariage de ta sœur en
bus ! — Elle aurait pu nous laisser sa voiture. —
Elle en avait encore besoin. » Maman s'est offert
une robe pour l'occasion. Elle me demande mon
avis. J'approuve sans regarder.

3

Une centaine de convives. Des tables de huit. J'ai
droit à la table d'honneur. À la place du père de la
mariée. La pire des tables à un mariage. J'écoute
poliment les propos des parents de Patrick. De
sombres cons qui tiennent un commerce. « Qu'ils
sont charmants, nos enfants. — Ouais ! » C'est leur
fils unique, alors ils ont voulu faire ça en grand. Et
ça se voit. Orchestre. Bouffe et re-bouffe. Boire et
re-boire. À cet instant, je déteste ma sœur mais je
lui balance des sourires d'amour. Entre deux

acquiescements, deux propos anodins, j'observe les
invités. Tous les collègues de promo de Patrick.
Une école de commerce. On ne se refait pas. Je
n'en connais aucun. Et quelques amis de ma sœur
aperçus dans le temps et dont les visages ne se sont
pas totalement obscurcis dans ma mémoire. Le
temps. L'impression de retomber la tête la première dans ce que j'ai voulu quitter définitivement.
J'avale du vin, du bon vin pour m'enivrer. Patrick
me fait le coup du beau-frère sympathique. J'avale
du vin. J'écoute à peine. J'avale.

Et puis soudain, je la vois.

Assise à une table, souriant à peine à ceux qui
l'entourent. Elle n'était pas là au début de la fête.
Elle vient juste d'arriver. Le même visage sombre,
le même sourire triste et les cheveux courts, plus
courts. Je demande à ma sœur : « C'est Valérie,
là-bas, en bleu ? — Oui. — Tu es toujours en contact avec elle ? — Un peu. Pourquoi ? — Juste pour
savoir. » Un étrange sentiment dans le regard de
ma sœur. Presque de la peur. Je ne sais pas pourquoi. Mon cœur s'agite, s'emballe, comme il s'est
emballé dix ans auparavant. J'observe Valérie le
reste du repas. Je crois bien qu'elle m'a vu, qu'elle
m'a reconnu aussi.

Avant le dessert, on a droit à une pause pour le
champagne. Je prends une bouteille, deux coupes. Je me lève. Valérie est là, seule, absente. Je
m'approche. L'impression de tituber, de m'enfoncer
dans un gouffre insondable, un de ces lieux noirs
où l'alcool vous précipite généreusement avant de

vous réclamer un droit de passage. Charon œuvre sur terre maintenant. Trois respirations. J'arrive à sa table.

Il s'approche d'elle, une bouteille à la main. Elle est assise à une table.

LUI : Bonsoir.

Elle sursaute.

ELLE : Bonsoir... J'ai pas encore osé venir jusqu'à la table d'honneur... Tu es revenu ?

LUI : Pour l'occasion. Uniquement.

ELLE : Je ne pensais pas te revoir. Sophie parle rarement de toi.

LUI : J'ai été un peu silencieux ces derniers temps. J'ai du champagne. Tu en veux ?

ELLE : Oui, s'il te plaît.

Il sert. Ils boivent pour meubler leur gêne.

ELLE : Qu'est-ce que tu deviens ?

LUI : Pas grand-chose. Quelques années dans les sous-marins. Maintenant, je bosse dans un garage à Toulon. Et toi ?

ELLE : Je suis restée ici. Pas grand-chose non plus. C'est un beau mariage.

LUI : Je ne sais pas ce qu'est un beau mariage.

ELLE : Ta sœur et ta mère semblent heureuses.

LUI : C'est vrai. Tu es seule ? Pas de chevalier servant ?

ELLE : Non ! Personne.

Silence. Ils croisent leurs coupes.

LUI : À la tienne.

ELLE : À la tienne.

Le philtre agit.

Nous passons le reste de la soirée ensemble. À parler un peu de nos souvenirs. Elle me parle des sous-marins. Qu'est-ce qu'ils ont tous, avec les sous-marins ? Valérie. Il y a des années de ça, nous sommes sortis ensemble. C'était une amie de ma sœur. Elle était belle. Elle l'est toujours. Un charme assez sophistiqué qui s'opposait à mon état brut, presque animal. On finit la bouteille de champagne, on en prend une autre. Le monde s'efface autour de nous. Nous sommes seuls, entourés par la foule assourdissante qui chante, qui hurle. Un beau mariage.

J'accepte un pas de danse avec ma sœur. Elle est inquiète. Je suis joyeux. Je lui souhaite des instants de bonheur. « Des instants seulement ? — C'est déjà pas mal, non ? »

Dans le jardin du restaurant. Avec Valérie. Dehors, ivres, chancelants, face à l'infini et à l'air frais. Elle me prend la main.

4

Je me souvenais parfaitement de son corps. Pourtant, nous n'étions restés que quelques semaines ensemble. C'était juste avant mon départ de cette ville. Mais son corps s'était gravé profondément en moi. Presque à l'acide.

Je la regarde respirer lentement. Puis elle se

réveille. Il est six heures. Nous n'avons dormi
que quelques minutes. Le silence ému du premier
matin. Les corps qui palpitent encore. Les mains
qui se frôlent, se repoussent, s'attirent. Les doutes. Les questions. Qui osera parler le premier ?

Ils sont l'un contre l'autre. Silence.
ELLE : Il faut que j'y aille.
LUI : Déjà ?
ELLE : Oui. Il est tard. Il est tôt. Je t'appelle aujourd'hui ou demain. Je dois vraiment partir.
Elle se lève, se rhabille et quitte la scène en
s'enfuyant. Il reste seul.
Elle s'en va. Je ne bouge pas. J'entends claquer
la porte. Fermer les yeux. Oublier. Rêver. Mais
rien ne se passe. Sauf ce manque qui déjà s'est
installé.

Elle n'a pas appelé, ni le jour même, ni les jours
suivants.

Traîner à la maison, en ville. Chercher son nom
dans l'annuaire. Personne au nom de Valérie
Mercier. Voir, revoir l'endroit où elle habitait avant.
Du côté du boulevard Michel-Bizot. Un type me
répond qu'il ne la connaît pas. Elle n'habite plus
ici. Ma sœur est en voyage de noces, sur une île
des Caraïbes, je ne vais pas la faire chier pour ça.

Lent à renaître après la mort qui accompagne
les douloureux silences de Valérie.

5

Marco. Il apprend que je suis revenu. « Tu aurais pu prévenir. — J'allais le faire. » Marco. Le type, l'ami, le presque frère que je fréquentais avant de partir. Pas un type vraiment fréquentable, pourtant. Si je n'étais pas parti, j'aurais pu mal tourner avec lui.

Rendez-vous sur la place Daumesnil. Une place où l'on traînait un peu quand on était plus jeunes. Une place pareille à mon souvenir. Triste et grise. Des voitures tournent autour d'une fontaine où des lions en pierre crachent de la flotte. Il est en retard. Je marche un instant. Vide, fatigué par les mauvaises nuits à tourner, retourner dans mon lit, à attendre, fiévreux, le téléphone, la voix, le souffle de Valérie. Putain de manque. Il débarque dans une jolie petite voiture anglaise. Il n'a pas vraiment changé, Marco. Un grand type blond et un regard rieur. On s'embrasse. « Heureux de te revoir. — Moi aussi. » On cherche un café pour boire un verre. « Alors ? Qu'est-ce que tu deviens ? — J'ai réussi à m'insérer, comme ils disent. Je m'occupe d'une agence de vigiles. Je fournis des gros bras pour les fêtes, les concerts et d'autres trucs dans le genre. — T'as pas eu de soucis pour te lancer ? — Non ! Je connaissais quelques personnes qui m'ont aidé. — C'est bien. — Et toi ? — Je bricole. J'ai passé pas mal de temps chez les sous-mariniers, à Toulon. — Ta mère me l'a dit, à l'époque.

— Maintenant, avec ce que j'ai pu garder, je me
suis acheté un petit appartement et j'ai trouvé un
boulot dans un garage. — C'est tranquille. — Un
peu. Un peu trop. — T'as qu'à revenir par ici. Je
te trouverai quelque chose. — Tu sais bien que c'est
pas possible. — Tout est possible. Surtout maintenant. » On fait le compte des années passées. Des
années perdues. « Ce soir, je te sors. T'es partant ?
— Bien sûr. »

Une belle nuit claire. Elle est pour nous, pour
fêter nos retrouvailles. C'est ça.

Tout ou presque a changé du côté de Bastille.
On commence par un truc à l'ambiance tropicale
assez classe. On poursuit par un nouveau bar d'ins-
piration indienne. On finit dans une grande boîte
sur trois étages. Marco connaît tout le monde. Il
me présente comme son ami d'enfance qui revient
au pays. On me traite respectueusement. De temps
en temps, je le vois parler discrètement avec des
gens. Marco, il doit être un peu plus qu'un simple
directeur d'agence de vigiles. Je ne lui demande
rien car ce ne sont pas mes affaires. On se met
minables. Surtout moi. Pour oublier que j'existe.
Pour oublier que Valérie existe. Mais ces choses-là
ne s'oublient pas facilement.

On se retrouve chez un ami à lui. Il fait une fête
dans un grand loft entièrement refait à neuf du
côté de la rue Crozatier. Je me vautre une heure
dans un canapé en cuir, une bouteille de rhum à
la main. Je m'envole jusqu'à ce que j'aille vomir

quelque part. Je sens bien que l'ami gueule. Marco lui dit de se calmer et on sort.

La voiture au bord du lac, dans le bois de Vincennes, hors de la ville. Le jour qui se lève. L'ivresse qui lentement s'en va, laissant place à de la béatitude. Le bruit de l'eau. Le bruit des pas. Le bruit du silence urbain. Marco devant moi. Soudain, il s'arrête. « Regarde ! Un mulot, au bord de l'eau. » Marco attrape un vieux bout de bois qui traîne. Il s'avance, s'immobilise et, d'un coup, il se met à taper sur la pauvre bestiole. Le mulot, surpris, éclate en morceaux. Marco continue. « Qu'est-ce que tu fais ? » Pas de réponse. Il frappe encore. Encore. Alors je comprends qu'on n'est plus du même monde. Nos esprits se sont séparés. Enfin, il s'arrête. Il respire lourdement. « On va se coucher ? — Oui. »

Sur le chemin du retour, la question. La question que je n'osais pas poser : « T'as pas eu d'ennuis ? — À quel propos ? — Il y a dix ans. — Non ! Rien. Et j'avais même oublié cette histoire. — Moi, j'ai pas oublié. — T'as eu tort. Et t'aurais pas dû partir. Y'a pas eu de suite. — On n'en savait rien. Et puis partir, ça m'a fait du bien. Je ne sais pas ce que je serais devenu si j'étais resté ici. »

6

Marco me téléphone. « Qu'est-ce que tu fais ce soir ? — Rien, pas grand-chose. — Je t'emmène avec moi. Je passe te prendre vers vingt-deux heures — Si tard ? — Ouais. » Il raccroche.

Je passe la fin de l'après-midi avec maman. Elle a besoin d'un coup de main pour poser du papier peint dans sa chambre. Elle hésitait. Je lui ai conseillé de le faire. « Ton père aimait bien ce papier. — Mon père est mort il y a plus de quinze ans. — Oui, c'est vrai. »

Vers 22 heures, j'entends klaxonner. Je me penche. Marco a sorti la tête d'une BMW sombre. Il me fait signe. Je descends. « T'as les moyens de te payer ce truc ? — Non ! C'est un prêt. Monte ! » Je m'engouffre dans l'engin. Il met la musique à fond et les basses font vibrer l'habitacle. Je crie : « Où est-ce qu'on va ? — Tu verras. »

On quitte le quartier, Paris, pour la banlieue. Il baisse le son. On arrive à Rungis, dans une zone industrielle. À cette heure, il n'y a plus grand monde qui circule. On roule entre des hangars, entre les entrepôts. Du noir et du blanc, comme dans les anciens films. On tourne. Marco prend à droite. On arrive devant un hangar ouvert. On entre. À l'intérieur, un camion anglais et deux fourgonnettes. Des types s'agitent. Je m'inquiète. « Qu'est-ce qui se passe ? — Rien. On fait une opération commerciale. — Qu'est-ce que c'est que cette connerie ? — Viens ! » On sort de la voiture. On se dirige vers les types. Marco balance quelques saluts. Les types, ils sont quatre, me regardent bizarrement. « Pas de problème, c'est un ami. » Les types sortent des caisses du camion anglais et les mettent dans les fourgonnettes. « Qu'est-ce qu'il y a là-dedans ? — Des trucs genre cigarettes et hi-fi. — Tu déconnes. J'ai pas dit que je voulais participer à tes histoires. — T'inquiète pas, ça ne sera pas long. — C'est toi qui gères ça ? — Non ! Je surveille pour un employeur. — Qui ça ? — Tu te rappelles du Café du commerce ? — Sur la rue de Wattignies ? — Oui ! Le patron avait un fils, Frédéric Dumont. — C'est possible. — C'est pour lui que je bosse. Je lui fournis de la main d'œuvre. — T'en a pas marre de ces conneries ? — Qu'est-ce que tu veux que je fasse d'autre ? Bosser sur les trains, comme ton père, ou dans une usine comme le mien, et claquer comme un con pour un salaire de merde ? — T'es pas obligé de faire ça ! — Je sais rien faire d'autre. »

Un portable sonne. L'un des types répond. D'un coup, il donne un ordre. Tout le monde s'ébranle. Marco me prend par le bras. « Vite ! Faut partir. » On regagne la BMW en courant. « Tu veux conduire ? — Pourquoi ? — Parce que t'es le meilleur. » Il me lance les clefs. Je démarre. « Faut dégager d'ici. Y'a une patrouille de la douane qui circule. » J'accélère. Il me sert de copilote. « À droite. À gauche. Maintenant fonce. » Je maintiens les lumières éteintes. Au loin, on aperçoit quelque chose. « Gare-toi dans l'ombre. » J'éteins le moteur. Silence. Lentement se rapproche un halo lumineux. Une voiture passe. La douane. Je la surveille dans le rétro. Dès qu'elle tourne, je redémarre et je fonce en direction de la sortie.

Marco se retourne sans cesse. « Tu t'inquiètes ?
— Pas pour nous. Pour la marchandise. Pour mon
pourcentage. — T'aurais jamais dû me mettre
dans ce coup-là. — Désolé. Je pensais que ça
t'amuserait. Je pouvais pas prévoir. — Te fous pas
de ma gueule. »

7

Un étrange soleil domine la ville. Quelque chose
de chaud et de reposant. Je marche longtemps avant
d'arriver devant le lycée Paul-Valéry. J'ai donné
rendez-vous à Marco. Le lycée où nous faisions
nos études. Surtout moi, parce qu'au lycée, Marco,
il n'y allait pas beaucoup. Moi, au contraire, je
m'accrochais. Surtout en français et en histoire.
Comment ai-je fini mécano, alors ?

Marco est déjà là. Assis sur le capot de sa BMW.
On cherche un café pas loin. On se met en terrasse.
On commande avant de se raconter des banalités.

C'est alors qu'elle apparaît. Pour la seconde fois.
Valérie marche à grands pas, comme si elle était
en retard. Je l'appelle. Je me lève. Je cours à sa
suite. Elle finit par se retourner.

Elle passe rapidement sur la scène. Il l'appelle.
Elle se retourne.

ELLE : Qu'est-ce que tu fais là ?

LUI : Rien ! Je prends un café. Tu as un peu de
temps ?

ELLE : Non, désolée. Je suis attendue.

LUI : Tu ne m'as pas rappelé.

ELLE : Je sais. J'ai pas eu vraiment l'occasion.

LUI : J'ai attendu. Je ne savais pas comment te joindre.

ELLE : Pardonne-moi.

LUI : J'ai rien à te pardonner. Je ne suis que de passage.

ELLE : Je te promets. Dès que possible…

J'entends alors une voix : « Maman ! »

Une voix en coulisse qui appelle.

Valérie se retourne. Une petite fille court dans sa direction. Huit ans peut-être. Valérie me regarde. Je vois dans ses yeux une forme douloureuse de désespoir. Derrière la petite fille, un type, un grand type. Un air de déjà-vu.

ELLE : Il faut que je te laisse.

LUI : Je comprends.

ELLE : Je t'appelle.

LUI : C'est pas la peine. Je comprends très bien.

ELLE : Je ne crois pas.

Elle se retourne et quitte la scène.

Elle part. Les jambes flasques, le cœur qui explose, je crois que je vais m'effondrer. Deux respirations. Je rejoins le bar. Marco m'interroge. « Tu connais Valérie Dumont ? — Comment ? —

La fille que tu as suivie. — C'est une amie de ma sœur. On s'est vus au mariage. Je ne savais pas qu'elle s'appelait Dumont. — C'est le nom de son mari. Je t'en ai déjà parlé dans l'entrepôt. Je bosse un peu pour lui. Si tu veux, je te le présente. — C'est pas la peine. Vraiment pas la peine. »

8

Allongé, affligé, brisé. Le ventre douloureux. Retour de la gare. Mon billet de train. Demain, je rentre à Toulon.

Le téléphone sonne. Trois mots de conversation. Des pas. Maman à travers la porte. « Le téléphone pour toi. — C'est Marco ? — Non, c'est une femme. »

Je me précipite. C'est elle.

L'un et l'autre de chaque côté de la scène. Ils se téléphonent.

ELLE : Antoine ?

LUI : Oui ?

ELLE : Je suis désolée.

LUI : Tu ne m'avais pas dit que tu étais mariée.

ELLE : Je sais.

LUI : Ni que tu avais une fille.

ELLE : Je sais. Excuse-moi. Notre rencontre… C'était si soudain… Je ne savais pas quoi faire.

LUI : Et maintenant ?

ELLE : Je ne sais toujours pas. Mais on peut se voir, si tu veux.

LUI : Ce n'est pas une bonne idée.

ELLE : Qu'est-ce que tu racontes ?

LUI : Tu es mariée, mère de famille, tout ça.

ELLE : Ce n'est pas un problème.

LUI : Je vais partir.

ELLE : C'est toi qui décides.

LUI : D'accord. Quand ça ?

ELLE : Maintenant.

LUI : Il fait nuit.

ELLE : Je t'attends chez moi. Il n'y aura personne d'autre.

Ils raccrochent et quittent la scène chacun de leur côté.

Je préviens maman. « Je sors un instant pour voir une amie. — Si tard ? — Elle ne peut pas faire autrement. — Oui, mon fils. — Je prends la voiture de Sophie. »

9

À travers la ville assombrie. Une seule pensée qui me guide. Elle. À fond jusque chez elle. À fond. Un bel appartement boulevard Diderot. Je sonne. Elle ouvre.

Carillon. Elle hésite, s'avance, se recoiffe d'une main et ouvre la porte.

ELLE : Entre.

LUI : Merci… Bel endroit… Tu ne te refuses rien.

ELLE : C'est pas moi.

LUI : C'est ton mari.

ELLE : Oui. Tu veux boire quelque chose ?

LUI : Quelque chose de fort.

ELLE : Du cognac ?

LUI : C'est parfait !

Elle lui prépare un verre.

Je ferme les yeux. Qu'est-ce que je fais là ? J'aurais dû partir aujourd'hui. Je n'aurais pas dû venir. Elle me sert.

Elle lui apporte son verre.

ELLE : Tiens !

Il avale.

Silence.

Je bois tout le verre. Ensuite, le silence. Comme deux inconnus qui se retrouvent dans un ascenseur.

Elle l'attrape par la main et ils quittent la scène.

Alors elle me prend par la main. Lentement, elle m'entraîne à l'étage, dans une chambre. Pas la chambre conjugale. Une chambre d'amis. Elle ne laisse qu'une petite lampe allumée. Elle me caresse le visage. Sa main tremble. Et nous faisons l'amour. Enlacés l'un dans l'autre, essoufflés, épuisés, personne n'ose encore parler.

Dans un grand lit, ils sont l'un contre l'autre. On devine qu'ils sont nus sous les draps. Silence.

ELLE : Pourquoi es-tu parti ?

LUI : Pourquoi ? Parce que je n'en pouvais plus de cette ville !

ELLE : Tu n'aimes pas Paris ? Le douzième ? Le quartier ?

LUI : C'est compliqué. J'aime cette ville et je la déteste en même temps. C'est la ville de mon enfance. C'est terrible, ça ! Des années... des années douloureuses...

Silence.

Elle pose sa main sur sa joue.

ELLE : Tu sais que j'étais amoureuse de toi.

LUI : Moi aussi, j'étais amoureux de toi.

ELLE : On s'est ratés.

LUI : Oui, c'est ça.

ELLE : Et tu es parti.

LUI : Oui... Et maintenant ?

ELLE : Arrête.

LUI : Quoi ?

ELLE : J'ai longtemps rêvé de ton corps.

LUI : Tu ne réponds pas : et maintenant ?

ELLE : Je ne peux pas répondre. La seule réponse possible ne te conviendrait pas. Ne *me* conviendrait pas.

LUI : Je la connais.

ELLE : Je n'en suis pas sûre.

LUI : Et ta famille ?

ELLE : Quoi, ma famille ?

LUI : Je ne sais pas.

Elle pose un doigt sur sa bouche.

ELLE : Chut ! Ne parle pas du futur. Il n'existe pas.

Ils s'enlacent.

10

Je décide de prolonger mon séjour. Ma mère est ravie. Je retrouve Valérie le lendemain. Nous allons nous promener. Des instants gagnés sur le reste du monde. Des instants pour nous deux, avec cette menace permanente, cette fin qui approche.

Ils traversent la scène en se tenant par la main.

ELLE : Demain, je ne pourrai pas te voir. Mais plus tard.

LUI : Plus tard ?

ELLE : Dans un jour ou deux. Je ne sais pas encore. C'est compliqué.

LUI : Je ne te demande rien.

ELLE : Je sais. C'est pas facile pour moi.

LUI : Ni pour moi.

Ils quittent la scène.

Le soir. Marco passe me prendre. « Où est-ce qu'on va ? — Dans une boîte près de Bastille. — J'aime pas vraiment ça. — Il faut que je te dise un truc. — Quoi ? — Tu verras. »

Ce n'est pas vraiment une boîte de nuit. Juste un grand bar qui diffuse de la musique dans la salle du fond. On se commande des cocktails. « Qu'est-ce que tu voulais me dire ? — Attends un peu. En fait, je veux te présenter quelqu'un. — J'aime pas tes mystères. La dernière fois, je t'en ai voulu. — La dernière fois, ça s'est bien passé. » On boit et on recommande. Alors, un groupe arrive. Ils sont trois. Marco fait un signe et ils s'approchent de nous. Je reconnais l'un des gars qui étaient à l'entrepôt et, surtout, je reconnais Dumont. Qu'est-ce qu'il fout là ? Les trois types s'immobilisent. Marco fait les présentations. Dumont me dévisage. « On ne s'est pas déjà vus quelque part ? — Possible. Je suis du quartier, mais j'étais absent ces derniers temps. » Marco vante mes mérites de conducteur. Dumont s'intéresse à moi. « Et maintenant, qu'est-ce que tu fais ? » Je n'aime pas qu'on me tutoie comme ça. « Je bosse dans un garage. — J'aurais peut-être besoin de toi. — Je vois pas en quoi. — Un bon chauffeur. — J'ai arrêté tout ça. — Marco, tu vas devoir le convaincre. — Je m'en charge. — Y'a aucune chance. » Dumont me transperce. Il ne doit pas aimer être contredit. « Je sens qu'on va se revoir. — Ça m'étonnerait. Je repars dans quelques jours. » Il ne répond pas. Il s'en va avec ses deux gardes du corps. Marco ne dit rien. « Pourquoi m'as-tu fait venir ici ? Pourquoi m'as-tu présenté à ce type ? — Pour que tu restes par ici. Il peut te trouver du travail. — Je ne cherche pas de travail. Tu comprends rien. Je ne veux pas rester à Paris. Je ne peux pas rester ici. Je vais partir dès que possible. »

11

Le regard plongé vers la nuit. Valérie s'approche de moi. Je sens son souffle, puis ses bras qui m'enlacent.

Elle s'approche et lui passe les bras autour des épaules.

ELLE : À quoi tu penses ?

LUI : À ce que j'ai manqué dans ma vie…

ELLE : Moi, je t'ai manqué ?

LUI : Peut-être. C'est difficile à dire. Je ne savais pas que tu existais encore pour moi, mais quand je t'ai revue, au mariage, tout est revenu. Tu ne m'avais jamais quitté, en fait. Tu étais cachée, quelque part, prête à ressurgir.

ELLE : Tu ne m'as toujours pas dit pourquoi tu étais vraiment parti.

LUI : Je ne l'ai jamais dit à personne parce que la raison en est plutôt dégueulasse.

ELLE : Raconte.

LUI : La vérité brûle.

ELLE : C'est si terrible que ça ?

LUI : Je crois… Il y a dix ans, je traînais souvent avec Marco…

ELLE : Je sais.

LUI : On a fait pas mal de conneries ensemble. Presque des voyous. Moi, je m'accrochais encore un peu à ce que je croyais être une vie normale. Lui, je sentais qu'il était sur le point de basculer.

Et puis y'a eu une histoire avec un type. Marco m'avait demandé de l'accompagner à un rendez-vous. Il avait une affaire à régler. C'était un soir, un peu après minuit. En fait, le type devait pas mal d'argent à Marco. Il devait lui en rendre une partie ce soir-là. C'était du côté des entrepôts de vin de Bercy. Avant qu'ils ne les détruisent. Dans un coin désert… Le type était là, à nous attendre, assis sur sa mobylette. Nous, on était venus en voiture. C'est moi qui conduisais. Comme tou-jours… Marco est sorti et a commencé à discuter avec le type. Puis ils se sont engueulés sévère. Et le type a jeté Marco à terre avant de monter sur sa mob et de démarrer… Marco s'est relevé. Il est revenu à la voiture et m'a dit de le poursuivre. C'est ce que j'ai fait. Il n'avait aucune chance de nous échapper. Et d'un seul coup, le type a freiné, s'est retourné, a sauté de sa mob et a sorti une arme de son blouson. Dans la nuit, avec le reflet de la lune, on a bien vu qu'il nous visait. On s'est baissés. J'ai accéléré encore plus… Il a pas eu le temps de tirer et je l'ai heurté… J'ai senti le choc… On est revenus en arrière. Le corps du type gisait au sol… Mort… J'ai pris la décision de partir à ce moment-là. Marco a voulu rester. On s'est promis de ne jamais balancer l'autre si l'un de nous se fai-sait prendre…

Silence.

ELLE : J'ai longtemps cru que c'était moi que tu fuyais.

LUI : Non, c'est cette histoire que je fuyais. J'avais

du sang sur les mains, je ne voulais pas payer pour ça. Mais en fait, j'ai payé. Dix ans d'une sorte d'exil.

ELLE : C'est un accident. Tu n'y es pour rien.

LUI : Les accidents, ça n'existe pas.

Silence.

ELLE : Tu veux boire quelque chose ?

LUI : Non.

Silence.

ELLE : J'ai peur.

LUI : Pourquoi ?

ELLE : Tu n'aurais pas dû revenir. Nous n'aurions pas dû nous revoir. Nous allons rendre des gens malheureux.

LUI : Des gens ? Qui ça ?

ELLE : Nous, peut-être. Et puis nos familles...

LUI : Pour nos familles, il suffit de se quitter.

ELLE : Et pour nous ?

Silence.

ELLE : J'ai froid.

LUI : Rentrons.

Ils quittent la scène.

12

Trois heures du matin. Le téléphone. Je sors du lit. Maman aussi. Elle s'inquiète. Je décroche. Elle doit penser à Sophie. C'est la voix de Marco. Je rassure maman. « Antoine, c'est toi ? — T'as vu l'heure qu'il est ? — Faut que tu m'aides. — T'es où ? — À la campagne. En Seine-et-Marne. Un village qui s'appelle Ferrière. — Qu'est-ce que tu fais là-bas ? — J'ai planté la BMW. — Y'a de la casse ? — Non. — Qu'est-ce que tu veux que je fasse ? — Viens me chercher. — Maintenant ? — Oui ! Je suis sur la place principale, devant l'église, au milieu du village. J'ai déjà fait trois kilomètres à pied. J'en peux plus. — J'arrive. »

Je m'habille en vitesse. J'attrape les clefs et les papiers de la voiture de Sophie. Deux minutes plus tard, je suis en direction de l'est par l'autoroute. Dans la nuit, j'avance. Quel con, ce Marco. Je roule une demi-heure. Je prends ensuite une route du côté de Marne-la-Vallée. Les petites routes et les villages défilent. Ne pas se perdre. Je n'ai jamais mis les pieds dans ce coin-là. Enfin, un panneau qui indique « Ferrière ». Prendre à gauche. Qu'est-ce que je fous encore là ! Rentrer à Toulon. Au plus vite. Rentrer à Toulon. J'arrive enfin. Le village est endormi. Je ralentis jusqu'à la cabine téléphonique. Personne. Où il est, ce con ? Je coupe le moteur. Je me prépare à sortir. Soudain, une ombre qui m'effraie. « C'est moi ! » Marco entre dans la voiture. « Merci ! Je te revaudrai ça ! — T'as rien à me devoir. » Je redémarre. « Et ta voiture ? — On verra plus tard. — Un jour, il va t'arriver quelque chose. — Un jour. Mais pas aujourd'hui. Tu es là. Tu me sauves. »

Je laisse Marco devant chez lui. Il a quitté la rue de Fécamp pour un appartement plus chic de la rue Montgallet. Il me remercie une nouvelle fois.

« C'est définitif pour Dumont ? Tu ne veux pas travailler pour lui ? — Non ! Surtout pas. — T'as peut-être raison. » Et il ajoute : « Qu'est-ce que ça fait de coucher avec sa femme ? — Quoi ? — T'as bien compris. — Qu'est-ce que tu me racontes ? T'es de la brigade des mœurs ? — Un jour, ça va se savoir. — Et alors ? — Dumont, c'est pas un tendre. Il va t'exploser la gueule, et celle de sa femme aussi. — Il ne le saura jamais. — C'est ce que tu crois. Moi, je le sais et j'ai pas eu à chercher. Salut ! » Il claque la porte. Faut vraiment que je quitte cette ville. Au plus vite. Avant que ça tourne mal.

13

Midi. Valérie m'attend. Elle veut me parler. Pas chez elle. Dans un café perdu. Je prends la voiture de ma sœur. La fatigue de la veille m'accable encore. J'entre. Je cherche Valérie du regard.

Il entre. Elle est assise à une table. Il s'approche.

LUI : Qu'est-ce qu'il y a ?

ELLE : Il fallait qu'on se voie. Hier soir, j'ai parlé à mon mari.

LUI : Quoi ?

ELLE : Je lui ai dit que j'avais eu une aventure avec quelqu'un.

LUI : T'as pas fait ça !

ELLE : Que voulais-tu que je fasse ? Il me trouvait étrange. Il aurait cherché à savoir. Et il aurait trouvé. Il est rentré assez tard. J'ai attendu jusqu'à une heure du matin. Il avait l'air troublé par quelque chose. J'ai bu deux verres de cognac pour me donner du courage. Et je lui ai tout raconté. J'ai pas dit qui tu étais. Il a insisté, il m'a menacée, il a hurlé. Heureusement la petite s'est réveillée. Il s'est calmé.

LUI : Et ensuite ?

ELLE : Je lui ai dit que je partais avec toi.

LUI : Avec moi ?

ELLE : Tu te rappelles la fois où je te parlais de la seule réponse possible à notre avenir… La réponse n'était pas celle que tu croyais. Je ne reste pas. Je pars. Je pars parce qu'il n'y a que ça à faire, même si je sais que ça ne me convient pas et que ça ne te convient pas. C'est loin d'ici et c'est avec toi que je veux passer les prochains jours, les prochaines semaines…

Il s'approche d'elle et l'enlace.

Je la prends dans mes bras. Je vais presque la broyer. Je sais qu'elle a raison, que nous sommes perdus, mais qu'il est trop tard pour renoncer l'un à l'autre.

LUI : Et ta fille ?

ELLE : Ma mère est au courant. Elle va la prendre avec elle quelques temps.

LUI : Comment fait-on ?

ELLE : J'ai préparé quelques affaires. Juste deux sacs.

LUI : Nous fuyons comme des voleurs ?

ELLE : Nous volons de l'amour, et on sera punis pour ça.

LUI : Viens !

Il l'attrape par la main et ils quittent la scène.

Je la conduis à la gare de Lyon. Je lui dis que j'en ai pour une heure au plus. Le temps de monter à la maison, de prendre mes affaires, de tout expliquer à ma mère et de redescendre. Elle me dit qu'elle m'attendra au Train bleu. Je reprends la voiture et je retourne à la maison. Je sais que je vois ce quartier pour la dernière fois.

14

Dans l'immeuble. Les escaliers quatre à quatre. La porte. Le salon. J'explique à maman. « On vient de m'appeler. Faut que je rentre au garage. Une urgence. Le patron est à l'hôpital. — Tu me quittes ? — Pas pour longtemps cette fois. — Tu reviendras vite ? — Je te le promets. » Est-ce qu'elle me croit ? Je file dans ma chambre. Dans mon sac, je glisse en vitesse toutes mes affaires. Un dernier coup d'œil à cette chambre. Adieu. J'embrasse maman. « Je descends avec la voiture de Sophie. Je la laisserai au parking de la gare et je posterai les clefs. » Elle renifle. Adieu.

Je dévale les escaliers. Dans le hall. Marco est là. « Qu'est-ce que tu fous ? — Je t'attendais. —

Pourquoi ? T'as d'autres soucis ? — Je crois que
tu fais une connerie avec Dumont. — Moi ? —
Oui ! Il est pas content. — C'est lui qui t'envoie.
— Il faut que tu lui rendes ce que tu lui as pris. —
J'ai rien pris du tout. — Sa femme. — Qu'est-ce que
tu racontes ? Il n'en est pas propriétaire. — C'est
quand même sa femme. — Marco ! Arrête tes
conneries. On est plus au Moyen Âge. Elle fait ce
qu'elle veut. — C'est pas ce qu'il pense. — Je me
fous de ce qu'il pense. Je suis venu prendre mes
affaires et je m'en vais. — Je te dis que tu fais une
connerie. — Marco ! Dire que je pensais que t'étais
mon ami. — Je suis ton ami. C'est pour ça que
je suis là. Tu ne vas pas partir avec elle. Il t'en
empêchera. Crois-moi. — Comment ça ? » Marco
baisse les yeux. Une voix derrière moi. « Ton ami
a raison. » Je reconnais celui qui vient de parler.
C'est Dumont. Je me tourne. Il poursuit : « Marco
t'a expliqué la situation. — Il n'y a rien à expliquer.
— Ma femme. — Elle fait ce qu'elle veut. — Elle
a toujours fait ce qu'elle voulait. Sauf me quitter.
— Je crois que ce n'est plus le cas. » Je me retourne
vers Marco qui bloque le passage. « Bouge-toi,
faut que j'y aille. » Il ne bouge pas. « Marco, laisse-
moi passer ! » Il ferme les yeux et semble s'excuser du bout des lèvres. Alors je sens comme un
choc. Quelque chose de violent sur le crâne. Et
puis le néant.

Je me réveille. Il fait noir. J'ai froid. Une odeur
m'agace les narines. Une odeur poisseuse. Ma tête
explose. Mes yeux me font mal. Ma main sur mon

crâne. Mes cheveux sont collés par du sang. Où suis-je ? Je tente de me redresser. Un haut-le-cœur. Je tousse. Je crache. Je vomis. Je fais deux pas en titubant. Je m'effondre. La douleur m'arrache un cri. J'y arriverai. Je me relève. Les murs sont glacés. Un escalier en béton. La cave. À quatre pattes. Je vomis encore une fois. De la bile et du sang. Enfin, le hall de l'immeuble. Enfin, je sors. De l'air. Un putain d'air qui me grise. Pour la première fois de ma vie, j'aime l'air de Paris. Dans ma poche, les clefs de la voiture de Sophie. Valérie doit être encore à la gare.

Il est seul sur scène. Il tombe et se relève.
LUI, criant : Attends-moi, j'arrive !

La nuit tombe. La voiture. Les clefs. Démarrage. Vois plus rien. Du sang et des larmes me brouillent la vue. Me frotte le visage avec la manche de mon pull. Tout est flou. Roule. Du mal à rester droit. Roule. Le feu. Rouge ? Vert ? Qu'importe. À nouveau, des haut-le-cœur. Plus rien à vomir qu'une bile aigre. Et ce sang qui coule du crâne. La blessure s'est rouverte. Me sens vraiment mal. Arrive au milieu de nulle part. Reconnais plus rien. Si ! L'avenue de la gare. Peux plus tenir le volant. Tremble.

LUI, criant : Attends-moi, je suis là !

La voiture sur le trottoir. Tente de sortir. Un pas en avant. Tombe à genoux.

LUI, criant : Je suis là...

Une respiration. Une étrange sensation. Le froid qui me saisit. Une larme qui coule, et puis plus rien. C'est comme ça que je meurs. Sur un trottoir sale, tandis que Valérie m'attend.

Il s'effondre au sol. En coulisse, on entend un cri. Rideau.

Grands Boulevards

NOËL

Christophe Mercier

Christophe Mercier est né en 1959. Normalien et agrégé de lettres, il est critique littéraire, romancier, traducteur et essayiste. Il a écrit deux romans publiés aux éditions Joëlle Losfeld : Les singes hurleurs de l'autre rive *en 1999 et* La cantatrice *en 2006.*

Faith has been broken, tears must be cried
Let's do some living after we die

KEITH RICHARDS
— MICK JAGGER

C'est sûr que, pour passer le réveillon de Noël, il existe de meilleurs endroits qu'un restaurant tunisien du neuvième, même si c'est ma cantine et que je suis copain avec le patron — les patrons successifs — depuis vingt ans que j'habite le quartier.

En fait, Chez Léon n'est pas tout à fait à côté de chez moi et, quand j'y vais, ça me donne l'occasion de marcher un peu. Enfin, pas tant que ça. J'habite rue de la Grange-Batelière — un client lettré, ça arrive, m'a dit que George Sand y avait vécu, enfant, je crois — et Chez Léon se trouve au coin de la rue Richer et de la rue de Trévise, presque en face des Folies Bergère, où, l'été, se déversent des bus entiers de touristes américains ou japonais à la recherche du *gay Paris*. Ça me fait une promenade de deux cents mètres et ça me permet d'acheter des cigarillos en passant devant le tabac qui fait le coin Richer-Faubourg-Montmartre. Il est tenu par un couple de tatoués — la femme comme le mari — particulièrement mal aimables, mais que je trouve drôles à observer. Et observer, c'est mon métier.

Car je suis détective privé. *Private eye*, comme ils disent dans les romans américains. Mais ma vie n'a rien de romanesque, je n'ai ni imper ni chapeau mou (enfin, un imper, si, car à Paris il pleut souvent) et, en me voyant, on ne pense pas à Humphrey Bogart, dont je ne vais plus voir les films parce que, depuis la fermeture de l'Action Lafayette, remplacé par une grande surface bon marché, ils ne passent plus dans le quartier. Je ne les regarde pas non plus quand ils sont diffusés à la télé, parce qu'ils m'ennuient. Enfin, ils m'ennuient maintenant. Mais il y a trente ans, j'aimais bien leur romantisme sombre, vénéneux, et il m'arrive de me dire que, sans *Le Grand Sommeil*, je n'aurais pas fait ce métier. En revenant d'Algérie, j'aurais sans doute été pâtissier, comme mon père, et maintenant je serais dégoûté des millefeuilles. Tout compte fait, heureusement que j'ai vu *Le Grand Sommeil*. Quoique...

C'est vraiment un métier de chien, surtout au bout de trente ans, et qui use. Maintenant, les cheveux qui me restent sont blancs, je marche difficilement (l'arthrose, d'avoir passé trop de temps à guetter sous la pluie, posté en face du Ritz, derrière la colonne, dans l'attente d'une femme adultère) et je ressemble, plus qu'à Bogart, à Maurice Chevalier dans *Ariane*, un autre détective privé de cinéma, mais plus près, celui-là, de la réalité. De la mienne, du moins. Voilà un film que je reverrais bien. Mais la première fois que je l'ai vu, une copie pourrie sous-titrée en italien, lors d'un petit festival à l'Action Lafayette (à l'origine, c'est à cause de l'Action Lafayette, rue Buffault, et du Studio 43, rue du Faubourg-Montmartre, remplacé, lui, par un salon de coiffure, que j'ai choisi ce quartier, en 1985, dans les derniers temps où l'on pouvait traverser Paris à la recherche d'un film rare), il m'a plutôt déprimé. J'étais nouveau dans le métier, et l'image que le film en donne n'a rien de glamour. C'est une comédie, mais qui ne peut faire rire que les non-détectives privés — ou les détectives privés qui n'élèvent pas seuls leur fille. Ce qui lui offre quand même un public assez vaste.

Aujourd'hui que ma fille ne vit plus avec moi, qu'elle est chez sa mère, je le reverrais volontiers, et même avec une pointe de nostalgie. Car, depuis que Lola est partie — ma fille ne s'appelle pas Ariane, mais Lola —, je m'ennuie. Voilà six mois qu'elle est partie faire une école de communication payée par sa mère (et son riche beau-père), à Nantes, ville, sans doute, à laquelle son prénom la prédestinait. Un coup fourré de mon ex-femme pour l'attirer là-bas, évidemment. Elle devait revenir pour Noël, mais le riche beau-père l'a invitée à Chamonix, et elle n'arrivera que la seconde semaine de ses vacances, après le Nouvel An.

Tout ça pour dire que, pour le réveillon du 24,
je n'avais pas le choix : tant qu'à le passer tout
seul, autant aller Chez Léon. Je m'étais renseigné,
et il n'y aurait ni cotillons ni langues de belle-
mère. C'était quand même moins sinistre que de
rester en tête-à-tête avec ma télé, mes médaillons
de foie gras en conserve et mon mousseux tiède.

Cette veille de Noël, donc, le premier Noël que
je passais sans Lola, il pleuvait. Et s'il y a quelque
chose de pire qu'un Noël seul au restaurant pour
s'échapper d'un deux-pièces vieillot dans un immeuble sombre du 9ᵉ arrondissement de Paris, c'est un
Noël seul au restaurant pour s'échapper d'un deux-
pièces vieillot dans un immeuble sombre du
9ᵉ arrondissement de Paris sous la pluie.

Il pleuvait depuis deux jours, que j'avais passés
à faire le pied de grue devant le Royal-Monceau
afin de coincer un émir richissime et infidèle, dont
la femme avait loué mes services, et à contempler
les guirlandes scintiller lugubrement dans les arbres
de l'avenue Hoche, sous l'œil indifférent des passants qui, abrités sous leurs parapluies, le regard
rivé au trottoir pour éviter les flaques d'eau, s'affai-
raient à leurs ultimes courses de Noël. L'Arc de
Triomphe, tout au bout, ne m'avait jamais paru
aussi effrayant — on avait l'impression qu'il atti-
rait tous les candidats au suicide — et mon arthrose s'était réveillée.

Ce 24 décembre, j'étais rentré chez moi en fin
de matinée, après plusieurs heures de veille, et je
m'étais fait un grog à l'irlandaise, whisky bouillant

et clous de girofle, après quoi je m'étais fourré sous l'édredon rose en plumes que je tiens de mon arrière-grand-mère.

J'avais dormi une bonne partie de la journée et, au réveil, j'ai écouté des cantates de Noël de Bach, pour me mettre dans l'ambiance du jour, bien calé au fond de mon fauteuil Voltaire, emmitouflé sous trois couvertures, avec un Jack Daniel's. Je suppose que Keith Richards, lui aussi, écoute de la musique classique. Il s'est bien cassé une jambe en tombant de l'escabeau de sa bibliothèque... On doit avoir à peu près le même âge. J'ai rêvassé un moment au vieux Keith en écoutant Bach, puis j'ai mis un peu de Stones pour faire bonne mesure. J'ai commencé par « Love comes for no one », pour le solo de Mick Taylor, et parce que le bourbon, la pluie, Noël seul, l'arthrose et mon cheikh arabe élusif, tout ça me mettait d'humeur morose. Après un troisième Jack Daniel's, un bain bouillant et l'intégrale d'*Exile on Main Street*, je me sentais un peu parti, plus du tout dans l'ambiance de Noël, mais revigoré et même combatif. D'une mélancolie combative, pourrait-on dire, une mélancolie énergique à la « Let it loose ».

J'ai enfilé un pantalon gris à pinces, une chemise blanche, un nœud papillon et la veste cintrée, grenat moirée à minces fils noirs, dont Lola dit qu'elle me donne l'air d'un maquereau et, bardé d'un imper sec et de l'immense parapluie rouge qui fait très famille Fenouillard, j'ai pris le chemin de Chez Léon.

Il était neuf heures du soir, les Parisiens étaient chez eux en train de festoyer, et la rue de la Grange-Batelière était déserte.

J'avais envie de prendre un verre à un comptoir, pour me mêler à la liesse d'un bar bondé un soir de fête, ou pour me repaître de l'ambiance lugubre d'un bar vide un soir de fête. J'ai toujours aimé traîner devant une bière, le soir, dans les buffets de banlieue, ou dans les petites gares de province.

Mais les bars à vin en face de Drouot étaient fermés, et la salle des ventes dressait ses sombres et lugubres murailles de verre contre le ciel brouillé par le vague crachin qui avait succédé à la pluie de l'après-midi. J'avais rarement vu le quartier aussi mort. Plus que mort, déserté, comme si les habitants l'avaient fui pour éviter une attaque de martiens, comme s'ils avaient tous été touchés par la peste.

J'ai continué la rue Drouot jusqu'aux Grands Boulevards. Après une journée passée à me ramollir dans la moiteur de mon lit et une demi-bouteille de bourbon, ça faisait du bien de marcher un peu et je ne sentais plus mon arthrose. Sur le boulevard des Italiens, un groupe de touristes américains en goguette et en perdition s'est précipité sur moi — j'étais la seule âme qui vive — pour me demander où se trouvait le Grand Café. J'ai toujours plaisir à parler anglais, et mon métier m'en donne rarement l'occasion. Je les ai renseignés. Émus — ou déjà complètement bourrés — ils ont fait mine de m'entraîner avec eux, et j'ai eu toutes les peines du monde, pour refuser sans les vexer, à leur faire comprendre que j'étais attendu ailleurs. Pieux mensonge qui m'a beaucoup coûté. Non que je répugne à mentir, mais parce que je me suis rendu compte que, quoi qu'aimant parler anglais, je m'y exprime très mal.

C'est donc mortifié que j'ai tourné à gauche, direction le faubourg Montmartre et Chez Léon. Je pensais pouvoir couper par les passages. On y sent le vieux Paris, on croit respirer l'odeur des becs de gaz. Ça me rappelle Céline et le passage Choiseul, et je me faisais une fête de voir les vitrines éclairées une nuit de Noël. Il ne faut jamais cracher sur les plaisirs simples. J'aime beaucoup le magasin d'imitations de jouets anciens, dans le passage Jouffroy, sur la gauche, qui ressuscitent mon côté fleur bleue et petit garçon modèle façon comtesse de Ségur, et le marchand de cannes, en face, à côté du musée Grévin (un des grands plaisirs de Lola). J'aimerais, un jour, m'acheter une canne, mais c'est trop cher. À moins que, plus simplement, une fausse honte ne me retienne de pousser la porte et d'éveiller le vieux beau à lunettes d'écaille qui semble toujours assoupi derrière son comptoir.

Le passage Jouffroy, j'aurais dû m'en douter, était fermé, ses grilles baissées. Je me suis senti gagné par un coup de blues et j'ai failli, sur une impulsion, rentrer chez moi, pour me terminer au Jack D. en écoutant les Stones et Jean-Sébastien

Bach. C'est l'idée de la gueule de bois du lendemain matin qui m'a retenu. Je connais bien les
autocaisses au bourbon. J'en ai eu ma dose, dans
une autre vie, avant la naissance de Lola. Aujour-
d'hui, très peu pour moi. Les gueules de bois du
matin me durent toute la journée et ça suffit à me
rendre raisonnable. J'ai donc poursuivi direction
Chez Léon.

Le marchand de farces et attrapes où, autrefois,
j'allais acheter des bombes surprises pour mes
réveillons en tête à tête avec Lola, avec champis-
sous et fausses moustaches, qui la faisaient beaucoup rire (moi, ces soirs-là, ça me rappelait que
j'étais un père célibataire et, quand elle était cou-
chée, je pleurais dans mon verre en me finissant
au whisky), était fermé, bien entendu, et, dans la
vitrine, les masques de Chirac et de Spiderman
m'adressaient des sourires moroses.

Le café des deux tatoués, lui, était encore ouvert,
et la patronne, pour l'occasion et parce que c'était
fête, arborait, à la place de son t-shirt de bikeuse,
un décolleté qui mettait en valeur ses fausses perles et des seins à la Jayne Mansfield, aussi peu
appétissants, cependant, que des mottes de beurre
ramolli. Elle n'était pas plus aimable pour autant
et maugréait en servant un petit Asiatique qui
voulait lui payer un briquet avec un billet de deux
cents euros, et qu'elle traita, crus-je entendre, de
« chink », comme dans *Tintin au Tibet*, ce qui m'a
fait marrer. Lâchement, j'ai répondu à ses mar-
monnements par un sourire faussement complice.

J'ai beau être un vieil habitué, j'ai toujours peur, avec elle, de me prendre une charge, comme on disait quand Lola était au lycée.

Son mari, petite moustache, lui aussi sur son trente et un — pantalon de cuir noir et cravate orange — refusa de servir une bière à une vieille dame à la dérive et houspillait le garçon. « Dépêche-toi, Marcel, tu sais bien qu'on doit aller réveillonner chez la sœur de Mimine. Cette connasse a dit que si on n'était pas là à dix heures, ils commenceraient les huîtres sans nous. » Pour lui, tous les garçons — et j'en ai vu passer pas mal, tous souffreteux et mal payés — s'appellent Marcel, comme autrefois les bonnes, dans les grandes familles, étaient toutes rebaptisées Marie. Je n'aime pas les grandes familles.

La rue Richer, dépourvue de lampadaires, était noire, ses pizzerias fermées, ses boucheries casher (« Chez Berbèche, servi mieux ») les contrevents baissés, ses agences de voyages (casher elles aussi) éteintes, qui proposaient des séjours à prix cassés pour des destinations de rêve étalées sur des affichettes décolorées, car les clients n'étaient pas légion.

C'est en face du 46 — un client érudit, encore un, m'a appris qu'Alexandre Dumas y avait habité, brièvement — que j'ai entendu les hurlements de la folle. Elle est célèbre dans le quartier et certains habitants se plaignent, voudraient la faire enfermer.

Elle vit, paraît-il, dans un gourbi en haut des

escaliers de l'immeuble où se trouvait autrefois l'épicerie Goldenberg, fermée depuis quelques mois, et dont la vitrine est maintenant aveuglée de parpaings. On la voit déambuler dans la rue, sale comme trente-six peignes, toujours vêtue des mêmes épais jupons de laine qu'elle ne descend pas pour pisser (elle ne s'accroupit pas non plus, elle fait tout debout, comme une bête), du même gros gilet crasseux, avec sa tête de vieille pocharde. Les concierges de la rue lui donnent un peu d'argent pour effectuer à leur place les gros travaux, laver les cages d'escalier ou sortir les poubelles au milieu de la nuit, et parfois, l'une d'elles, Maria, qui tient la loge du 46, une vieille copine à moi, la fait entrer chez elle et l'oblige à prendre une douche. C'est par elle que je sais qui est cette femme. Elle a dû être très belle et quand elle sort de chez Maria, et qu'ils sont lavés, et pas gras ni emmêlés, on remarque qu'elle a encore de beaux cheveux gris et un visage d'une grande douceur rude. Elle s'appelle Elena, elle est arrivée d'Italie, de Ferrare, avant guerre, fuyant Mussolini, et, plus tard, toute sa famille, sauf un de ses fils, a disparu à Auschwitz. Maria sait tout cela parce que, il y a vingt ans, elle était déjà là, et qu'Elena, elle, parlait encore, vivait dans un studio appartenant à Goldenberg. Puis son fils est mort, elle est devenue clocharde et a cessé de s'exprimer. Ou plutôt, elle s'est mise à s'exprimer sous forme de hurlements terrifiants, qu'elle pousse, la nuit, depuis un chien-assis qui ouvre en haut de l'escalier de son immeuble, là où elle a déménagé ses hardes quand elle a cessé de payer son loyer.

Elle hurle à la lune, comme un chien, comme un coyote, comme si elle était privée de langue, comme si elle ne pouvait plus articuler et hurlait à partir d'un grand trou rouge au fond de sa bouche. Comme une femme désespérée, qu'elle est, et pour qui plus rien ne compte. Ceux qui veulent la chasser, la faire enfermer, ce sont les yuppies, les jeunes bourgeois abonnés à Canal+ qui ont envahi le quartier depuis quelques années, tels des rats en costard-cravate. Je hais les jeunes bourgeois abonnés à Canal+. Les anciens du quartier, les vieux juifs à frisettes et kippa qu'on voit le samedi matin, costume noir, chapeau noir et chemises blanches raides, se hâter les yeux baissés vers la synagogue, la plaignent. Elle est des leurs, en plus désespérée encore, peut-être. Selon Maria, elle aurait un petit-fils qui « réussit bien », on ne sait pas dans quoi, et qui voudrait l'installer dans ses meubles, quelque part ailleurs, mais elle ne veut pas, elle se nourrit de son malheur et de sa solitude.

Lorsqu'elle hurle, on l'entend, dans le silence de la nuit, plusieurs rues à la ronde. L'été, si ma fenêtre est ouverte, ses cris de bête, fendant l'air par-dessus les toits, comme un balai de sorcière, arrivent jusque chez moi.

Elle ne hurle pas toutes les nuits, juste quand elle a peur ou qu'elle se rappelle ce jour, pendant l'Occupation, où elle est rentrée chez elle avec son petit garçon et qu'il y avait eu une rafle, tous les siens disparus.

Ses hurlements, en général, ne me dérangent plus, mais ce soir de 24 décembre, sous cette pluie fine, de la bruine solide, qui avait repris, dans cette rue déserte dont les trottoirs, demain, seraient encombrés de poubelles débordant de coquilles d'huîtres, ils m'ont fait frissonner. J'ai hâté le pas.

Chez Léon, c'est une grande salle, toute en longueur, avec, sur la droite, un bar. Il m'arrive d'y entrer en fin de soirée pour prendre un verre avec le patron, un jeune Marocain frimeur que j'aime bien et qui m'a proposé, il y a deux ou trois ans, de monter avec lui un trafic de voitures entre l'Afrique du Nord et la France. Il s'appelle El-Hadji et c'est un musulman rigolard, avec une dégaine de séducteur et un regard frisé. Avec lui, les conversations sont limitées — le fric et le cul — mais c'est sans importance car, derrière les mots, on sent l'amitié et, parfois, une forme de tendresse.

Notre amitié a failli connaître un sacré coup lorsque, il y a trois ans, il s'est mis dans la tête que Lola, qu'il connaît depuis toute petite, devenait, selon ses propres termes, « sacrément canon ». Je n'avais pas envie de voir ma fille entrer dans le harem d'El-Hadji, même s'il est sympa et que c'est mon ami. Mais, fidèle aux principes d'éducation que j'ai toujours voulu donner à Lola, je ne l'ai pas empêchée de sortir avec lui lorsqu'il l'a invitée à dîner. Bien m'en a pris. Au bout de la troisième fois, elle a déclaré que c'était « le fils du grand casse-couilles », qu'il était « lourd de chez lourd » et qu'elle se demandait comment je pouvais être copain avec un type comme ça. Elle n'est pas retournée Chez Léon pendant plusieurs mois et moi, j'ai pu y reprendre mes habitudes, sans jamais faire allusion à cette affaire avec mon copain El-Hadji.

Il m'est arrivé, une fois ou deux, de lui rendre service professionnellement et depuis, pour lui, c'est à la vie à la mort, dit-il. Je n'en demande pas tant, je souhaite simplement qu'il reste là, qu'il ne largue pas tout pour partir en banlieue — il en parle parfois — et pouvoir continuer, comme ce soir, comme depuis dix ans qu'il a fait son apparition, tout jeune serveur, à venir chez lui me baigner dans le lait de la chaleur humaine. (Shakespeare a écrit quelque chose comme ça.)

El-Hadji s'est marié il y a six mois (après que j'ai mené à sa demande une petite enquête sur sa future épouse, question de voir si elle lui était fidèle) et, pendant un moment, il a cessé de parler de filles (depuis, ça revient un peu). C'est un véritable égoïste : huit jours après son mariage, il a fait tondre sa tignasse bouclée de dragueur, parce que c'était plus pratique pour son casque de moto, et que, maintenant qu'il avait trouvé une femme sérieuse, il se fichait bien de continuer à plaire.

Maintenant, sa femme est enceinte et, depuis deux ou trois mois, il se plaint de son gros ventre et laisse repousser ses cheveux. Il y a anguille sous

roche, mais je ne suis pas là pour jouer les pères la
morale.

Au milieu de la salle de Chez Léon se dresse
une fontaine toujours à sec, en céramique bleu
pâle, à laquelle il manque des carreaux et, de part
et d'autre, le long du mur, les tables pour quatre
sont isolées dans de petits boxes où l'on se sent
chez soi.

Ce soir du 24 décembre, El-Hadji avait revêtu
un habit de lumière et enfilé, par-dessus sa chemise blanche, un gilet de satin noir discrètement
brodé de soie rose, façon toréador. Quand je suis
arrivé, la salle était vide et il est venu s'asseoir en
face de moi avec deux coupes de champagne. Il
était en veine de confidences et m'a expliqué que
s'il ouvrait ce soir, ce n'était pas qu'il comptait
faire une grosse soirée, mais parce que ça lui permettait de couper au réveillon avec ses beaux-
parents et qu'après, il pourrait aller voir sa chérie.
J'avais deviné juste. Ses yeux verts brillaient.

En dehors de moi, me dit-il, il avait une seule
table réservée, deux personnes, vers neuf heures
et demie. Il aurait fini tôt et il savait qu'il n'aurait
pas de clients de hasard, pas un soir comme ça,
dans une rue déserte.

El-Hadji a bien compris que si j'étais là ce soir,
seul, c'est que je voulais échapper aux ambiances
de fête glauques, au prêt-à-porter de la bambo-
che. Il n'a pas pris ma commande et m'a porté,
comme d'habitude, cinq ou six soucoupes conte-
nant un assortiment de légumes épicés. Je savais

que mon traditionnel tajine poulet-olives suivrait, accompagné d'un plat de semoule. C'est l'avantage d'avoir une cantine, ça évite de trop parler. Le tajine serait arrosé d'un gris de Boulaouane et suivi d'un verre d'alcool de figue aux frais de la maison. Un soir de réveillon, c'est rassurant de trouver un endroit où l'on puisse oublier qu'il s'agit d'un jour de fête, et qu'on se trouve seul.

El-Hadji était retourné à son poste, derrière le bar, le sourire figé, rayonnant et distrait, car il pensait à sa fin de soirée, et moi, je rêvassais devant mes hors-d'œuvre quand ils sont arrivés.

Ce fut comme une apparition. Elle était très grande (un mètre quatre-vingt-cinq, m'a automatiquement informé mon œil professionnel), très longue, avec des jambes sublimes, interminables, gainées de cuissardes de cuir souple bordées de perles de pacotille.

Lorsqu'elle quitta son long manteau de fourrure, je faillis m'étrangler en découvrant son dos, dont l'ovale était dégagé par une robe fine de laine rouge, très courte, qui laissait apparaître ses cuisses. Quand elle a ôté son bonnet, ses cheveux noir corbeau, frisés, lui sont descendus jusqu'au milieu du dos. Elle avait des yeux verts magnifiques et les dents de la chance, un peu écartées. J'aime les femmes qui ont les dents de la chance, comme Maria Schneider, et cette fille était un mélange de Maria Schneider et de BB 69, année érotique, les fantasmes de mes trente ans.

L'homme qui l'accompagnait était à la hauteur

— sans jeu de mots, il devait faire presque un double-mètre, comme Phil Defer dans *Lucky Luke*. Je ne suis pas de ces mâles qui se prétendent incapables de juger de la beauté d'un homme, de peur de passer pour des pédés. Je reconnais les hommes beaux et celui-là l'était. J'ai d'autant plus de mérite à l'admettre qu'il était beau dans le genre bellâtre, le genre rital, que je déteste depuis toujours, sans raison particulière : immense, baraqué en proportion, sourire de velours et cheveux bouclés, tout à fait le play-boy qu'on imagine, lunettes noires sur le nez, rouler les mécaniques à Vespa le long des plages et emballer toutes les minettes.

Bref, ce couple en jetait un maximum et El-Hadji lui-même, qui est plutôt grand, n'arrivait qu'à l'épaule de son client et me paraissait contrarié, d'autant que, m'informa-t-il avec un sourire jaune en me portant mon tajine, « pour qui elle se prend, cette nana, elle m'a donné son manteau comme si j'étais son larbin ». Il est très susceptible. Elle ne l'avait même pas vu, sans doute.

Que fait-on, seul devant un tajine un soir de réveillon, quand un couple aussi spectaculaire vient s'asseoir à la table voisine ? On regarde. Et, si l'on est un bon détective privé, on regarde en tendant l'oreille, discrètement.

Ça m'a occupé un moment. Elle était vraiment très belle et, quand je l'ai entendue parler, j'ai cru entendre Lauren Bacall dans *Le Grand Sommeil*. Je ne suis pas un inconditionnel de Lauren Bacall que, pour tout dire, je trouve un peu conne, mais j'adore sa voix rauque.

Le bellâtre — très chic, avec montre et gourmette en or, et pochette assortie à la cravate, un chic dont je suis incapable — couvait sa belle d'un œil illuminé et, derrière la façade de jeune homme d'affaires, il était facile de voir un gosse amoureux. Il n'avait pas plus de vingt-cinq ans, trop jeune, tout compte fait, pour être un homme d'affaires, ou alors particulièrement doué, et il faisait gamin et gentil.

Ce couple impressionnant était, tout compte fait, plutôt sympathique et j'en laissais refroidir mon tajine. Mieux, j'en oubliais mon coup de blues de 24 décembre, et que je m'étais réfugié chez mon ami El-Hadji pour ne pas être seul.

Le garçon s'appelait Nico et elle, Teresa, Teresa, Teresa, ce prénom qu'il répétait dès qu'il lui adressait la parole, pour la posséder, se persuader qu'elle était à lui. Elle le regardait d'un air attendri, comme un petit frère un peu chien fou qui serait en même temps son amant.

Quand El-Hadji leur a eu servi à chacun une langouste mayonnaise, il est venu me porter mon alcool de figue et s'est assis. Je l'ai un peu chambré, comme disent les footballeurs.

« Alors, on fait de la langouste, maintenant ? Tu les as achetées surgelées ? »

Il a haussé les épaules.

« Je les ai achetées spécialement pour eux. Fraîches. Je sais très bien les cuisiner. Il y tenait beaucoup, quand il a réservé. Je lui ai dit que c'était un restaurant tunisien et il m'a dit que oui, il le savait, qu'il y venait il y a longtemps, et qu'il tenait beaucoup à dîner là ce soir, mais qu'il tenait aussi à la langouste. Qu'est-ce que tu veux, le client est roi et, de toute façon, je voulais ouvrir ce soir et c'était ma seule réservation. Merde ! J'ai oublié de leur porter leur chablis. »

Apparemment, ils ne s'en étaient pas aperçus et El-Hadji, debout, les yeux dans le vague avec sa bouteille, a dû attendre une bonne minute pour ne pas interrompre une pelle torride. Ils étaient attendrissants — et elle était si belle que ce n'était même pas indécent.

El-Hadji est revenu à ma table disserter sur son arbre de Noël en plastique, qu'il n'avait pas installé (pour ne pas faire trop Noël, il trouvait ça blaireau) et dont il se demandait s'il n'allait pas l'installer demain matin (pour faire quand même un peu Noël, mais il est tout poussiéreux, au grenier, et il lui manque une branche), afin d'attirer un peu de clientèle de fêtes (parce que tu comprends, ce soir, ça m'arrange, mais si c'est vide comme ça jusqu'au mois de janvier, ça fait quand même pas trop bien mes affaires).

Je l'écoutais distraitement en sirotant mon deuxième alcool de figue quand, soudain, je vis Nico blêmir en regardant l'entrée de la salle.

Un homme s'avançait dans le restaurant. Il ne payait pas de mine. Il était petit, presque un nabot, et son teint grisâtre, sous la barbe de deux jours, était aussi chiffonné que son costume vague, trop large pour lui, d'un rose fané qui évoquait cette couleur très particulière que mon instituteur de cours préparatoire intitulait pittoresquement « vomissure d'ivrogne ».

Il pouvait avoir cinquante ans comme soixante-dix. Des cheveux gris, gras et maigres dépassaient d'un chapeau mou qu'il n'avait pas quitté. On lui aurait donné cent sous pour aller s'acheter un sandwich.

Tout s'est passé très vite : le beau Nico a blêmi, j'ai jeté un coup d'œil sur El-Hadji, m'attendant à le voir se lever pour évincer l'intrus, et El-Hadji, pétrifié, a rougi et baissé la tête, soudain très concentré sur les quelques grains de semoule sertis dans la sauce caillée de mon assiette. Et puis Nico s'est levé, abandonnant sa sublime Teresa, et s'est approché du visiteur.

Ce n'était plus le beau Nico, le flamboyant Nico qui était entré Chez Léon un peu plus tôt.

Il était blafard, je l'ai dit, et il avançait à petits pas, la tête basse. À côté de lui, le visiteur paraissait un véritable nain, mais un nain directif.

Il lui a fait signe du doigt et Nico s'est penché, pour que leurs têtes se trouvent à la même hauteur. Le vieux, me semble-t-il, a murmuré quelques mots. Je n'en suis pas certain, cependant, mais ce dont je suis certain, c'est que, de la main droite, il lui a donné une tape sur la joue gauche, une tapette, plutôt, comme dans le jeu de la barbichette. Sauf qu'on ne jouait pas à la barbichette.

Sans se retourner vers sa table, Nico est sorti du restaurant, soudain voûté, écrasé, vieilli. Le vieil homme est resté immobile, le regardant sortir, puis il s'est approché de ma table, où El-Hadji était aussi blanc et figé qu'une statue de cire.

« Servez à madame ce qu'elle vous demandera, je vous laisse l'argent. »

Il posa sur la table une petite liasse de billets de deux cents euros et s'éloigna. El-Hadji, les yeux toujours baissés, n'a pas vérifié, mais il était évident que ça suffisait à amortir sa soirée et que, même s'il servait à sa cliente du caviar à la louche, il pouvait fermer son restaurant jusqu'après les fêtes et il ne serait pas perdant.

« La mafia », bégaya-t-il.

Le vieil homme était sorti de la salle.

Toute la scène n'avait pas duré plus de deux minutes et Teresa n'avait toujours pas réagi, comme si elle n'avait pas encore réalisé que son chevalier servant l'avait plantée là.

On en voit de drôles, quand même, à Paris, m'a soufflé le petit Savoyard qui sommeillait en moi (la pâtisserie de mon père se trouvait à Albertville). Et en même temps s'éveillait son grand frère, celui qui est devenu adulte, le détective privé, qui voulait savoir.

Je me suis levé d'un bond et je suis sorti, avec ma veste grenat chinée de noir.

Le vieux, dans la rue déserte, s'était comme volatilisé mais j'aperçus, sur le trottoir, vomissant sur les poubelles, une silhouette de chiffon. C'était

Nico. En deux minutes, il n'avait pas fait cinquante mètres. Il traînait les pieds, il se rendait au jugement dernier.

Dans la rue Richer, la folle s'était tue et, maintenant, tout était silencieux. On voyait, aux fenêtres, clignoter les guirlandes des arbres de Noël. La pluie s'était transformée en une petite neige fine, impalpable, qui s'évaporait quand elle touchait le sol, comme l'avait fait le vieux. Le vieillard miteux était comme un djinn, comme un flocon de neige, me suis-je dit, drôlement. Il s'évapore, il disparaît, il n'existe plus.

Nico, le fantôme de Nico, lui, existait toujours, et collait au bitume. On aurait dit qu'il traînait des boulets invisibles.

Et alors, je l'ai vu négocier un petit quart de tour sur la gauche (ça lui paraissait compliqué, son corps ne lui obéissait plus) et entrer dans l'immeuble de Goldenberg, l'immeuble aux vitrines aveuglées de parpaings, l'immeuble de la vieille folle juive italienne désespérée.

Je l'ai suivi. L'immeuble, voué à la démolition, était désert et sinistre. Le hall de marbre sentait le moisi et, au bas du large escalier, une déesse de pierre jaunie, au nez cassé, couverte de graffitis noirs et bleus, exhibait crânement dans un froid polaire une nudité qui n'intéressait plus personne. Grandeur et décadence du chic haussmannien — mais je n'étais pas là pour écrire la petite histoire du neuvième.

J'avais un peu honte de le suivre, c'était si facile.

Il faisait une pause sur chaque marche du grand escalier pompeux qu'avaient dû monter, dans une autre vie, de jeunes lions romantiques prêts à s'embourgeoiser en banquiers bedonnants à la tête en poire.

Je me suis dit comme ça, et j'ai trouvé ça assez drôle, que je n'aurais pas dû être détective privé, ni pâtissier comme mon père, mais savant, historien.

Nico montait toujours, moi derrière, dans l'obscurité à peine éclairée par la neige à travers les vasistas brisés. On était deux personnages d'un film muet, en noir et blanc, projeté au ralenti. Il faisait un froid glacial, un rat m'a filé dans les jambes, je me suis retenu à la rampe et j'ai senti que la peinture s'écaillait. Il n'aurait plus manqué que je tombe. Joyeux Noël !

L'escalier de pierre s'arrêtait au sixième, mais Nico a pris un petit escalier en bois colimaçonnant jusqu'à l'étage qui, dans un autre temps, avait dû être celui des chambres de bonnes. Je me suis arrêté au bas de cette espèce d'échelle qui montait au septième ciel. Là-haut, tout était noir.

Ainsi, c'est ici que vivait la vieille folle, et c'est elle que Nico allait voir. Une image encore un peu floue a commencé à se reconstituer dans mon esprit.

Soudain, j'en fus certain. C'était lui, le fameux petit-fils « qui réussissait bien », et c'est pour ça qu'il tenait à dîner dans le quartier. Des souvenirs d'enfance, sans doute, quand son père vivait encore et que sa grand-mère n'était pas folle. Et j'ai compris aussi d'où il tirait son argent, son costard, ses bijoux en or, et pourquoi El-Hadji, quand le vieux était entré Chez Léon, avait paru se liquéfier. Ce n'était pas la première fois que mon chemin croisait celui de la mafia du neuvième. Et j'ai su que Nico était condamné. Il venait dire adieu à sa grand-mère.

Attentif à ne pas faire craquer les degrés de bois, j'ai continué de monter. Là-haut, ça sentait l'urine, le suri, l'étable dont on n'aurait pas changé la paille.

Nico, en haut des marches, a tâtonné pour trouver une grosse lampe torche qu'il a dirigée sur un tas de nippes, sous la pente du toit. La vieille dormait comme un vieux bébé usé, ridé et rouge, son visage, dans le sommeil, étrangement apaisé. J'ai retrouvé cette ancienne beauté dont me parlait mon amie Maria. Elle ne s'est pas réveillée.

Nico a posé sa torche sur le sol et s'est penché dans son halo lumineux. Il a pris son portefeuille dans la poche intérieure de sa veste, en a sorti une liasse de billets, qu'il a posée à côté du grabat. Puis il a aussi posé son portefeuille. Ensuite, il a ôté sa montre et sa gourmette et, après avoir dénoué sa cravate, la grosse chaîne et le pendentif qu'il portait autour du cou, et il a installé le tout à côté des billets et du portefeuille. Il a terminé cet étrange rituel de dépouillement en taillant grossièrement, avec des ciseaux de cuisine qu'il a trouvés en farfouillant dans les affaires de sa grand-mère, près des bouteilles de gros rouge, une poignée de ses boucles brunes, qu'il a déposée à côté de ses autres offrandes. À la lumière de la lampe, lorsque son visage est entré dans le halo, je vis qu'il pleurait en silence.

Il est resté là, immobile, dix bonnes minutes, à la regarder, avec une tendresse infinie. Puis il s'est agenouillé, lui a baisé la main et il est redescendu.

J'ai à peine eu le temps de me cacher dans l'obscurité du palier du sixième et je l'ai suivi. Il n'y avait, je le savais, plus rien à faire pour lui, mais j'étais poussé par une curiosité malsaine, romanesque et professionnelle à la fois. Et puis, au fond, je crois que je ne voulais pas le laisser mourir seul.

Arrivé dans la rue, il a ôté sa cravate, qu'il a fourrée dans la poche de sa veste, et sa veste, dans une poubelle. Elle serait bientôt couverte de coquilles d'huîtres et d'écorces de citrons. Maintenant, en chemise et col ouvert sous la neige qui tombait dru et tenait au sol, il marchait plus vite que tout à l'heure, comme pressé d'en finir.

Il a pris à gauche, par la cité Trévise. J'aime beaucoup ce square, avec sa fontaine, ses arbres, ses immeubles anciens, bourgeois, solides, cossus, rassurants comme le caddy à carreaux écossais d'une ménagère de l'avenue Victor-Hugo, ou comme un carton d'invitation à un bal des débutantes. Les balcons, tout autour de la place, étaient décorés de guirlandes blanches qui scintillaient sous la neige.

Nico les a regardées quelques minutes, frissonnant en fumant une dernière cigarette qu'il eut du mal à allumer, à cause des flocons, debout devant le vieux magasin, si balzacien, de postiches de théâtre, dans un coin de la place. Il semblait empli d'une vague nostalgie pour une vie qui n'aurait pas été la sienne. Puis il a repris son chemin, rue Bleue, rue Lafayette, sinistre et déserte, axe froid qui coupe le neuvième, entre les premières pentes de Montmartre et la partie plate, haussmannienne, dans laquelle j'habite.

Je l'ai suivi jusqu'à la rue des Martyrs et j'étais presque content pour lui que sa dernière promenade — car j'étais certain que c'était la dernière — le conduise dans un quartier plus vivant, plus joyeux.

Ce quartier m'a toujours plu et, un soir comme celui-là, on y sentait la magie de Noël. Les vitrines des antiquaires de la petite place Saint-Georges étaient encore éclairées et, comme je marchais très lentement, j'ai repéré un beau limonaire, qui m'a fait penser à *La Règle du jeu*. Pas sûr que les bourgeois du seizième soient si heureux, ni si apaisés, tout compte fait.

Les cafés de la rue des Martyrs étaient encore illuminés et la belle boutique de fruits et légumes, en bas, sur la droite, tenue par un Marocain qui n'en avait rien à faire de Noël, était ouverte.

Arrivé sur le boulevard, Nico a pris à gauche, direction Pigalle. Les sex-shops éclaboussaient la nuit de tous leurs feux, mais les putes, réfrigérées

sous leurs trop courts manteaux de fourrure synthétique, n'ont même pas tenté de racoler cet
étrange passant, solitaire et déchu, déjà une ombre,
la tignasse taillée à la diable, en chemise sous la
neige.

Place Blanche, Nico est monté dans une grosse
limousine noire qui semblait l'attendre. Elle a fait
le tour du rond-point, et elle est redescendue vers
l'Opéra.

La neige, sur le sol, était si épaisse que la limousine avançait péniblement et que je n'avais aucune
peine à la suivre. J'avais les pieds gelés à travers
mes santiags et je me suis dit que maintenant, au
moins, Nico était au chaud.

Rue Blanche, la Trinité, moins rébarbative que
d'habitude, sous la neige, avec l'immense sapin de
Noël qui clignotait dans le square.

Les portes de l'église étaient grandes ouvertes,
puits de lumière, comme une bouche de l'enfer. Un
haut-parleur égrenait « Douce nuit, sainte nuit »
pour les quelques fidèles qui, bravant la neige,
marchaient à petits pas vers la messe de minuit.
Mais je n'aime plus les cantiques, ni les crèches ;
j'ai vécu trop longtemps.

La limousine avançait, solennelle, silencieuse
comme une baleine noire, éclairée par la blan-
cheur bleuâtre de la neige. Derrière l'Opéra, sans
qu'elle ralentisse — il est vrai qu'elle roulait si
lentement — une portière s'est ouverte, un corps
en est tombé. La voiture, enfin, a accéléré et disparu dans la gadoue en direction des Boulevards.

Le carrefour était désert, le père Noël des Galeries Lafayette, bien au chaud dans sa vitrine, agitait mécaniquement les bras pour personne, son renne de carton-pâte misérable et pelé dans la neige de coton.

Je me suis approché de Nico. Il ne respirait plus et, sur sa poitrine, une confession d'une écriture tremblante, « j'ai trahi », était plantée avec un poignard. On aurait dit un petit garçon terrorisé. Je lui ai fermé les yeux et je suis parti.

Ce n'est que place de l'Opéra que j'ai pensé à la fin du *Parrain*, un de mes films préférés, aux règlements de comptes et à la mort de la fille d'Al Pacino, sur les marches de l'opéra de Palerme. Cette mise en scène m'a amusé, et je crois bien que j'ai souri. Quels comédiens, ces Ritals ! Simplement, j'ai trouvé que ça aurait eu plus de panache s'ils avaient largué le corps devant l'Opéra, au pied du grand escalier, plutôt que derrière. Comme ça, c'était un peu chitos. Les mafieux du neuvième jouaient petit bras.

Sur la place de l'Opéra, les voitures étaient rares mais on commençait à apercevoir quelques silhouettes endimanchées — costumes et robes longues des premiers réveillonneurs qui, passés les douze coups de minuit, rentraient chez eux. Frêles silhouettes au pas précautionneux, sur fond de neige, on les aurait crus sortis d'une toile de Dauchot.

Je l'ai bien connu, à la fin de sa vie. Je lui avais rendu visite, il y a vingt ans, dans son atelier qui dominait Pigalle, et on était devenus copains. Il m'arrivait d'aller prendre un verre chez lui, le matin, quand j'étais déprimé après une planque nocturne. C'est le seul de mes amis chez qui je pouvais prendre un Ricard sec — comme Robert Mitchum, paraît-il, quand il tournait en Corse — à huit heures du matin. Il me montrait sa toile en cours. Il peignait peu, le pauvre, à la fin. On ne parlait pas beaucoup, mais on s'aimait bien. J'aime l'amitié. Il me manque, pauvre vieil ivrogne.

La rue du Faubourg-Montmartre, dans un silence de neige, était presque magique, surréelle. Mais je n'avais pas le cœur à rêver.

Cinquante mètres après le carrefour, le silence fut troué par les hurlements de la folle qui volaient sur la neige. Je ne l'avais jamais entendue hurler si fort, à s'en épuiser. On la sentait à bout de souffle, il y avait quelques secondes de silence, et puis ça recommençait, un long sanglot strident, inhumain, si humain, insupportable. Plus je m'approchais, plus j'avais mal pour elle. J'ai regretté qu'elle ne fût pas morte pendant son sommeil, qu'elle eût vu les objets laissés par son petit-fils qui, là-bas, sous les yeux morts du père Noël, devait n'être plus qu'un vague monticule de neige.

Un panier à salade est arrivé en patinant sur la chaussée enfouie. Il s'est arrêté devant l'immeuble de la folle. Les gens du quartier avaient sans doute fini par se plaindre. Un soir de Noël, on perd plus vite patience…

En remontant à mon appartement, j'ai entendu,

sous une porte, Tino Rosbif claironnant « Petit Papa Noël ». Je n'étais pas d'humeur et j'ai failli sonner à la porte de mon voisin du dessous, un huissier dont les filles sont laides, pour la jouer privé, gros dur, menacer de lui casser la gueule s'il ne baissait pas le son. Et puis à quoi bon ? J'étais même trop las pour parler.

Arrivé chez moi, je me suis effondré sur mon voltaire et je me suis bourbonifié. J'ai vidé mes réserves. Et j'ai écouté, en boucle, « Wild Horses », pas la version des Stones, celle de mon pote Elliott Murphy, *last of the rock stars, last of the bluesmen*, le *loner* ultime, comme Dylan, comme Neil Young. Il n'habite pas loin d'ici, de l'autre côté des Boulevards.

Parfois, je vais le voir, quand j'ai le blues, et il prend sa guitare et me joue du Willie Dixon. Oui, vraiment, c'est beau, les amis.

Mais ce soir, il était trop tard et c'était Noël. Après tout, Elliott est marié, père de famille.

Alors j'ai continué à me passer « Wild Horses », tout seul.

Le matin de Noël, j'avais la gueule de bois.

Le Marais

LA VENGEANCE
DES LOUFIATS

Jean-Bernard Pouy

*Jean-Bernard Pouy est né en 1946. Auteur de plus de soixante-
dix romans, dont* L'homme à l'oreille coupée *(Folio policier
n° 25) et* La Belle de Fontenay *(Folio policier n° 76) et d'une
centaine de nouvelles, directeur et créateur de collections,
partagé entre distance cynique et gravité libertaire, il se veut,
c'est lui qui le dit, comme un « styliste pusillanime ».*

Le mec, la totalité du quartier l'appelait Zatopek.

Tous les matins, il faisait, à petite vitesse, cinq tours de la place des Vosges, restant sous les voûtes alors que c'est humainement plus jouissif, quand il fait beau, de cavaler sous les tilleuls du square central.

Ce que font, d'ailleurs, tous les autres crétins de joggers du coin.

Mais lui n'avait rien à voir avec les fanas de la forme, suant dans leurs survêtements de marque aux tons pastels et diaphanes, le MP3 aux oreilles, les auréoles aux aisselles et l'air abruti d'un lecteur obligé de lire Derrida. Il n'avait pas vraiment l'air d'un bobo de base du quatrième qui se fait fondre la couenne avant d'aller faire suer le burnous de ses employés de start-up. Sa tête hirsute, ses rictus effrayants, ses œillades glaçantes, ses fringues de semi-clodo détonnaient dans ce temple du bon goût suranné. Il ne parlait à personne. Ne soliloquait pas non plus. Il ne bousculait aucun pékin, notamment quand il passait à ras les tables

de Ma Bourgogne, où, vaguement inquiète, une
flopée de touristes amerlo-italiens le regardait
débouler, respirant fort et titubant sur ses maigres pattes de canard hystérique, comme s'il avait
l'intention de foutre en l'air leurs thés et leurs
viennoiseries.

Il avait un rituel immuable : à son troisième tour,
il s'arrêtait devant moi et je lui tendais un verre
d'eau qu'il avalait comme un chameau. Avec ma
livrée noir et blanc de serveur à l'ancienne, j'avais
l'impression d'être une pie ou, le dimanche, une
cigogne donnant à boire à un renard boueux et
épuisé.

Après ses cinq tours du stade des Vosges, il dis-
paraissait, se fondant littéralement dans les vieilles
pierres de la rue de Birague, passant sous la voûte
du Pavillon du Roi, et aucun riverain ne l'apercevait plus de la journée. Mais le lendemain, été
comme hiver, à neuf heures tapantes, Zatopek
réapparaissait de l'autre côté, par la rue de Béarn,
débouchant du Pavillon de la Reine comme s'il
déboulait directement dans la cendrée praguoise.

Avec quelques professionnels du zinc, les vrais,
ceux qui sont de l'autre côté du comptoir, on avait
évalué que ça faisait en gros trois ans qu'il s'entraî-
nait de la sorte. Soit cinq tours de la place par jour,
donc environ deux bornes, sur trois ans ça faisait,
remettez-nous ça patron, deux mille cent quatre-
vingt-dix kilomètres. Chapeau. Santé.

Zatopek.

Et puis, un clair mardi de fin septembre, il n'est

pas venu. Ni le lendemain. Émoi dans les parages.
Pire que si l'on avait découvert, un matin, un dé à
coudre signé Buren à la place de l'horrible et
immense statue de Louis XIII plantée au centre
du square. On a attendu. Zatopek était peut-être
malade. Ou bien avait des cors aux pieds. Peut-
être qu'à force, ses tibias avaient perforé ses genoux,
va savoir avec ce putain de jogging.

De bar en bar, de boutique en boutique, nous
avons entamé, vite fait, une petite enquête de voisinage, comme disent les flics par euphémisme,
quand ils font chier tout le monde. Personne dans
le coin n'avait entendu parler d'accident. Pas de
petits vieux écrasés par un bus, ni le 29, ni le 96.
Pas d'intervention des pompiers ni du Samu. Rien
de remarquable.

Comme si Zatopek était subitement parti aux
Jeux olympiques défendre, face au monde entier,
les chances du 4ᵉ arrondissement.

Notre patience inquiète a bien duré une semaine.
Aucune nouvelle de notre champion anonyme.
Tous les jours, j'ai attendu, mon verre d'eau à la
main.

Une curieuse panique s'est abattue sur tous les
vrais amoureux de la place des Vosges. C'était
comme une catastrophe. Le charme des lieux per-
dait tout à coup une de ses essentielles composan-
tes. Ce charme que nous avions construit et protégé,
gardé en nous, malgré les meutes de touristes, les
guides, le défilé morose des richards du seizième
qui, tous les week-ends, déboulent, c'est normal,

par la rue des Francs-Bourgeois, en cherchant, la gueule enfarinée et les dents qui rayent le bitume, un duplex à acheter. Malgré la déferlante, sous les arcades, de ces galeries d'art hideux pour éviscérés du bulbe, n'exposant que de l'art naïf à la gomme, des nus lascifs en bronze mou et des peintures hyperréalistes de bouteilles de bordeaux. Malgré tous les bambins qui s'écharpent à sec dans les bacs à sable du square, malgré les SDF qui campent juste à côté de chez Miyake.

Zatopek nous manquait.

Comme si, dans un petit village de la Creuse, le facteur ne passait plus.

Mon boulot de garçon de café à Ma Bourgogne me laisse tous mes après-midi. Une fois passé le coup de feu du déjeuner, la relève arrive. Alors je pars retrouver les collègues, dans les rades du coin. L'Internationale des barmans. Très agréable de se faire servir. Pour une fois. Mais attention, nous, on n'emmerde pas le loufiat. Et on laisse un pourboire.

Nous avions peu à peu formé un groupe soudé à la super glue. Pour des raisons corporatistes, bien sûr : à plusieurs, nous étions beaucoup plus au courant des places vacantes, des remplacements, des extras. Mais nous tenions aussi à notre petite société pour des raisons de survie : nous étions une dizaine à en avoir marre d'entendre parler de foot, de subir sans broncher les conversations vaguement racistes des clients de base mal réveillés le matin ou à moitié bourrés le soir.

Je leur ai exposé le problème et j'ai dû parler comme Victor Hugo en exil car, très vite, ils m'ont suivi. On a décidé de mettre en branle toutes nos connaissances pour en savoir un peu plus sur Zatopek. D'où venait-il ? Où habitait-il ? Où était-il passé ? Toutes les questions, depuis trois ans, que, bêtement, on ne s'était jamais posées. Notre mascotte était tellement régulière. Tous les jours, à peu près à la même heure. Comme le courrier. Comme une émission de radio.

Si nous, intermittents des terrasses, avions repéré Zatopek, d'autres gens avaient dû faire pareil. Les concierges, les gardiens, les balayeurs, les commerçants, on allait interroger tout le monde.

L'olibrius qui agitait ses gambettes, tous les jours, sur notre territoire, curieusement, nous manquait. La gêne, en parlant de lui, d'employer l'imparfait. C'est dire la confiance qu'on avait, au départ, sur son possible devenir…

Il y avait une odeur de drame sur cette décision, on ne savait pas trop pourquoi, c'était de la pure intuition. Mais ça ne sentait pas bon. Déjà que tout le quartier était mis en coupe sombre, que les vieux habitants clabotaient les uns après les autres, remplacés par de jeunes héritiers au cheveu gominé, déjà que les anciennes boutiques de mercerie ou de ferronnerie mutaient immanquablement en étals de fringues tous azimuts, lesquels se transformaient fissa en restos à cent euros la salade de radis.

Pour faire le point, on a choisi le samedi, quinze

heures, au Jean-Bart, au coin des rues Saint-Antoine et Caron, un tabac sympa, agité, plein de jeunes incompréhensibles et d'accros du Keno.

En moins d'une semaine, c'était plié.

Au bout de trois concierges, on a su où Zatopek habitait. Rue Saint-Gilles, au 12. Une cour pavée et profonde, pleine d'antiques ateliers, d'appartements hors d'âge et de trucs bricolés façon lofts du pauvre. J'allais quelquefois m'y balader, pendant la pause, en espérant qu'il y ait une mansarde à louer. J'en avais marre de traverser, chaque matin, tout Paris.

Avec Jean-Louis, qui turbine au tabac du coin des rues Saint-Claude et Turenne, nous avons été voir sur place, la poitrine serrée : peut-être allions-nous apprendre la mort du vieux jogger. Surprise. Impossible d'entrer sous le porche voûté à l'ancienne : une immense palissade de bois barrait le passage. Travaux. Permis de démolition. Puis construction d'un ensemble d'habitations dont une partie à usage social. Maître d'œuvre, la société IMPACTIMMO pour le compte, du moins en ce qui concernait les HLM, de la mairie de Paris. Derrière les planches, un chantier dément.

C'était donc ça. L'immobilier. Ce foutu immobilier. Ce chancre moral au cynisme en béton. Zatopek, ils lui avaient trouvé une autre cagna. Quelque part. Loin, sans doute. Peut-être en maison. Peut-être en asile, va savoir, vu le bonhomme.

« Salauds ! La vacherie de salauds ! »

Un petit vieux. Nous ayant repéré en train de scruter, l'air dépité, les panneaux officiels. La casquette. La canne. Le genre à zoner toute la journée pour parler à quelqu'un.

« J'habitais là avant, ils m'ont viré, je vous raconte pas comment, ces salauds, personne a bougé, j'étais un des premiers, ils n'y ont pas cru, là-dedans...

— On vous paye un coup ?

— C'est pas de refus, les jeunes. »

Le pépé était aussi intarissable que son gosier. On en a appris un wagon sur ce qu'il appelait « la place des Vioques ». Il connaissait tout le monde. Et notamment Zatopek. Qui s'appelait, en vrai, monsieur Girard, c'était marqué sur sa boîte aux lettres. Mais jamais il n'avait copiné avec ce vieux fou, un retraité de la SNCF, ça devait être pour ça qu'il cavalait toute la journée, c'était sûr, il se prenait pour une locomotive. Il n'y avait que la vieille Marthe, celle qui sortait les poubelles, qui parvenait à lui parler et faisait quelquefois la cuisine pour deux. Elle aussi avait disparu. Mais pas de mystère. Tout le monde était parti, peu à peu, petit à petit, poussé vers la sortie. En moins d'un an, ces salauds d'IMPACTIMMO avaient réussi à virer les habitants du 12. Ça se passait comment ? Soi-disant en négociant. Avec un peu de fric, très peu par rapport au quartier, mais ça, les pauvres qui habitaient là ne mesuraient pas. Ou avec une place, introuvable en temps normal, dans un foyer logement, pour les plus vieux, ceux qui frôlaient

le grabataire. Lui, c'était pas pareil, il avait sauté
sur le pognon, même si ça sentait l'arnaque, mais
son cœur était fragile. Il avait tout donné à sa fille
qui lui avait laissé sa chambre de bonne rue de
Turenne. Même avec son étique retraite, il pouvait tenir tranquille jusqu'au sapin.

C'était bizarre. On avait l'impression, tout à
coup, de tout savoir et de ne rien apprendre. On
n'avait que la vieille Marthe à se mettre sous la dent.
Celle des poubelles, qui, elle, pouvait en savoir un
peu plus sur Zatopek. Mais elle était partie sans
dire où elle allait. Elle pouvait tout aussi bien être
retournée en province. Tassée dans une baraque
pourrie, dans un bled à vingt kilomètres d'une épicerie. Notre marathonien aussi, d'ailleurs. Courir dans
les champs ne serait pas une trop grande punition.

On a encore laissé baver notre ancêtre sur ces
fumiers de promoteurs immobiliers, puis on l'a
abandonné devant son cinquième Picon bière.

Nous étions coincés.

Pour aller plus loin, pour tenter de retrouver
des traces des anciens habitants du 12, il nous
aurait fallu une armada de fouille-merde. On avait
du mal à être rassurés en pensant que Zatopek était
rangé quelque part. Vu son état, ce quelque part
pouvait être un asile puant, une simili prison où
l'on anesthésiait à petit feu, où l'on crevait dans
une banale normalité. Puisque ça coûtait trop cher
à la société de s'occuper de ses antiquités. Même
Le Parisien l'écrit, c'est dire…

Les jours coulaient et la place des Vosges lorgnait sans mollir du côté de Versailles. Dire que, tout petit, je l'avais connue un vrai coupe-gorge. Tout avait changé avec l'ouverture du musée Picasso. Résultat, le barbouilleur espagnol avait poussé tout le coin vers le classique Grand Siècle, bon chic bon genre et carnet de chèques en platine. Même si mon lieu de travail, mon rade, Ma Bourgogne, avait toujours eu la classe. Avant, c'était un bijou dans un écrin de poussière. Maintenant, c'était une gemme parmi les gemmes. Avec Jack Lang qui habitait quasiment au-dessus.

C'est Joseph, en service le soir à L'Éléphant du Nil, métro Saint-Paul, qui a relancé la chasse à l'homme. Il y avait une vieille, une marrante, qui squattait son zinc, tous les matins, et qui venait du foyer logement de la rue de Fourcy. Qui attaquait son premier blanc limé dès dix heures du matin et se noircissait avec constance jusqu'à midi. Qui s'imbibait le cercueil, comme disait le patron. Un vrai moulin à paroles. Une méchante qui en voulait à la terre entière.

Nous y sommes allés en délégation, une vraie représentation syndicale, le samedi suivant. Ah ça, nous n'avons pas été déçus. C'était la bonne Marthe, celle des poubelles du 12, celle qui connaissait monsieur Girard, Marcel pour les intimes, Zatopek pour nous. Un pauvre diable. Pensionné par les chemins de fer, devenu à moitié dingue après avoir sorti des bogies les morceaux d'une femme qui était passée sous un wagon. Dingue, ça, c'était sûr, mais à moitié seulement, tout à fait dans le réel à certains moments. Avec elle, il avait été le seul à vraiment s'opposer aux chacals de l'immobilier. Refusant de se laisser faire, propriétaire de son petit deux-pièces, au fond de la cour, hurlant qu'il n'en sortirait que les pieds devant. Limite forcené, le pépé. Et en très bonne santé, il faisait même de la course à pied, pensez donc.

« Il habite où, maintenant, monsieur Girard ?

— Vous lui voulez quoi, à Marcel ?

— Rien. On est inquiets de ne plus le voir, place des Vosges. C'était un ami, une connaissance.

— Ah bon ? Il vous parlait, à vous ?

— Pas vraiment. Il nous souriait. On l'aimait bien. »

Elle nous a observés, son verre de blanc à la main. Avec sa blouse bleue, ses joues rouges et ses yeux blanchis par l'opacité de la cataracte. Mignonne tout plein, comme une vieille cafetière en émail. Mais qui brûlait les mains si l'on ne faisait pas gaffe.

« Pourquoi vous êtes inquiets ?

— On ne sait pas. On aimerait savoir où il est justement pour ne plus l'être, inquiets. »

Elle nous a auscultés un long moment. Le temps de finir son canon et d'en commander un autre.

« Un matin, il n'était plus là. Il est parti pendant la nuit.

— Il a déménagé ?

— Je ne sais pas. En tout cas, il a tout laissé. Deux jours après, il y a des types d'Emmaüs qui sont venus embarquer ses affaires. Pas grand-chose. Des meubles pourris, des objets vieillots, limite clodo. Il avait dû emporter tout ce qui avait de la valeur. Des vêtements, sans doute. Le lendemain, les autres ont écroulé sa baraque.

— Il avait de la famille, je sais pas moi, en province, quelque part ?

— Je crois pas. En plus, c'était un Parisien, un vrai. Parisien tête de chien, Parigot tête de veau. »

Et ainsi de suite. Elle nous a tenu la jambe un bon moment, en la serrant bien fort. Le plaisir de se donner enfin un peu d'importance. Sur le tard, au bout du rouleau, elle se trouvait un auditoire. Mais, pour nous, c'était du remplissage. On l'a laissée parler, on avait l'essentiel. Zatopek avait disparu brutalement.

Un peu trop brutalement.

Ce samedi-là, en quittant la rue Saint-Antoine, déjà envahie par des gens insouciants s'arrêtant tous les vingt mètres pour étudier les menus des restos et les annonces d'agences immobilières, nous n'avons pas pu nous séparer comme d'habitude. Nous nous sommes attablés autour de quelques pizzas brûlantes et, très rapidement, sans que quelqu'un ne joue le rôle de général en chef, nous avons décidé de passer la vitesse supérieure. Personne n'a osé énoncer radicalement les mauvaises pensées qui venaient d'envahir nos têtes. La foutue odeur du coup fourré. La puanteur d'une possible saloperie.

Sombres, nous nous sommes partagé le boulot.

On aurait dit un rendez-vous d'anarchistes préparant la fin houleuse de la République. Chacun savait qu'il fallait faire passer ce mauvais goût dans la bouche, ce truc rêche qui nous empêcherait, dans quelque temps, de décemment goûter le Beaujolais nouveau.

Maurice, du Dôme, avait une cousine qui travaillait à la mairie. Il lui avait demandé. Aucune trace plausible. Marcel Girard n'avait jamais postulé pour une aide quelconque auprès des services municipaux et payait régulièrement sa taxe d'habitation. Il avait récemment signalé son changement d'adresse, à Montargis, rue des Hirondelles. Donc, ça ne regardait plus l'administration parisienne.

À Montargis, on a vérifié, la rue des Hirondelles n'existait pas.

À la Caisse de retraite des chemins de fer, même topo, en gros. C'était Samir, du Fontenoy, à l'angle de Saint-Gilles et Beaumarchais, qui s'y était collé. Marcel Girard n'avait pas touché ses deux derniers mandats. La Poste avait déclaré : « Inconnu à cette adresse. » La SNCF n'avait pas de nouvelles coordonnées. Elle attendait. Obligée. Sans avis de décès, la loi lui imposait d'attendre un an avant de clôturer le compte. Dès qu'il y aurait du nouveau, on le préviendrait. Merci, c'est gentil.

On a revu Marthe. Elle a accepté, après trente litres de blanc, de nous conduire jusqu'au responsable de son lieu d'accueil qui, très gentiment, s'est fendu d'une recherche auprès des organismes

gérant son type d'établissement. Rien. À Paris et
en région parisienne, personne du nom de Marcel
Girard n'était hébergé en maison de retraite,
foyer logement ou assimilé.

Personne non plus en long séjour à l'hôpital.

Tout ça nous a pris une quinzaine de jours. Deux
semaines pendant lesquelles nous avons avancé
avec, au fond de nous, le tout petit espoir d'apprendre une mauvaise nouvelle, mauvaise mais pas
définitive, du genre Zatopek était coincé dans
un cul de basse-fosse, trop fou pour s'en rendre
compte. Il avait peut-être viré SDF, habitant une
de ces tentes de trekking qu'on voyait de plus
en plus sur les quais de Seine et du canal Saint-
Martin.

Deux semaines pour avoir le cœur de plus en plus
serré et deviner à demi-mots que le vieux cava-
leur était passé à la trappe.

Mais un village est toujours un village, même
inclus dans une métropole, même noyé dans la
Ville lumière, cette capitale incontournable que le
monde entier vient admirer, les yeux éblouis et
le sourire figé par la tour Eiffel qui clignote. Dans
un hameau, tout le monde sait tout sur tout, les
persiennes ne sont jamais closes. Bernard, le serveur
des Mousquetaires, au coin de la rue Beautreillis,
où il sert des bières à tous les nostalgiques des
Doors venus mater la façade quelconque de
l'immeuble où Jim Morrison a cassé sa pipe, dra-
gue la postière, qui lui apprend dans la foulée que
le siège du DAL, un groupe gauchiste spécialisé

dans l'habitat et qui se frite depuis de longues années avec les requins de l'immobilier, est juste à côté, rue des Francs-Bourgeois.

C'est tombé sur moi. J'ai été désigné pour aller fouiller de ce côté-là. L'extrême-gauche savait peut-être quelque chose à propos de l'opération du 12 rue Saint-Gilles.

Presque une grand-mère, la militante. Pas la chef, mais une cheville ouvrière. Très intéressée par notre histoire, même au téléphone. Je lui ai donné rendez-vous sur mon lieu de travail, à Ma Bourgogne.

En s'installant au fond de la salle, en se glissant derrière les nappes blanches, elle faisait de grands yeux, c'était sans doute la première fois qu'elle osait entrer dans cet établissement réservé aux cartes Premier.

Marrante, pétillante. Une *pasionaria*. Qui devait se venger de quelque chose, peut-être de sa vie d'avant. Le DAL en savait long, très long sur, c'était ses mots, « le monstrueux scandale dégueulasse du 12 ». Il s'y était opposé, avait tout tenté, même une occupation surprise, vite dégagée par les flics, mais rien n'y avait fait, la presse n'avait que peu relayé ce scandale, tout à fait à l'image de la nouvelle et cynique dureté des possédants. Les gangsters en col blanc du capitalisme immobilier agissaient dans une certaine légalité, à géométrie variable, car protégés par le pouvoir. Ça expliquait que les anciens occupants, même s'ils savaient qu'ils se faisaient arnaquer, aient tous, ou presque, accepté le maigre pognon pour partir le plus vite possible.

Et l'une des raisons essentielles, d'après mémé baston, c'était que l'avant-garde négociatrice était menée par un commissaire de police à la retraite, un dénommé Henri Portant, un type matois, retors, maniant gentillesse, menace, compréhension et dureté, comme il avait dû le faire tout au long de sa carrière. Un type qui avait passé une trentaine d'années à convaincre des durs de durs de se mettre à table, c'était pain béni face à des vieux peureux sans appui.

Elle-même l'avait rencontré, une fois, une seule fois, un jour où le DAL avait été prévenu qu'il se pointerait avec ses assesseurs pour tenter de convaincre des locataires du fond de la cour du 12. Elle se souvenait que ce type respirait une force tranquille, très tranquille, énormément tranquille, comme quelqu'un n'ayant aucun scrupule, exécutant sans états d'âme un boulot sans doute payé deux fois plus que ce qu'il proposait à ses « victimes ».

La mémé rebelle nous a demandé de la prévenir si on soulevait le moindre lièvre. L'histoire du 12 leur restait en travers de la gorge. Le DAL avait des structures juridiques. S'il y avait preuve de malversation, ça pourrait remonter très haut, pas de raison de baisser les bras. Ce n'est pas parce que l'ennemi gagne toutes les batailles qu'on a perdu la guerre.

Notre rencard au Jean-Bart, le samedi suivant, a été du genre morose. On a tout mis à plat. C'est Bernard qui a osé.

« C'est simple. Zatopek ne veut pas partir. Il n'a pas de famille. Il est considéré comme un dingue. Les autres du 12 s'en foutent.

— À part Marthe.

— Qu'est-ce qu'elle peut faire, la vioque ? Non, Zatopek ne compte pas. Et ce n'est pas cette vieille épave qui va gripper le système, ou du moins le retarder.

— Le temps, c'est de l'argent.

— En face, il y a qui ? Des durs, payés grassement pour virer tout le monde...

— Un ancien flic qui les commande.

— Celui-là, faudrait se renseigner sur lui, pour savoir quel genre c'était.

— C'est tout vu. Les Maigret bonasses qui aiment la blanquette, c'est fini.

— Des cow-boys, ouais, maintenant.

— Et alors ? Vas-y ! Tu penses à quoi ?

— Ben, le vieux, il a dû partir par camion, mélangé avec les décombres. Ou alors il est coulé dans les fondations qu'ils sont en train de bétonner. Ni vu ni connu, j't'embrouille. Pourquoi ils se gêneraient ? »

Il l'avait dit. Ce que tout le monde pensait. Une fois que c'était dit, ça paraissait vrai. Ce n'était plus une mauvaise pensée. Ça devenait une réalité plausible. Terriblement plausible. La tombe anonyme.

Et maintenant, on en faisait quoi, de cette putain de quasi-certitude ?

« Faut vérifier.

— Vérifier quoi ?

— Portant. Le flic. Faudrait le…

— Le torturer ? Pour qu'il crache le morceau ? Tu fais ça comment, toi ?

— Non. Le rencontrer. Pour en savoir plus.

— C'est un flic. On n'est pas taillés pour. Regarde-nous : une bande de loufiats qui s'emmerdent, qui sont de bons enfants, qui pleurent parce qu'un pauvre fou, même pas un de leurs clients, n'est plus dans leur quartier. Des espèces de Cartier-Bresson…

— On s'est quand même démerdés pour trouver l'os dans la semoule.

— OK. Mais en face de nous, pauvres de nous, avec nos quarante balais et notre petit ventre rebondi, qu'est-ce qu'il y a ? La flicaille. Le pouvoir. Plein de gus qui ont le bras tellement long qu'ils pourraient nous foutre des claques à trente kilomètres. »

Nous nous sommes regardés. Nous savions que Maurice avait raison. Sur toute la ligne. Mais nous savions aussi que nous n'étions pas satisfaits d'avoir raison. C'était comme ça.

« Ça coûte rien d'en savoir un peu plus », j'ai dit lentement.

Ça n'a pas traîné. C'était tout con. Internet. Le bottin. Il y avait plusieurs Portant. Mais un seul Henri. Habitant au 22 rue de l'Insurrection, à Vernon-sur-Eure. 22, v'là les flics. J'ai téléphoné en me faisant passer pour un fonctionnaire de la CNAV, la Caisse de retraite, en parlant d'un dossier venant de la préfecture de Police et n'ayant pas trouvé son destinataire.

Il est tombé dans le panneau. Ah, elle était belle, la Police. Il s'est mis à gueuler. Ah, elle était belle, l'Administration ! Ça ne l'étonnait pas, c'était la chienlit. Il gueulait tellement que, quand il m'a demandé le numéro de dossier pour tous les faire chier, j'ai raccroché.

Donc, on savait où il créchait.

Et alors ?

Alors, rien.

Sauf que deux jours après, Samir a reçu un appel de la dame de la Caisse de retraite de la SNCF. Marcel Girard venait de réapparaître. Il demandait qu'on lui envoie sa maigre retraite à sa nouvelle adresse. 22 rue de l'Insurrection, à Vernon-sur-Eure.

Le samedi.

Nous étions tous là.

Avec les mêmes constatations, dignes d'un roman policier qu'on aurait du mal à terminer.

« Non seulement, il l'a bousillé, mais, en plus, il va se gaufrer son pognon.

— Ça se trouve, Zatopek, il l'a enterré dans le jardin de son pavillon de merde.

— Ça fait Landru, ce truc. Ou Petiot. Ça s'est déjà vu, ce genre de saloperie. »

Et puis, nous nous sommes observés. Testés. En silence. Longtemps. Le temps de deux kirs supplémentaires. Dans une heure, il me faudrait revenir place des Vosges, pour le boulot. Et servir tous ces richards qui te regardaient comme un ectoplasme. En plus, rien n'allait assez vite pour eux. Qui te sifflaient d'un claquement de doigt. Qui, quelquefois, beuglaient sous les arcades : « Garçon ! »

Alors, je me suis décidé.

« Demain, moi, j'y vais, à Vernon. Voir sa gueule, à cette ordure.

— Je viens aussi, a dit Samir.

— J'en suis, a dit Maurice. J'aime le sport. En mémoire de Zatopek. On verra bien. »

Nous sommes partis, très tôt. Dans la bagnole de Maurice. Un fana de la modernité, ce mec, tout son salaire y passe. Il avait même un GPS, sur le tableau de bord. Il conduisait bien, vite, à la limite du retrait de point. On a avalé les cent trente bornes comme un jambon-beurre et à neuf heures à peine, on entrait dans Vernon.

On n'a pas vraiment visité.

Grâce au GPS, nous avons trouvé facilement la rue de l'Insurrection. Dans un lotissement des années 1980. Baraques simili modernes avec pelouses, nains de jardin, haies taillées au cordeau et au moins un araucaria tous les cinquante mètres. Ça puait le fric, mais pas trop. Ça sentait l'argent de fonctionnaires rangés des voitures. Qui étaient garées sagement, chacune devant le palace ringard de son proprio. La vie pépère. Loin du Darfour. Rien à voir avec tous ces vieux démunis qui végètent dans les grandes villes en bouffant parfois dans les mêmes boîtes que leurs chiens pelés.

Dans un silence éloquent, nous avons attendu une bonne heure, assis dans la voiture, sans savoir pourquoi, en espérant vaguement apercevoir le flic. Rien. D'autres gens sortaient de leurs cagnas, avec des mômes en pagaille. Ils s'engouffraient aussi sec dans leurs caisses. Le pique-nique. La balade en forêt. La messe, peut-être. Le resto du dimanche et la séance de cinoche juste après. La paix des braves.

Et puis, il est sorti. Un petit gros.

Sans réfléchir, nous nous sommes désenclavés de la voiture, marchant à sa rencontre, comme les frères Earp dans un lamentable OK Corral. Mais sans suspense. Trois contre un. On voulait juste lui parler.

À trois mètres de lui, j'ai démarré.

« Monsieur Henri Portant ? »

Il s'est arrêté. Ses réflexes d'avant. Nous inspectant. Soupesant ce qui pouvait bien se passer. Qui nous pouvions être. Ce qui pouvait arriver. Il pensait, ça se voyait. Nous étions peut-être des anciens malfrats qu'il avait coincés et qui venaient se venger. Ou des bandits de grand chemin sur le point de le dépouiller.

« Je vous demande pardon ?

— Vous êtes Henri Portant ?

— C'est à quel sujet ? »

On a hésité. On ne savait pas par où commencer. L'ancien flic a fait un mouvement de la main vers l'intérieur de sa veste.

Samir a réagi très vite, il lui a sauté dessus, lui décochant le coup de boule du siècle.

Le Portant est tombé en arrière en criant. Je me suis rué sur lui pour le relever et l'emmener. Dans son pavillon. Tout ça en pleine rue, c'était l'erreur totale.

Il était en sang, son nez écrasé pissait comme une fontaine et on voyait à peine, à travers le fleuve rouge, ses yeux bleus effarés.

Je l'ai pris par les revers de sa veste et l'ai péniblement remis debout. Il geignait en faisant des bulles.

« Bande d'enculés », il a bredouillé.

Je lui ai mis une claque. Il a grogné. Il avait mal.

« C'est pas vrai ! » a dit Maurice, derrière moi.

Je me suis retourné.

Plus loin, à une vingtaine de mètres, ahanant sur le trottoir, Zatopek arrivait en courant.

Belleville

LA VIE EN ROSE

Dominique Mainard

*Dominique Mainard est née en 1967 à Paris, partage son
existence entre la capitale française et les États-Unis jusqu'à
ce jour. Cette vie tout en voyages lui permet de découvrir ce
pays et ses auteurs préférés : Faulkner, Cheever, Salinger…
L'univers de la nouvelle deviendra l'un de ses domaines de
prédilection. Elle a publié, entre autres,* Le ciel des chevaux
(Folio n° 4734), Je voudrais tant que tu te souviennes *(Folio
n° 4902) et* Pour vous *(Folio n° 5054). Sa nouvelle* La vie en
rose *a été sélectionnée aux Edgard Awards 2009.*

1

Rue de Belleville, des touristes japonais attroupés devant le perron où Édith Piaf est venue au monde s'attardaient sous la fine pluie d'avril, protégés par de curieux chapeaux en plastique translucide rose portant le logo d'une agence de voyages. Jusqu'au boulevard de Belleville, deux cents mètres plus bas, les enseignes en caractères chinois rouge vif luisaient dans le crachin. Legendre tourna à gauche, s'engagea dans le dédale de petites rues pavées menant au parc, donna un coup de volant pour éviter des gamins qui jouaient au ballon dans les flaques. Arnaud essayait de boire à même le thermos de café qu'avait préparé son ami, quand sa radio avait grésillé une demi-heure plus tôt. Ils s'étaient couchés très tard et il n'était pas suffisamment réveillé pour profiter de l'aventure, mais il eut malgré tout un coup au cœur en apercevant, quelques dizaines de mètres plus loin, les voitures de police immobi-

lisées au milieu de la chaussée, gyrophares
allumés.

Legendre gara la voiture au bout de la rue et
cligna de l'œil à l'attention d'Arnaud. « Je préfère
rester prudent, dit-il, ils m'ont trop souvent vu
traîner dans le coin, il y en a un qui a menacé de
me flanquer une contredanse pour entrave à la
justice. Tu viens ? » Et comme Arnaud hésitait, il
lui tendit les clefs de la voiture d'un geste théâtral.
« Bon, tu préfères rester au chaud, lança-t-il, c'est
ton problème, tu trouveras des CD dans la boîte à
gants. Mais je te le dis, mon petit vieux, si tu veux
du jus pour ton bouquin, c'est ici que ça se passe. »

Arnaud haussa les épaules avec un sourire forcé.
Il regretta presque d'en avoir parlé à Legendre
quelques jours plus tôt, par ennui, par solitude. Mais
à vrai dire, même s'il ne l'avait pas revu depuis la
fac, il n'y avait personne d'autre à qui il aurait pu
parler de ça. Au début de l'hiver, Arnaud s'était
inscrit au chômage et s'était mis à l'écriture du
roman auquel il pensait depuis longtemps ; cent
quatre-vingt-un jours, il les avait comptés, mais il
n'avait pas réussi à boucler plus de quatre chapi-
tres. Tout l'hiver, il avait tourné en rond dans son
appartement en regardant les feuilles se détacher
du marronnier sous ses fenêtres et tomber sur le
trottoir où elles se plaquaient, bientôt invisibles. Il
se sentait sombrer dans l'inertie et le calme de sa
petite ville de banlieue. Quel cliché, songeait-il,
l'ancien étudiant en lettres, son ambition, son
impuissance.

À la fin d'un repas bien arrosé — il avait accepté
la cigarette que Legendre lui proposait et, comme
il ne fumait pas souvent, il avait la tête qui tournait
et le rire aussi facile que si ç'avait été de l'herbe
— il avait donc lâché quelques phrases, négligem-
ment, sur ce roman qu'il s'était donné jusqu'au
printemps pour finir, ajoutant que ça avançait, ça
avançait bien. Legendre avait essayé de lui tirer
les vers du nez et il avait fini par lâcher que c'était
un roman noir, mais il n'avait pas voulu dire
grand-chose de plus. Quand bien même il l'aurait
voulu, il n'aurait pas pu. Il avait juste précisé que
son héros serait un détective privé, sa victime une
femme, qu'elle habiterait Paris et travaillerait
dans le monde de la nuit, une strip-teaseuse ou une
prostituée. « Et qui sera l'assassin ? » avait demandé
Legendre, et Arnaud avait haussé les sourcils d'un
air mystérieux. « Si je te le dis, il n'y aura plus de
suspens », avait-il répliqué. Mais la vérité, c'est
qu'il l'ignorait lui-même. Il n'avait pas le sens du
crime, il répugnait à se l'avouer, et les cinq mois
passés à éplucher les faits divers des journaux n'y
avaient rien changé. Quand il essayait de comprendre ce qui pouvait pousser un homme à refermer
ses mains sur le cou d'une femme, il ne parvenait
pas à se l'imaginer, et il se disait que c'était un mauvais début pour un romancier. Son meurtrier serait-
il un proxénète, un client, un tueur en série ?
C'était absurde d'avoir la victime et le décor, sans
réussir à trouver qui pouvait être l'assassin, comme
si un écrivain pouvait être pire qu'un mauvais flic.

Il savait que Legendre travaillait pour les journaux et c'est cela qui l'avait conduit à reprendre contact avec lui : l'espoir confus que son ancien ami avait, à force d'écrire des piges sur les drames banals du quotidien, percé ce secret et qu'il pourrait le lui révéler. Quand il lui avait parlé de son roman, Legendre lui avait tapé sur l'épaule, avait désigné la radio posée sur une étagère et avait dit : « Regarde ça, c'est un émetteur de police. Quand il se passe quelque chose dans le quartier, j'arrive parfois à être sur les lieux avant eux et je refourgue mes photos cinq cents, six cents euros. Viens dormir à la maison le week-end prochain et, s'il se passe quelque chose, je t'emmène. Avec un peu de chance, tu en verras un, de coupable idéal. Ne te fais pas trop d'illusions quand même, c'est plutôt calme en ce moment. »

Mais l'émetteur s'était mis à grésiller de bon matin et, entendant le code utilisé par les policiers, Legendre avait bondi sur ses pieds et secoué Arnaud qui dormait à même le sol dans ce deux-pièces situé au-dessus d'un primeur asiatique où flottaient des effluves fétides de durian. « Viens, dépêche-toi, avait-il dit, c'est du sérieux. » Et vingt minutes plus tard, ils tournaient à l'angle de la rue Jouye-Rouve.

Toutes les entrées du parc de Belleville n'avaient pas été condamnées et ils purent y pénétrer sans difficulté. Ils n'étaient pas les seuls, des badauds se pressaient dans les allées, des adolescents sur-

tout, qui se haussaient sur la pointe des pieds
pour voir au-delà des barrières métalliques et des
rubans jaunes tirés d'un arbre à l'autre. Malgré le
ciel gris, on apercevait tout Paris, à peine voilé de
brume, et même la tour Eiffel tout à fait à l'ouest.
Les catalpas étaient en fleurs, des tulipes se dressaient au milieu de triangles de terre soigneusement bêchés et la cascade du parc murmurait. Mais
au milieu d'un espace soigneusement délimité se
trouvait un léger renflement sous une bâche grise.
La bruine avait presque cessé, il ne restait dans
l'air qu'une humidité aux odeurs de mousse et de
sous-bois. Les spectateurs se pressaient derrière le
ruban jaune dans une immobilité tiède et Arnaud
se sentait presque bien ; c'était la première fois
qu'il approchait d'aussi près la scène d'un crime et
il découvrait le silence ponctué de chuchotements,
l'étrange complicité de la foule, cette fascination
morbide, la crainte presque superstitieuse, l'espoir,
aussi, que se soulève un coin de la bâche grise,
dévoilant une main, une jambe.

Legendre s'était éloigné ; Arnaud l'entendait
murmurer à quelques mètres, aller d'un badaud à
l'autre. Au bout de deux ou trois minutes, son
ami fut de retour, saisit son bras et l'entraîna un
peu à l'écart. « J'ai eu des infos, dit-il à mi-voix,
c'est une gamine, une métisse de dix-sept ou dix-
huit ans, Layla M., elle a grandi ici mais elle habitait avec un type depuis un an. Elle dansait le soir
dans une boîte de Pigalle et on dit qu'elle cou-
chait aussi avec les clients. Elle est morte étran-

glée. Tu vois, tu l'as, ton sujet, reprit-il en s'animant, il suffit de trouver le coupable et tu tiens ton bouquin. »

Il jeta un coup d'œil en direction de la bâche grise et reprit : « Tu as de quoi écrire ? Alors va interroger les voisins, les habitants de ce vieil immeuble, là, celui qui porte l'enseigne "Hôtel Boutha", ils ont peut-être vu quelque chose. Moi, je vais rester là, essayer de cuisiner discrètement ces types. Dépêche-toi, il faut que tu sois le premier à les interroger, si tu passes après les flics ils ne voudront rien dire. »

Arnaud s'était écarté à regret de la foule. Il avait froid dans sa veste légère et il aurait voulu regagner le cercle, le cocon des spectateurs. « Mais je ne peux pas, protesta-t-il, je n'ai jamais fait ça, au nom de quoi veux-tu que je les interroge ? » Et Legendre écarta les bras en signe d'exaspération. « Je croyais que tu voulais te mouiller un peu, répliqua-t-il brusquement, mais si tu préfères sécher devant ton ordinateur, c'est ton problème. » Arnaud se sentit honteux d'avoir si mal su cacher son secret. « Mais qu'est-ce que je leur dis ? » insista-t-il. Et avant de se détourner, Legendre répondit en clignant de l'œil : « Dis-leur que tu es détective privé, ça devrait leur plaire et ça te donnera de quoi cogiter. »

Arnaud attendit qu'il se soit éloigné, puis il fouilla dans la poche intérieure de sa veste, en sortit le carnet et le crayon qui ne le quittaient jamais et se dirigea vers les grilles du parc. L'hôtel Boutha

était un peu en hauteur et Legendre n'avait pas
tort : c'était le seul immeuble des fenêtres duquel
on apercevait cette partie du parc. Sur la façade
était clouée une pancarte « Prochainement démolition », mais les appartements étaient manifeste-
ment habités. Dans le hall, des poubelles pleines
empêchaient presque le passage et les boîtes aux lettres avaient été forcées si souvent que leurs portes
pendaient sur leurs charnières ; les noms inscrits
sur les étiquettes étaient délavés, illisibles. Arnaud
nota ces détails sur son carnet, allant jusqu'à
reproduire un graffiti à l'encre rouge dessiné sur
un mur, et se sentit vaguement honteux de profiter de la situation pour grappiller ces bribes de
réalité comme un cambrioleur de petite volée.
Puis il se fraya un chemin entre les poubelles et
monta l'escalier. Il sonna aux portes du premier et
du deuxième étage, sans obtenir de réponse ; derrière une porte, un bébé pleurait, mais personne
ne lui ouvrit. Une petite fille en pyjama lui ouvrit
la porte voisine, les cheveux coiffés en dizaines de
nattes, le regarda en silence mais, avant qu'il ait
eu le temps de dire un mot, sa mère apparut, les
cheveux pareillement nattés, et dans le même
silence que sa fille, elle tira l'enfant en arrière et
referma la porte. Il reprit son ascension. La cage
d'escalier sentait l'urine et la soupe de légumes
mais il n'eut pas le courage de l'écrire, pas plus
qu'il n'avait eu le courage de noter le silence grave
de l'enfant et de sa mère. Un instant, il envisa-
gea de redescendre et de dire à Legendre que

l'immeuble était vide, mais alors il entendit une porte s'ouvrir au troisième étage et, quand il arriva sur le palier supérieur, il vit un vieil homme le guetter depuis le seuil de son appartement.

Sans doute l'attendait-il — lui ou plus probablement la police —, car une assiette de biscuits était posée sur la table de la cuisine contiguë à l'entrée, ainsi que des tasses culottées de marc de café. « Bonjour monsieur, dit Arnaud en lui tendant la main, j'enquête à titre privé sur le crime qui vient d'avoir lieu en bas de chez vous », et le vieillard lui donna une poignée de main d'une étonnante douceur.

Il portait une grosse veste à carreaux malgré la chaleur qui régnait dans l'appartement et un bonnet en laine qu'il enleva aussitôt, d'un air gêné, en disant : « Je ne m'aperçois même plus quand je l'ai sur la tête. Entrez, entrez. »

Arnaud resta sur le seuil, son carnet à la main, tapotant sa couverture avec le stylo : « Je n'ai pas beaucoup de temps, monsieur, dit-il, je dois interroger tout l'immeuble. » Mais alors le vieil homme eut un sourire entendu, comme s'il savait que personne ne lui avait ouvert aux étages inférieurs, et répéta simplement : « Allons, entrez. »

Arnaud hésita. Plus tard, il ne parviendrait pas à se rappeler comment il avait deviné que le vieillard savait quelque chose ; peut-être simplement parce qu'à l'instant où il s'apprêtait à refuser une seconde fois, le sourire du vieux s'était durci et qu'il l'avait regardé droit dans les yeux.

Alors il inclina la tête, dit : « Pas plus de cinq minutes. » Et, en deux pas, il fut dans la cuisine toute proche. Un vieux chien dormait sous le radiateur, allongé sur une couverture à carreaux de la même couleur que la veste du vieil homme, et il n'ouvrit même pas les yeux quand Arnaud tira une chaise à lui. Tout en s'affairant dans la cuisine, en vérifiant que le café était chaud, en posant sur la table le sucrier et un verre rempli de lait, le vieillard dit :

« C'est une gamine, hein.

— Oui, répondit Arnaud en regardant par la fenêtre les arbres du parc et, entre leurs branches, les taches de couleur des spectateurs se pressant contre les rubans jaunes. Layla M., dix-sept ou dix-huit ans, à ce qu'on m'a dit. Elle est morte par strangulation, poursuivit-il en essayant de prendre l'intonation neutre du détective privé qu'il prétendait être, ça veut dire qu'on l'a étranglée, vous voyez. »

Le vieillard avait le dos tourné, les mains dans l'évier, il passait machinalement des couverts sous le filet d'eau du robinet. Il ne disait plus un mot. « Il paraît qu'elle a grandi près d'ici, reprit Arnaud, elle ne vivait plus dans le quartier depuis quelques mois mais je me suis dit que certaines personnes se souviendraient sûrement d'elle. Vous-même, vous la connaissiez peut-être ? »

Le vieillard avait toujours les mains dans l'évier. Il sembla nettoyer les couverts sous le robinet pendant un temps interminable et Arnaud, pensant que le bruit de l'eau l'avait peut-être empêché d'entendre, répéta plus fort : « Vous la connaissiez peut-être ? » Le vieillard garda la tête penchée, mais il tendit la main et coupa l'eau. Et enfin, toujours sans se retourner, il dit : « Oui, monsieur, je la connaissais. Je la connaissais bien. Je l'aimais comme ma fille. »

Arnaud resta un instant muet. Il maudissait Legendre de l'avoir mis dans cette situation ; il ne savait pas plus consoler un homme qu'il ne savait le cuisiner ou juger de sa culpabilité, et il resta silencieux jusqu'à ce que le vieil homme se retourne enfin et s'appuie contre l'évier, s'essuyant les yeux du revers de la main. Alors il reprit, maladroitement : « Elle n'a sûrement pas souffert, vous savez, elle a simplement dû perdre connaissance quand l'air lui a manqué. Et la police est là, elle va retrouver le salaud qui a fait ça, il ne faut pas vous en faire, ce sont des animaux mais on finit toujours par les retrouver. »

Le vieillard releva la tête et le fixa sans répondre. Il s'empara de la cafetière, l'apporta à table et remplit les deux tasses. Il s'assit devant Arnaud, à portée de main du chien qu'il gratta longuement sous l'oreille ; puis, comme s'il venait de prendre une décision, il se redressa, posa les deux mains sur la table et dit : « Je vais vous raconter une histoire. »

2

Vous voyez, monsieur, dans deux ou trois mois, cet immeuble sera détruit. J'y pense chaque fois que je le vois. Chaque fois que je tourne à l'angle de la rue, je suis content de voir ses vieux murs encore debout, et puis les pots de géraniums de la vieille du troisième, ils sont aussi vieux que l'immeuble, elle en fait des boutures dans des verres d'eau, il y en a plein sa cuisine. En été, avec les fleurs et le linge qui sèche à la fenêtre des voisins, on dirait une rue italienne, c'est ce que je me dis, voyez, même si je ne suis jamais allé en Italie. Chaque fois que je vois l'immeuble depuis la rue, je suis heureux, et soulagé, comme si c'était possible que les démolisseurs aient pu venir avant la date prévue avec leurs pelleteuses et leurs marteaux-piqueurs, et qu'il n'y ait plus à la place de chez moi qu'un monceau de gravats. Ils vont construire ce qu'ils appellent « une résidence », vous savez, un de ces immeubles chics vendus à des jeunes pour une fortune parce qu'on voit les arbres du parc, comme si on ne pouvait pas aller vivre à la campagne quand on a envie de voir des arbres. Il y a vingt ans, c'était un hôtel — on voit encore l'enseigne sur la façade — puis ils ont abattu des cloisons et transformé les chambres en appartements qu'ils ont loués à des gens que ça ne dérangeait pas d'avoir une salle de bains pour quatre et les toilettes sur

le palier. Des gens comme moi, oui, et comme la
mère de Layla.

Mais quand même, j'ai peur qu'ils démolissent
le bâtiment sans prévenir et, chaque fois que je
sors, je prends un sac où j'ai mis le plus important,
mes papiers, mes économies, ma montre — je
n'aime pas la porter au poignet —, ma carte de
sécurité sociale, des lettres de ma mère, et puis ces
photos. C'est Layla. Regardez. Ce sont des Photo-
maton qu'elle a pris au Monoprix et qu'elle m'a
donnés le jour de ses quinze ans. Vous voyez
comme elle est belle. Son père, on n'a jamais trop
su qui c'était, sa mère s'est mariée et a eu trois
autres gosses, mais Layla, c'était l'aînée, de l'époque où la mère se donnait du bon temps. La gamine
a été faite n'importe où et elle est née n'importe où,
dans la rue, elle était pressée de voir le monde,
les voisins n'ont pas eu le temps de faire venir
l'ambulance.

Ça a longtemps été une honte, pour elle, d'être
née dans la rue. Les gosses du quartier le savaient
— les gosses savent toujours tout — et vous pensez s'ils se moquaient d'elle. Alors un jour, je l'ai
prise par la main — sa mère me la donnait souvent
à surveiller quand elle était petite et la gamine
avait gardé l'habitude de venir me voir — et je l'ai
emmenée rue de Belleville pour lui montrer la
plaque de marbre sur la façade du numéro 72, là
où est née Piaf, vous savez, à cinq minutes d'ici.
Et puis je l'ai emmenée à la bibliothèque pour lui

montrer quelle grande dame était Piaf, je lui ai
montré des livres et je lui ai fait écouter des enre-
gistrements aussi, on aurait dit une petite souris
avec ces écouteurs sur les oreilles, elle avait, oh, pas
plus de cinq ou six ans. Je n'avais pas de tourne-
disque, sa mère non plus.

Cette histoire de Piaf qui était née dans la rue
comme elle, ça a été son bonheur et son malheur.
Parce qu'elle a décidé aussitôt qu'elle serait chanteuse elle aussi, et c'est vrai qu'elle avait un beau
filet de voix. Elle s'est mise à chanter sans arrêt.
Comme ils ne la supportaient plus chez elle, avec
les trois autres mômes qui piaillaient, c'est chez
moi qu'elle venait. Elle me donnait des feuilles
avec les paroles des chansons et il fallait que je
vérifie si elle ne se trompait pas, moi qui sais à peine
lire, monsieur. Quand il faisait beau, on descen-
dait au parc, juste à côté, j'étalais un drap ou une
couverture sous un arbre et je lui donnais ce que
j'avais préparé à manger, des sandwichs le plus
souvent, au fromage ou au poulet, et parfois elle
courait chercher des Coca au Franprix du coin.
Ces journées où je l'écoutais chanter dans l'odeur
des fleurs, allongé sur la couverture, un brin
d'herbe entre les dents — parfois elle chantait si
doucement que je m'endormais — oui, monsieur,
ces journées-là, elles ont sans doute été les plus
belles de ma vie.

On aurait dû lui payer des cours de chant, bien
sûr, et puis lui apprendre à jouer d'un instrument aussi, mais pour ça non plus, on n'avait pas

d'argent. Pendant un temps, elle s'est mise en tête
de se les payer toute seule et elle chantait dans la
rue, surtout en été, devant les terrasses des cafés
du côté de Ménilmontant, et là aussi je l'accompa-
gnais pour être sûr qu'il n'allait rien lui arriver ; je
prenais un fauteuil pliant et je me roulais des cigarettes jusqu'à ce que je décide que c'était l'heure
de rentrer. Oui, vous voyez, je n'ai jamais eu de
gosses, alors bien sûr, c'était un peu comme si
c'était la mienne, avec sa mère toujours occupée
avec les trois derniers. Mais elle n'a jamais réussi
à ramasser assez d'argent pour se payer des cours
ou un instrument de musique.

C'est quand elle a grandi que c'est devenu difficile. À quatorze ans, elle s'est mise à changer de
nom sans arrêt, sous prétexte qu'elle cherchait son
nom de scène. Elle allait souvent à la bibliothèque,
avec moi d'abord, puis toute seule, c'est là qu'elle
a appris tous ces noms de chanteuses ou d'héroï-
nes d'opéras, Cornelia, Aïda, Dorabella. Avec ça,
il ne fallait pas se tromper, si on confondait son
prénom du moment avec l'ancien elle se fâchait,
comme si on lui parlait de quelqu'un avec qui elle
se serait disputée. Un jour, pour rire, je lui ai dit
qu'elle était comme un oignon qui ajoute des pelu-
res au lieu d'en enlever, mais après ça, elle ne m'a
pas parlé pendant une semaine. Peut-être aussi
que ça lui manquait, à cette petite, de porter le nom
d'un homme qui aurait vraiment été son père.

Elle avait toujours dans la tête de devenir chanteuse. Ses parents ne voulaient rien savoir, bien

sûr, ils préféraient qu'elle ait un vrai métier, avec
un bon salaire. Mais elle n'en démordait pas.
C'est sûrement là que ça a commencé à lui monter au cerveau et c'est ma faute aussi, parce que je
l'ai toujours encouragée. Ces années-là, quatorze
ans, quinze ans, seize ans, ça a été les plus diffici-
les. Layla n'allait plus à l'école, on l'a appris par
hasard parce qu'elle volait les lettres du collège et
qu'elle imitait la signature de sa mère. Son beau-
père l'a battue et elle y est retournée, mais pas
longtemps, elle n'arrêtait pas de manquer les
cours, elle partait le matin avec son sac mais elle
traînait toute la journée dans la rue. Ça se passait
si mal chez elle qu'elle a pris l'habitude de dormir
ici de temps en temps, puis de plus en plus souvent ; ses parents étaient rassurés de savoir où elle
était. J'ai voulu lui laisser ma chambre mais elle
a dit non, elle s'est fait un lit dans le canapé du
salon, là-bas, elle dormait avec Milou à ses pieds.
Elle disait qu'elle ne voulait pas me déranger,
mais je crois surtout qu'elle voulait pouvoir sortir
et rentrer sans que je l'entende ; avec l'âge, je suis
devenu un peu dur d'oreille et c'était moins facile
de la surveiller que quand elle était petite. Et puis
je n'osais pas trop la disputer, j'avais peur qu'elle
s'en aille, c'est comme ça quand on n'est pas vraiment parent, on n'ose pas être trop sévère. Ensuite,
elle a commencé à disparaître des jours entiers.
On ne savait pas où elle allait. J'avais l'impression
qu'elle fréquentait des gens pas comme il faut,
quand elle rentrait son haleine sentait la cigarette

et même l'alcool, mais vous voyez, monsieur, ce
goût pour la chanson qu'elle avait encore, je me
disais que ça la sauverait, j'ai toujours pensé qu'au
bout du compte, ça la retiendrait au bord du pire.
On est bien naïf, hein.

Il y a un an, elle s'est mise à me parler de gens
qu'elle avait rencontrés et qui travaillaient dans
le milieu de la télé. Elle m'a dit qu'il y avait des
émissions qui aidaient les jeunes comme elle à
devenir chanteurs ou comédiens et qu'elle allait
tenter sa chance, et pour la première fois elle m'a
demandé un peu d'argent pour s'acheter une robe
et des chaussures. Pour le casting, elle disait ; c'est
elle qui m'a appris ce mot-là, « casting ». Elle m'a
dit que ça se passait dans une banlieue de Paris et
qu'elle dormirait chez une amie à elle, une fille
qui rêvait de faire de la scène elle aussi. Elle m'a
raconté tout ça assise là où vous êtes, la tête de
Milou sur les genoux, lui tirant les oreilles comme
elle aimait faire quand elle était petite. À l'époque,
on savait déjà que l'immeuble allait être démoli et
elle m'a dit qu'une fois célèbre, elle achèterait
une grande villa avec un jardin et qu'il y aurait
une chambre pour moi et un panier pour le chien.
Oui, elle a dit ça. Puis elle m'a demandé si elle pouvait dormir sur le canapé, et bien sûr j'ai dit oui.
Quand je suis allé au lit, elle m'a embrassé. Elle m'a
dit qu'elle me donnerait de ses nouvelles, parce
qu'il faudrait sans doute qu'elle reste des mois là-
bas, dans les studios de la télé, après le casting.
Elle riait, ça faisait longtemps que je ne l'avais pas

entendue rire comme ça. Le lendemain matin, quand je me suis réveillé, elle n'était plus là.

J'ai tout de suite su qu'elle était partie pour longtemps. Elle était allée chez elle, très tôt, et elle avait pris de l'argent dans le sac de sa mère. Tout le monde dormait encore. Ils ont pensé qu'un des gamins avait mal fermé la porte et que quelqu'un était entré. Moi je n'ai rien dit, bien sûr, mais j'étais sûr que c'était elle, même si elle n'avait jamais volé avant. Ça m'a fait de la peine, moins à cause de ce qu'elle avait fait que parce que je savais que ça voulait dire qu'elle ne reviendrait pas avant longtemps. Et aussi parce que je me disais que si je lui avais donné plus, elle n'aurait pas eu besoin de voler.

J'ai commencé à passer mes soirées chez Samir, l'épicier du coin de la rue Piat. Il avait une télé dans l'arrière-boutique et quand il avait des clients, il me laissait regarder la chaîne que je voulais. J'achetais des programmes télé et je regardais toutes les émissions dont Layla m'avait parlé, ces émissions de jeunes, avec des concours ou des écoles. Il n'a pas fallu longtemps pour que je connaisse par cœur les horaires et mêmes les gamins qui y participaient.

Je n'aurais pas imaginé qu'il y avait tant de gosses qui voulaient devenir célèbres, et ça m'a fait peur pour elle. Elle avait une jolie voix et elle était belle, c'est vrai, mais il y en avait beaucoup d'autres qui avaient d'aussi jolies voix et qui étaient aussi belles. J'espérais juste qu'elle ne serait pas brisée

et qu'elle oserait revenir. Durant l'année qui a
suivi, j'ai reçu en tout cinq cartes postales, tenez,
vous pouvez les voir sur le mur. Sur toutes, elle
avait écrit la même chose ou presque : « Je vais
bien papou, je t'embrasse. »

Un soir, j'ai bien cru la voir dans une émission.
J'en suis presque sûr. J'avais fini par perdre
espoir, j'allais chez Samir surtout parce que je
n'avais plus l'habitude de rester seul chez moi,
mais sans l'espoir de voir passer Layla. La fille que
j'ai vue n'est restée que quelques minutes sur la
scène, ils ne lui ont même pas laissé le temps de
finir sa chanson. Elle a dit qu'elle s'appelait Olympia
mais ça ne veut rien dire, vous savez. Elle était
très maquillée, avec de l'argent sur les paupières
et les lèvres rouges, habillée comme jamais elle
n'aurait osé le faire ici, une robe brillante très
courte, je me souviens, j'ai pensé : « Tant d'argent
pour une robe aussi courte. » Mais sa voix ressemblait à celle de Layla et elle a chanté une chanson
de Piaf, ce qui est drôle parce que tous les autres
avaient choisi des choses beaucoup plus modernes, ce qu'on entend sur les autoradios des jeunes
qui sont dans leurs voitures au feu rouge avec les
vitres baissées ou qui ne ferment pas la fenêtre de
leur chambre. Je n'ai pas bien vu son visage, ça a
été si vite, j'ai crié pour appeler Samir en espérant
qu'il pourrait m'aider à savoir si c'était bien elle,
mais le temps qu'il arrive — il était occupé à rendre la monnaie — c'était déjà fini.

Les semaines suivantes j'ai regardé à nouveau

l'émission, mais la fille — Layla — n'est jamais
revenue. J'ai continué à espérer durant des mois,
je me disais que c'était peut-être des présélections
et qu'on allait revoir les premiers candidats à un
moment ou un autre. Mais je ne l'ai jamais revue.

Quelques mois plus tard, il y a eu les rumeurs.
Quelqu'un l'avait soi-disant vue dans un bar, une
boîte de nuit plutôt, puis quelqu'un d'autre, et
quelqu'un d'autre encore. Ils juraient que c'était
bien Layla, qu'elle dansait chaque samedi là-bas,
vers Pigalle, puis on a prononcé le mot « peep-
show ». Ça non plus, je ne savais pas ce que ça
voulait dire avant. À peu près à ce moment-là,
sa famille a déménagé, ils n'ont même pas laissé
d'adresse, je ne sais pas si c'était la honte d'entendre dire dans le quartier que leur aînée dansait
nue devant des hommes. Sa mère a juste laissé un
carton devant ma porte avec les affaires de la
petite. Elles sont encore là, dans ma chambre.

Mon histoire n'est plus très longue, vous verrez.
Un jour, j'y suis allé. Je ne sais pas pourquoi, je
crois que j'étais sûr que ce n'était pas Layla, aussi
sûr que je l'étais de l'avoir reconnue à la télé aux
portes de la gloire avec la chanson de Piaf sur les
lèvres, mais que j'avais besoin de le voir de mes
propres yeux. La rumeur s'était faite de plus en
plus précise et je savais à peu près où chercher.
J'ai attendu plusieurs semaines, le temps de trouver la force, puis j'ai pris le bus jusqu'à Pigalle, un
soir vers minuit. Je n'ai pas eu à beaucoup chercher. Il y avait des photos d'elle à l'entrée d'un

des clubs. Je les ai regardées longtemps, si longtemps que le type qui gardait la porte s'est impa-
tienté et m'a dit : « Alors, pépé, tu rentres ou tu
prends racine ? » Sur certaines photos, elle portait
des robes fendues sur les cuisses et entre les seins,
et sur d'autres elle était presque nue. Je l'avais
lavée quand elle était bébé et quand elle était
petite fille, ça ne me gênait pas de la voir nue.
Mais sur aucune de ces photos elle ne souriait. Le
rouge à lèvres lui faisait comme une coupure en
travers de la figure, elle avait perdu ses bonnes
joues et ses yeux noirs semblaient très grands.
Quand le type de l'entrée m'a parlé, j'ai été pris
de court, je ne pouvais pas arrêter de regarder son
visage, si vite après ne pas l'avoir vu pendant des
mois, et quand il a répété : « Alors, pépé ? », j'ai
demandé : « C'est combien ? » Et j'ai fouillé dans
mon porte-monnaie pour payer l'entrée.

L'intérieur de ce « peep-show » comme ils disent,
c'était sombre et ça sentait la sueur, la musique
était trop forte, on se serait cru dans un des pires
bars de notre quartier. Je suis resté debout près
de la porte de la salle qu'on m'avait indiquée, des
hommes entraient sans arrêt en se bousculant,
j'avais chaud et puis je me suis aperçu que j'avais
gardé mon bonnet sur la tête et je l'ai enlevé. La
première fille était une blonde avec une combi-
naison rose brillante, elle dansait mal mais les
hommes sifflaient et criaient, deux ou trois ont
essayé de la toucher mais il y avait un costaud qui
surveillait les abords de l'estrade. Après ça, je n'ai

pas eu à attendre longtemps, parce que la suivante était Layla.

Je ne vous parlerai pas d'elle qui dansait sous les yeux de ces hommes, ma petite fille brisée. Je ne suis pas resté bien longtemps, juste le temps de la voir arpenter la scène de long en large deux ou trois fois, perchée sur des talons hauts, d'une démarche chaloupée que je ne lui connaissais pas, et puis au moment où je remettais mon bonnet pour partir — c'est peut-être mon geste qui a attiré son regard — elle m'a vu. Elle ne s'est pas arrêtée de danser mais elle a laissé retomber ses bras qu'elle tenait jusque-là dressés au-dessus de sa tête et elle s'est tordu la cheville, j'ai vu sa bouche se crisper de douleur mais rien de plus, car je m'étais déjà retourné et je suis parti sans regarder derrière moi.

Je n'ai parlé à personne de ce que j'avais vu. Personne ne m'a rien demandé mais beaucoup avaient compris, je crois, parce que je ne suis jamais retourné chez Samir regarder la télé. Je sortais juste pour promener le chien et faire les courses. Le reste du temps, je restais assis ici, à la cuisine, et j'essayais de ne pas penser. Je ne me demandais même plus où j'irais quand l'immeuble serait démoli.

Je n'avais pas pensé qu'elle viendrait. Je ne l'avais pas deviné dans son regard quand elle m'avait aperçu parmi les hommes du peep-show, je n'avais vu que l'ennui et cette dureté nouvelle, et la brève crispation de la douleur quand elle s'était tordu le

pied, mais je n'avais pas vu de joie ni de chagrin à
l'idée de ce qui avait été perdu, et je m'étais dit
qu'elle avait tourné la page. Pourtant, quand on a
frappé un soir, très tard, j'ai su aussitôt que c'était
elle. Je m'étais assoupi sur le canapé ; depuis son
départ, c'est là que je dormais le plus souvent,
comme si ça pouvait me donner l'illusion qu'elle
était dans la chambre d'à côté. Je suis allé me passer la figure sous l'eau avant d'aller ouvrir.

Elle était pâle et j'ai su aussitôt qu'elle avait
frappé d'abord à la porte d'en face, celle de l'appartement où avait vécu sa famille. Il n'avait pas été
reloué à cause du projet de démolition mais deux
types s'y étaient installés, s'éclairant à la bougie et
se chauffant avec un poêle à charbon. Ils buvaient
toute la journée et allaient faire la manche devant
le Monoprix de la rue des Pyrénées, un peu plus
haut. Elle avait dû les réveiller parce que le plus
jeune, un type barbu, se tenait dans l'entrebâille-
ment de la porte et nous regardait. Quand elle est
entrée, je ne l'ai pas entendu refermer la porte et
je suis sûr qu'il est resté là en attendant qu'elle
ressorte.

Oui, je sais ce que vous pensez. Vous pensez
qu'il l'a attendue, qu'il l'a suivie jusqu'au parc et
qu'il est arrivé ce qui est arrivé. Mais vous vous
trompez.

Elle a attendu que je lui dise d'entrer pour franchir le seuil de l'appartement, et c'était étrange ce
mélange d'humilité et de provocation sur son visage,
comme si elle me mettait au défi de lui reprocher

quoi que ce soit. Je l'ai trouvée grandie, c'était peut-être ses chaussures à talons, peut-être sa maigreur, elle portait une veste que je lui connaissais et elle flottait dedans comme un petit oiseau. Elle est allée s'asseoir sur le canapé et m'a regardé avec un drôle de sourire aux lèvres. J'ai vu tout de suite qu'elle avait pris quelque chose, quelque chose de plus fort que quelques verres, ça aussi c'était nouveau ; son regard se posait sur moi puis semblait passer à travers, et à chaque fois elle devait faire un effort pour que ses yeux reviennent se fixer sur mon visage. Elle s'est frotté le nez avec l'index, puis elle a dit : « Ils sont partis, alors. »

Sa voix était comme sa figure, dure, comme râpée, je devrais sans doute dire râpeuse, je sais, mais c'était autre chose, c'était comme si on les avait traînées l'une et l'autre sur une surface dure et qu'elles en avaient perdu toute leur douceur. « Il y a deux mois, oui, ai-je dit, mais ta mère a laissé tes affaires, elles sont dans ma chambre, je peux aller les chercher si tu veux. »

Elle a haussé les épaules avec indifférence, comme si rien de tout cela n'avait d'importance. Elle est restée avachie sur le canapé avec ce demi-sourire aux lèvres et ce regard flottant, enroulant l'une de ses mèches de cheveux autour de son doigt. « Layla, ai-je dit. Reviens. Tu peux t'installer dans la chambre, tu seras tranquille, je dors presque toujours dans le salon, maintenant. Je peux t'aider à rapporter tes affaires, si tu veux. On peut même y aller tout de suite. »

Elle a ri, d'un rire sans joie, et j'ai pensé au soir
de son départ, ce rire heureux que j'avais gardé
dans l'oreille comme un talisman pendant toute
son absence. « Et pour faire quoi, hein », a-t-elle
répliqué. J'ai baissé les yeux, je ne m'étais jamais
senti aussi vieux, aussi impuissant, aussi ridicule
aussi, mais je me suis forcé à continuer. « Tu peux
reprendre le chant, ai-je dit. Samir cherche quelqu'un pour tenir la caisse le week-end, ça me ferait
du bien de sortir un peu d'ici, et puis ça pourrait
servir à te payer des leçons. C'est peut-être juste
ça qui te manque pour que ça marche. »

Elle a ri à nouveau en faisant rouler sa tête
contre le dossier du canapé, puis elle a dit :
« Non, grand-père, c'est fini, ma voix est partie, tu
n'entends pas ? Elle n'est plus là. Elle n'est plus
là, c'est tout. »

Ça m'a fait mal qu'elle m'appelle grand-père
parce qu'il n'y avait pas de tendresse dans sa voix
comme lorsqu'elle m'appelait papou, c'était plutôt le ton impatient et un peu méprisant des jeunes qui jouent au ballon sur la petite place devant
le parc et qui trouvent que je ne dégage pas assez
vite le terrain. Ça m'a fait mal et juste après, ça
m'a mis en colère. C'était aussi de la voir comme
ça sur le canapé, abandonnée comme une poupée,
se grattant parfois le genou et parfois le nez, avec
l'air de s'ennuyer, de se moquer de tout. Je suis
allé m'asseoir auprès d'elle. « On ne perd pas sa voix
comme ça, ai-je dit, même si c'était ce que j'avais
pensé moi aussi en ouvrant la porte — cette voix

râpée, usée, presque méconnaissable. C'est parce
que tu ne l'as pas travaillée depuis longtemps. Je
te ferai des infusions, du citron et du miel et puis
ces poudres que Samir vend contre les maladies
de froid, tu verras, ça va revenir. »

Mais elle a fermé les yeux et a secoué la tête
d'un air irrité, et quand j'ai tendu la main pour
repousser une mèche qui lui barrait la joue, elle
l'a écartée d'un geste impatient. « Non, a-t-elle
dit. Ma voix est partie. C'est fini, tu comprends ?
Oh, laisse-moi. »

Elle se croyait forte mais elle ne l'était pas tant
que ça ; elle n'a pas réussi à chasser ma main et
je l'ai laissée là, près de sa joue, même quand elle
a essayé de la repousser avec plus d'impatience
encore, en disant : « Arrête ça. » J'ai fait glisser
ma paume et je l'ai posée sur sa gorge.

« Ta voix n'est pas partie, ai-je dit. Je suis sûr
que je la sentirais si tu chantais quelque chose, là,
maintenant, je la sentirais vibrer sous mes doigts.
Tu as le cou tout froid, c'est pour ça, aussi, mais il
va se réchauffer.

— Mais laisse-moi, a-t-elle répété. Laisse-moi,
tu m'empêches de respirer. »

Elle aurait pu crier si elle avait voulu, il y avait
des voisins, les deux types de l'autre côté du palier,
pourtant elle a chuchoté, et c'était comme la naissance d'un secret entre nous.

« Chante, ai-je dit, chante quelque chose. Chante
cette chanson de Piaf que tu aimais tant. *La Vie
en rose*. Chante. » Sa gorge a vibré sous ma main

quand elle a murmuré quelque chose, plus bas
encore, mais je n'ai pas entendu. Nous sommes
restés longtemps là. Elle n'avait pas rouvert les
yeux. Elle n'essayait plus de me repousser, ses deux
mains étaient sagement posées sur ses genoux
comme si elle attendait, et ce sourire qui ne ressemblait pas au sien avait quitté son visage. Elle
ne bougeait plus. J'ai pensé qu'elle dormait.

3

Arnaud n'avait pas prononcé un mot pendant
que le vieillard parlait. Il avait ouvert son carnet
et commencé à prendre des notes, machinalement,
après s'être assuré d'un regard que le vieil homme
n'y voyait pas d'inconvénient, mais ces notes
étaient si décousues qu'il serait incapable plus
tard de les déchiffrer ou d'en retrouver le sens, à
part les derniers mots qu'il avait inscrits au milieu
d'une page, *La Vie en rose*.
À présent le vieillard était silencieux. Arnaud le
regardait. Des yeux du vieil homme s'écoulaient de
grosses larmes pareilles à celles d'un enfant ; il
n'aurait pas imaginé qu'il puisse rester autant
d'eau ou d'émotion dans un visage aussi raviné.
Enfin le vieillard soupira, prit sa tasse de café et
la porta à ses lèvres, puis la reposa sans avoir bu.
« Quand sa gorge a commencé à refroidir sous
ma paume, j'ai compris, dit-il. J'ai enlevé ma main
et sa tête a glissé sur mon épaule. Je ne savais pas

quoi faire. Je ne savais pas quoi faire, alors je l'ai allongée doucement sur le canapé et je me suis relevé. C'est drôle à quoi on pense dans ces moments-là, monsieur, parce que je ne réfléchissais pas vraiment, et pourtant, je suis allé tout droit au placard de la chambre où je savais qu'était rangée depuis longtemps la couverture qui nous servait à aller pique-niquer autrefois dans le parc. Je l'ai prise, je suis retourné au salon et j'ai enveloppé Layla dedans. Pendant tout ce temps-là, je me demandais ce que j'allais faire, mais il faut croire que je le savais déjà parce que je l'ai soulevée dans mes bras sans hésiter — j'ai eu du mal, elle pesait lourd, toute maigrichonne qu'elle était, ou alors c'est la mort qui fait ça — et je suis allé jusqu'à la porte. Le type d'en face avait dû se lasser, ou alors il avait compris et n'avait pas envie d'avoir des ennuis, parce que sa porte à lui était fermée.

» J'ai descendu les trois étages avec Layla dans les bras, je suis sorti dans la rue où il faisait encore très noir, on n'entendait pas une voiture, pas une mobylette, et je suis allé jusqu'à la grille du parc qui ne ferme pas très bien. Tous les gens qui vivent dans le quartier savent qu'il y a une grille qui ne ferme pas et qu'il suffit de manipuler d'une certaine façon pour l'ouvrir, n'importe quel petit de dix ans pourra vous montrer comment. J'ai ouvert la grille toute grande en la poussant de l'épaule et j'ai pris l'allée du parc jusqu'à l'endroit où on allait pique-niquer autrefois. Il devait être

presque l'aube parce qu'un merle chantait dans
les arbres, on était sans doute restés beaucoup plus
longtemps sur le canapé que je le croyais, je m'étais
peut-être endormi avec ma main sur sa gorge.
Dans la nuit, le parfum des fleurs était très fort, ça
m'a étonné qu'on soit si loin dans le printemps. Je
crois que j'étais à peine sorti depuis que la nuit où
j'avais vu Layla à Pigalle.

» Je me suis arrêté sous l'arbre où on s'installait
autrefois, je me suis mis à genoux et je l'ai posée
par terre. Je l'ai un peu soulevée pour bien tirer la
couverture sous elle, je l'ai installée les jambes
jointes et les bras le long du corps, j'ai refermé sa
veste pour cacher le collier bleuâtre sur son cou,
et je me suis relevé. Je l'ai regardée un moment.
Oh, on avait été si heureux sous cet arbre elle et
moi. Alors que je rentrais à la maison, il s'est mis
à pleuvoir et l'idée qu'elle reste là, sous la pluie, m'a
semblé soudain insupportable ; je suis remonté
chercher un K-way rose qu'elle avait laissé en partant et que sa mère avait mis dans le carton abandonné sur mon paillasson. Je l'ai sorti de sa poche
de plastique, je suis redescendu et je l'ai enfilé à
Layla ; je l'ai d'abord passé par-dessus sa tête,
puis j'ai enfilé les bras dans les manches et enfin
j'ai rabattu la capuche sur son visage. J'entendais
le bruit des gouttes d'eau qui tombaient sur le
plastique. Est-ce qu'elle avait toujours son K-way
rose quand on l'a trouvée ? Est-ce qu'elle n'était
pas trop mouillée ? »

Il regardait Arnaud d'un air implorant, et Arnaud

baissa les yeux. « Je ne sais pas, dit-il à voix basse, je n'ai pas eu le droit de franchir les barrières. Mais elle était sous un autre plastique, une sorte de bâche grise. Non, je ne pense pas qu'elle ait été mouillée. »

Le vieil homme secoua la tête d'un air songeur. Il prit le bonnet posé sur la table à côté de sa tasse et s'essuya le visage avec, puis le garda à la main.

« Après ça, je suis remonté ici et j'ai attendu que quelqu'un arrive, reprit-il d'un ton las. J'ai attendu que quelqu'un arrive pour raconter mon histoire. Je vais vous suivre au commissariat. Mais le chien… Je voudrais juste qu'on dépose le chien à l'épicerie de la rue Piat. »

Arnaud reboucha son stylo et referma son carnet. Le café qui devait bouillir depuis des heures était bien trop fort, il avait l'impression d'avoir la bouche écorchée et son cœur battait très vite. Il songeait à tous les journaux feuilletés depuis l'automne, tous ces crimes sordides, ces coups de couteau, ces fusillades, ces crânes cognés contre des murs, cette quête du mal dans laquelle il s'était lancé pour trouver un coupable idéal, et il se rappelait la poignée de main si douce du vieillard. Il les regardait en cet instant même, ces deux mains crispées sur le bonnet de laine et qui le caressaient doucement, comme on caresse un animal. Puis il releva les yeux et se força à sourire.

« Je ne suis pas de la police, monsieur, dit-il. Je ne vais pas vous mettre en prison. Votre histoire… reprit-il avec précipitation. Ne dites rien. Ne

racontez rien à personne. Layla n'est pas venue
vous voir. Vous dormiez, vous ne l'avez pas entendue frapper, vous n'avez pas ouvert. »

Mais le vieillard le fixait d'un air d'incompréhension. « Ne rien dire, répéta-t-il, mais pourquoi ? » Il
avait remis son bonnet, machinalement, il avait
l'air prêt à partir, à suivre les policiers qui vien-
draient frapper à sa porte dans quelques minutes
ou quelques heures. « J'habite en province, s'entendit soudain dire Arnaud. Je peux vous héberger
quelque temps si vous voulez. On peut y aller
maintenant. Personne ne saura que vous étiez là
cette nuit. Personne ne vous soupçonnera. »

Mais sous son bonnet en laine, le visage encore
rougi par les larmes, le vieil homme le regardait
d'un air d'incompréhension, presque de méfiance.
« Je ne comprends pas ce que vous voulez, dit-il
enfin. L'histoire que vous racontez là, ça n'est pas
la mienne. Je ne comprends pas ce que vous cher-
chez. » Il continua à scruter le visage d'Arnaud
comme s'il le découvrait seulement, comme s'il ne
savait pas comment cet inconnu s'était retrouvé
dans sa cuisine, assis devant lui, la cafetière entre
eux deux. Il repoussa sa chaise et se leva lourdement. « Allez-vous-en, monsieur, dit-il. Allez-vous-
en, s'il vous plaît. »

Arnaud hésita, puis obéit. Il se leva à son tour,
glissa son carnet et son stylo dans sa poche. Le
vieillard resta debout derrière la table tandis
qu'Arnaud se dirigeait vers la porte et sortait.
Dans la cage d'escalier, il retrouva le remugle

d'urine et de soupe ; la porte de l'appartement en face était entrouverte, mais il n'eut pas la tentation d'aller y jeter un coup d'œil. Il descendit les trois étages d'un pas rapide. Au moment où il franchissait les portes de l'immeuble, il vit des policiers approcher, trois hommes qui semblaient savoir où ils allaient, et il détourna les yeux pour ne pas croiser leur regard.

Il retourna vers le parc. La plupart des voitures de police avaient disparu, les curieux aussi ; quand il franchit les grilles, il vit que les rubans jaunes étaient toujours là mais qu'on avait emporté le corps. Il s'immobilisa dans l'allée. Il regarda longuement la pelouse détrempée par l'averse. Sous un arbre, il y avait un ovale d'un vert plus tendre à l'endroit où le corps l'avait protégée de la pluie. Tout à coup, il sentit quelqu'un lui taper sur l'épaule et, se retournant, il vit Legendre.

« Tu en as mis du temps, dis donc, dit Legendre. J'espère au moins que tu as trouvé quelque chose. Moi, j'ai fait chou blanc, personne n'a voulu cracher quoi que ce soit et je me suis fait virer par les flics. Raconte. Qu'est-ce qui s'est passé ? »

Mais Arnaud regardait à nouveau l'ovale d'herbe tendre. Soudain il sentit les larmes lui monter aux yeux, des larmes qui lui semblèrent aussi grosses et enfantines que celles du vieillard. Il ignorait d'où lui venait cette méconnaissance absolue de l'âme humaine. Il savait juste, avec une certitude absolue, qu'il n'écrirait jamais son livre ; mais ce n'est pas ça qui lui causait ce chagrin inconsolable.

Legendre avait allumé une cigarette et le regardait avec stupéfaction. « Mais enfin, qu'est-ce qui t'arrive, mon vieux, demanda-t-il, qu'est-ce que tu as vu dans cet immeuble ? »

Arnaud secoua la tête sans répondre. Les derniers curieux s'éloignaient et des couples, des poussettes, des enfants franchissaient les grilles du parc. « Dans quelques semaines, quelques mois, plus personne ne se souviendra de Layla M. à part le vieillard dans sa cellule, le vieillard et moi », se dit-il. Il songea au K-way rose dont le vieil homme était redescendu habiller le cadavre et tout à coup, alors que ses larmes devenaient des sanglots, il se souvint des chapeaux de plastique rose que portaient les touristes japonais quelques heures plus tôt devant la plaque d'Édith Piaf et qui lui avaient semblé si gais dans le matin gris.

III

LA SOCIÉTÉ
DU SPECTACLE

Montorgueil

RUE DES DEGRÉS

Didier Daeninckx

Didier Daeninckx, né en 1949 à Saint-Denis, a exercé pendant une quinzaine d'années les métiers d'ouvrier imprimeur, animateur culturel et journaliste localier. En 1984, il publie Meurtres pour mémoire *(Folio policier n° 15), il a depuis fait paraître une soixante de titres qui confirment une volonté d'ancrer les intrigues du roman noir dans la réalité sociale et politique. Plusieurs de ses ouvrages ont été publiés dans des collections destinées à la jeunesse. Il est également l'auteur de nombreuses nouvelles qui décrivent le quotidien sous un aspect tantôt tragique, tantôt ironique, et dont le lien pourrait être l'humour noir. Les enquêtes de l'inspecteur Cadin ont été réunies en un volume sous le titre* Mémoire noire *(Folio policier n° 594).*

Pas très loin de l'ancienne Cour des Miracles, les rues de Cléry et Beauregard s'épousent presque, séparées seulement par une étroite succession de maisons anciennes abritant des ateliers de confection, des magasins d'exposition. Le cliquetis des machines à coudre se mêle à la rumeur de la circulation, aux cris des pousseurs de diables, aux avertissements des porteurs de vêtements, aux injures des conducteurs bloqués au ras du bitume par des livraisons interminables. Dans la pénombre des porches brillent les yeux de femmes aux décolletés généreux que convoitent les indécis attablés devant un demi. Juste avant leur jonction avec les Grands Boulevards, à la hauteur de la porte Saint-Denis, les deux voies jumelles communiquent entre elles grâce à la plus petite rue de Paris, six mètres tout au plus, un escalier de quatorze marches en fait, qui lui donne son nom : rue des Degrés. Un réverbère, des marches encadrées par deux murs aveugles, une main-courante métallique, au centre, rendue brillante par

le frottement des vêtements des passants. C'est
là, sous un pochoir rouge représentant le visage
d'une punk légendé par ces quelques mots : « Et
si je baisse les yeux ? », que la femme de ménage
de chez Victoria avait retrouvé le cadavre de Flavien Carvel, au petit matin, alors qu'elle sortait
les poubelles. Il gisait sur le ventre, en travers de
la montée, et sa tête ensanglantée reposait sur
une pile de cartons aplatis déposés là par les commerçants du quartier. Des traces brunes lacéraient
le mur de droite, sous le panneau publicitaire des
établissements Artex. Quand les policiers avaient
retourné le corps, ils s'étaient aperçus que le sang
s'était écoulé d'une blessure au ventre, des coups
de couteau selon toute vraisemblance, pour inon-
der la chevelure située en contrebas. Alors qu'on
délimitait un périmètre de sécurité, l'un des
hommes, le lieutenant Mattéo, avait suivi d'autres
marques le long des murs de la rue Beauregard
jusqu'au café Le Mauvoisin, dont le patron rele-
vait le rideau de fer. Au-dessus de l'enseigne, une
bougie brûlait aux pieds d'une madone abritée dans
une niche.

« Vous avez fermé tard, hier soir ?

— À minuit, c'était bouclé… Quelqu'un s'est
plaint ?

— Non, le seul qui aurait pu le faire n'en a plus
les moyens ! Tout était calme ? Il ne s'est rien passé
de spécial ? »

Il avait porté sa main à sa moustache, qu'il avait

lissée à plusieurs reprises, en écartant le pouce et l'index.

« Non, il n'y a eu presque personne, à cause du match de foot, vu que je n'ai jamais installé de télé dans la salle... Je suis bistrot, pas entrepreneur de spectacle. Deux clients assis à la petite table, sous le portrait de la Voisin, l'empoisonneuse, qui a habité ici, d'après ce qui se dit... J'attendais qu'ils finissent leur bière pour plier les gaules... »

Le policier s'était avancé pour regarder à l'intérieur. Ça sentait l'humidité et le tabac froid.

« Il n'y en avait pas un qui était blond, cheveux mi-longs, habillé d'un jean noir, baskets blanches et blouson reporter... Vingt-cinq ans environ ?

— Si... Celui qui me faisait face. Il a bu deux bières, des Leffe, sauf qu'il ne tenait pas bien l'alcool... À moins qu'il ait pris de l'avance avant d'arriver chez moi. Ils ont marché sur le trottoir, vers là où vous êtes, ils se sont éloignés d'une quinzaine de mètres pendant que je baissais le rideau. Je me souviens qu'ils se sont arrêtés pour continuer à discuter. Le jeune dont vous parlez s'est appuyé contre le mur, tandis que l'autre a traversé pour rejoindre la rue de la Lune, un peu plus bas. Il n'avait sûrement pas envie de le traîner. Pas très sympa de laisser un pote dans la misère... Le type en jean est reparti vers la porte Saint-Denis en titubant, et moi je suis rentré me coucher. »

Le lieutenant Mattéo toisa le patron du Mauvoisin. « Désolé, mais je crois que vous n'allez pas

ouvrir, ce matin... Il va falloir me suivre. Votre
dernier client de la soirée n'était pas saoul : il
venait de se prendre plusieurs coups de couteau
dans le ventre. On l'a ramassé dans l'escalier de
la rue des Degrés. Les traces de sang débutent à
l'endroit exact que vous venez de me désigner... »

L'interrogatoire du commerçant avait permis
d'apprendre que les deux hommes étaient arrivés
l'un après l'autre dans le café, Carvel en premier,
vers onze heures, puis son meurtrier présumé dix
minutes plus tard. Ils avaient discuté à voix basse,
tranquillement, sans qu'il soit possible de saisir
l'objet de leur conversation. C'est la victime qui
avait réglé les consommations au moyen d'un billet
de cinquante euros. L'autre homme, inconnu du
patron tout comme son vis-à-vis, était âgé d'une
trentaine d'années. Élégamment vêtu, plus petit
que la moyenne, brun, le visage rond, il s'exprimait avec un très léger accent espagnol. « Il avait
une petite tache de vin près de la tempe qu'il
essayait de cacher en ramenant toujours une mèche
de cheveux vers l'avant. Une sorte de tic... »

On savait à peu près tout sur Flavien Carvel
grâce aux papiers d'identité retrouvés dans les
poches de son blouson reporter. Il était né le 21 avril
1982 à Anthony, déclarait la profession de déco-
rateur et habitait impasse du Gaz, à la Plaine-
Saint-Denis. Les visas, les tampons qui décoraient
son passeport indiquaient qu'au cours des huit
derniers mois, Carvel s'était rendu aux États-Unis,
en Australie, au Japon, au Vanuatu ainsi qu'au

Liban, pour des séjours n'excédant jamais la semaine. Le vol ne constituait pas le mobile du meurtre, si on prenait en considération le fait que l'assassin ne s'était pas emparé de sa collection de cartes bancaires ni des huit cents euros en liquide qui garnissaient ses poches. Glissé entre le rectangle plastifié de l'American Express Platinium et celui de la Visa Infinite, Mattéo avait découvert un bout de papier, arraché à la marge d'un journal, où était écrit au stylo :

Tom Cruise a été aperçu, lundi dernier, rue de la Paix, dans le 2ᵉ arrondissement de Paris, en compagnie de la femme d'un candidat à l'élection présidentielle française, alors que les rumeurs de la séparation de la star américaine d'avec Katie Holmes font les gros titres de la presse people.

Mattéo s'était rendu à la Plaine-Saint-Denis en début d'après-midi, après avoir avalé une part de pizza de Toscane à la Casa della Pasta de la rue Montorgueil.

Des années qu'il n'avait pas mis les pieds dans la périphérie nord. Dans son souvenir, ce n'était que du gris, des gazomètres, les murs d'enceinte des raffineries, des brûleries de coke, les cheminées d'usines, les façades couleur cendre avec les coulées des pluies incessantes, la tranchée ouverte de l'autoroute du Nord et son flot incessant de carcasses fumantes... L'édification du Stade de France avait bouleversé la géographie. Les derniers témoignages de la vieille révolution industrielle avaient été rasés. Les sièges sociaux se dressaient comme à la parade le long de la dalle fleurie qui recouvrait maintenant l'égout à voitures. Les feuillages rectilignes, tout comme les mouvements erratiques des nuages, se reflétaient dans l'alu brossé, le verre fumé, l'acier poli. La recette qui avait fait fortune à Paris, celle qui avait permis, grâce à Beaubourg, au Forum des Halles, à l'Opéra Bastille, à l'Arche de la Défense, à la Très Grande Bibliothèque, de vider Paris des couches inférieures, s'appliquait maintenant à la proche banlieue. Un grand geste architectural dans le maquis urbain, rien de tel pour reprendre possession de la ville. Le lieutenant Mattéo avait toujours vécu dans le 2ᵉ arrondissement, il n'imaginait pas le moindre exil, même dans un quartier limitrophe. Montorgueil, Tiquetonne, Réaumur, Aboukir, Le Sentier, toutes ces rues étaient comme les lignes de vie au creux de la paume. Sauf qu'il lui fallait s'accrocher depuis une dizaine d'années, depuis l'arrivée massive des bourgeois bohèmes qui dépensaient chaque mois aux terrasses du Rocher de Cancale, du Compas d'Or, du Loup Blanc, l'équivalent du montant exponentiel de son loyer. Il longea le canal, les campements de Tsiganes roumains auxquels se mêlaient tous les sans-abri dégagés des bords de Seine, puis s'engagea dans ce qui restait du vieux quartier espagnol par la rue Cristino-Garcia. L'impasse du Gaz se résumait à quatre ou cinq maisons de brique rouge, accolées à la manière des corons des villes minières. Un petit air d'Angleterre. Des grues virevoltaient juste derrière cette survivance. Une boîte aux lettres affichait le nom de Carvel suivi du prénom Mélanie. Il se fit la réflexion que c'était le même que celui de son assistante. Il tira sur la chaînette qui pendait près de la porte grillagée. Une femme d'une cinquantaine d'années vint lui ouvrir en traînant les pieds, après avoir traversé un probable couloir tout en maugréant. Cheveux jaunes, ondulations lasses d'une ancienne permanente, visage blafard, cernes bleus, commissures des lèvres affaissées... Le reste du corps à l'avenant, la mère de Flavien était l'image même de la défaite, des abandons. Contrairement à ce que le lieutenant redoutait, elle accueillit l'annonce de la mort de son fils sans effondrement. Elle s'était contentée de serrer les mâchoires, de réprimer un tremblement de la main droite avant d'effacer d'un revers de manche les larmes qui montaient à ses yeux.

« C'est arrivé comment ? »

Au passage, Mattéo jeta un coup d'œil dans la salle à manger dont la table basse, devant la télé allumée comme une veilleuse, croulait sous les bouteilles vides, les cendriers débordant de mégots.

« On ne sait pas encore grand-chose. Son meurtrier pourrait être d'origine espagnole. Il y en a pas mal dans le coin : votre fils devait en fréquenter quelques-uns...

— Oui, des dizaines. Dans le temps, il allait souvent à côté, au Patronage, pour jouer aux cartes, danser, manger des tapas...

— "Dans le temps", ça veut dire quand ? »

Elle avait poussé un panneau coulissant pour découvrir une chambre en désordre, aux murs constellés de posters. Le sourire de Bill Gates, lèvres pincées, faisait comme une tache au milieu des rangées de dents éclatantes des stars du show-biz, du cinéma, du sport.

« Depuis deux ans, il ne faisait que passer en coup de vent. On a dû manger ensemble une fois ou deux, avec sa copine du moment... La semaine dernière, il m'a apporté des fleurs, pour mon anniversaire...

— Vous vous souvenez de leurs noms ? »

Elle sortit un paquet de Lucky Strike de sa poche de gilet, grilla le bout d'une cigarette à l'aide d'un Zippo puant l'essence. « Les noms des filles ? Non. Il en changeait encore plus souvent que de bagnole... Je ne connais pas les marques non plus. »

Mattéo n'avait pas demandé la permission pour entrer dans la pièce. Il se mit à fouiller dans les collections de jeux vidéo, d'albums, de films, de revues. Quelques lignes, tracées sur une page de carnet, avaient soudain attiré son attention :

Dimanche 28 août, Nouvelle-Orléans. La tempête approche, de plus en plus puissante. Le téléphone sonne sans cesse. « Tu pars ou tu restes ? », « Où t'es-tu installé ? », « Tu as tes chats avec toi ? »,

*« Que devons-nous faire ? » Le gouverneur nous
demande de « prier pour que l'ouragan redescende
au niveau 2 »… Je finis par céder aux pressions. Je
vais m'installer dans un bâtiment plus solide. Une
ancienne conserverie faite de briques, de ciment, au
centre-ville et haute de cinq étages. Nous sommes
sept dans l'appartement avec quatre chats.*

C'était la même écriture penchée, nerveuse, que
le message concernant Tom Cruise et la femme
du présidentiable. Il tendit le papier sous les yeux
de la mère de Flavien.

« C'est lui qui a écrit ça ?

— Oui, c'est de sa main. Il n'arrêtait pas de
prendre des notes, de griffonner… Des trucs qu'il
entendait à la radio, à la télévision, qu'on lui
racontait au téléphone ou qu'il trouvait dans les
journaux. C'était une sorte de manie, je me fati-
guais à lui dire d'arrêter, mais il ne pouvait pas
s'en empêcher.

— Vous savez où il habitait, ces derniers
temps ? »

Sa tête dodelina.

« Je sais juste qu'il avait acheté, dans Paris… Il
ne m'a jamais donné son numéro de téléphone.
Seulement son adresse e-mail. Qu'est-ce que vous
voulez que j'en fasse : je n'ai même pas d'ordinateur ! »

Le portable du lieutenant se mit à vibrer dans
sa poche de pantalon. Il attendit d'être à l'extérieur du pavillon de l'impasse du Gaz pour rappe-

ler son correspondant. Il éloigna vivement le combiné quand la voix de Burdin, perchée dans les aigus, lui vrilla le tympan.

« Je voulais te prévenir qu'on avait une piste pour le cadavre de la rue des Degrés. Il n'apparaît nulle part sur les fichiers, un véritable fantôme. J'ai fait le tour de mes indics, avec sa photo en bandoulière. Il traînait depuis quelque temps dans l'arrière-salle du Singe Pèlerin, là où les patrons des sex-shops de la rue Saint-Denis passent en revue la viande sur pattes... Il s'intéressait, paraît-il, à l'une des boîtes, mais je ne sais pas laquelle... »

Mattéo connaissait le bavard du Singe Pèlerin, un barman, pour la bonne raison qu'il l'avait recruté, cinq ans plus tôt, alors qu'il l'avait surpris le nez dans la poudre. Le café, une ancienne mûrisserie de bananes, se cachait dans un recoin, à deux pas du débouché de la place du Caire, bâtie sur l'une des entrées de la mythique Cour des Miracles. Pendant des dizaines d'années, il ne s'était jamais interrogé sur ce nom dont la signification probable lui avait été fournie, la semaine précédente, par un poivrot exhibitionniste qu'il avait fallu dégager de la rue Saint-Sauveur pour préserver la pudeur des passants. L'explication, depuis la cellule de dégrisement du commissariat, avait demandé près d'une heure, mais elle se résumait en peu de mots. Chaque soir, quand les mendiants disséminés dans la ville rentraient dans leur antre, les poches cliquetantes de monnaie, c'était comme si le Christ s'était penché sur eux : les aveugles recouvraient la vue, les culs-de-jatte se dressaient sur leurs jambes, les scrofuleux se débarrassaient de leurs écrouelles, les sourds redevenaient sensibles au bruit, les muets se mettaient à chanter, les sœurs siamoises se faisaient face ; il suffisait de pénétrer dans le périmètre du refuge pour que le miracle s'accomplisse ! Le lieutenant appuya sur le bec-de-cane, poussa la porte vitrée où figurait encore l'antique numéro de téléphone, du temps où l'indicatif comportait des lettres à la place des chiffres. Une trentaine de filles occupaient les sièges en moleskine, attendant de passer leur examen dans la pièce du fond. Des gamines de l'Est ou d'Afrique pour l'essentiel, une Asiatique et une Indienne. Il se dirigea droit vers le bar, s'accouda devant son obligé, commanda presque sans desserrer les dents. « Tu me sers un café serré, puis tu te débrouilles pour faire une halte à l'endroit habituel... »

Le barman voulut protester, mais Mattéo s'était déjà retourné pour admirer les jambes fuselées d'une Estonienne qui passait le temps en étirant un chewing-gum rose devant ses lèvres siliconées. Il grimaça en avalant l'arabica sans l'avoir sucré, traversa la salle, fit une trentaine de mètres sur le trottoir en remontant vers la rue Saint-Denis et s'engouffra dans la boutique du dernier fabricant de chapeaux de paille de la place de Paris. Assaf, le maître des lieux, était né au premier étage de la boutique. Raflé par la police française, comme tous les Juifs du quartier, il avait survécu à l'enfer

d'Auschwitz, avant de faire un crochet de près
d'une dizaine d'années par les camps de ses libé-
rateurs. Le lieutenant et le chapelier s'étaient rencontrés quand Mattéo avait mis en déroute une
bande de racketteurs. Il avait ensuite pris l'habitude de venir jouer aux échecs avec l'ancêtre qui
n'évoquait pratiquement jamais son passé, sauf pour
rejouer les parties, toutes perdues, qui l'oppo-
saient à un champion d'URSS soupçonné de sym-
pathies trotskistes. Les tournois étant interdits par
l'administration du goulag, un détenu s'était fait
tatouer un échiquier sur le dos. Il se tenait à quatre
pattes, torse nu, le temps qu'un joueur soit échec et
mat. Mattéo prit son vieil ami dans ses bras.

« Tu vas avoir la visite d'un client. Économise
ta salive, je peux te dire qu'il ne t'achètera rien...

— Tu peux aller dans la cuisine, je te l'amène
dès qu'il montrera son nez... »

Le barman du Singe Pèlerin avait passé un
imperméable sur sa tenue de service. Il demanda
de l'eau pour avaler une poignée de cachets, refusa
le siège que le lieutenant lui désignait.

« Je ne peux pas rester, c'est le coup de feu. Tous
les caïds sont là. Qu'est-ce que tu me veux ? C'est
au sujet du type flingué rue des Degrés ?

— Si tu fais les questions et les réponses, on va
aller plus vite... Il s'appelait Flavien Carvel et il
n'a pas été flingué, mais poignardé... Qu'est-ce que
tu peux me raconter à son sujet ? »

Le barman leva la tête, la bouche ouverte,
comme à la recherche d'air pur.

« Tout ce que je sais, c'est qu'il était plein aux as. Il a commencé à fréquenter le quartier il y a environ six mois. Il a pris des parts dans le Sphinx, histoire de s'introduire dans le milieu. Dernièrement, il était question qu'il rachète une grosse participation dans le peep-show qui fait l'angle de la rue Greneta... Une affaire de première. On parlait d'une entrée à deux cent mille euros.

— Je m'en suis occupé il y a deux ans, c'était un véritable coupe-gorge. Tu es sûr que tu ne te trompes pas de crémerie ? »

Mattéo se leva pour remplir une casserole d'eau qu'il mit à bouillir sur la gazinière.

« Non, ils ont tout remis sur les rails. C'est une des boîtes qui rapportent le plus. Tout le fric circule en liquide, net d'impôt vu que les clients ne sont pas du genre à laisser leur adresse avant d'entrer en cabine. D'après ce que je sais, il y avait pas mal d'extras...

— Quel genre ?

— Ils avaient ouvert de petites trappes par lesquelles le client pouvait peloter les seins, les fesses des danseuses, leur enfiler des godemichés ou des vibromasseurs dans le sexe, dans le cul. Du matériel acheté exclusivement dans la boutique, au prix fort... C'était réversible, à la demande du client, les danseuses les envoyaient en l'air avec ces mêmes ustensiles.

— Tu as une idée d'où il habitait ? »

Le barman plongea la main dans une poche de son imper, en sortit une carte de visite qu'il tendit au policier. « Je lui rendais service en le mettant au courant de ce que j'entendais... En cas d'urgence, il m'avait dit que je pouvais le contacter par l'intermédiaire de cette agence immobilière... »

Mattéo récupéra le carton de LuxImmo, une enseigne de la rue Marie-Stuart. Il mémorisa le nom imprimé sous la raison sociale, Tristanne Dupré, puis retourna le rectangle de papier, machinalement. Le verso était couvert de l'écriture tendue de Carvel :

Le 26 décembre aurait pu être le jour le plus heureux de la vie de Rafiq, si le tsunami n'avait pas frappé, puisqu'il était censé se marier ce jour-là. L'heure de son mariage était fixée à midi, mais les vagues sont arrivées dans la matinée. Rafiq était au village de Parangipettai, près d'autres villages touchés. Immédiatement, tous les hommes de la communauté se sont mobilisés sous le Jamaat, leur organisation locale. Ils ont emporté la nourriture prévue pour le mariage et sont allés la donner aux sinistrés. Jusqu'au jour où nous les avons rencontrés, une semaine après le tsunami, elle a alimenté le petit-déjeuner et le déjeuner des personnes touchées, cuisant le riz de citron ou le byriani veg.

Il but une infusion de menthe fraîche, sucrée au miel d'acacia, avant de prendre congé du vieil Assaf.

Il suffisait de parcourir une centaine de mètres et c'en était fini du quartier de la fripe et du cul :

on entrait dans la réserve dévolue aux gagnants
de la nouvelle donne économique. Tout ce que le
monde de la finance, de la publicité, de la haute
fonction publique, de l'audiovisuel comptait de
minois avenants déambulait sur les pavés inoffen-
sifs, bien sertis, décoratifs. On se pressait aux terrasses à péage, le portable à l'oreille, branché au
moyen d'une paille fluo sur un cocktail vitaminé.
Mattéo aimait l'endroit, malgré tout : les façades,
le parfum du Paris éternel, mais il y avait trop
vécu, avant, pour oublier combien tout cela sonnait faux. Passer de la rue Saint-Denis à Montorgueil, c'était comme franchir une frontière. Il se
sentait un peu au spectacle, presque touriste : il
lui arrivait de regretter de ne pas avoir pris son
appareil photo en bandoulière. Il accéléra le pas.
Des clochards faisaient du tri sélectif dans les
poubelles alignées de Soguisa, de La Fermette, de
Furusato, le restaurant japonais, à la recherche
d'ordures consommables issues de l'agriculture
biologique. Il bifurqua dans la rue Marie-Stuart qui
faisait une concurrence redoutable à la rue Bri-
semiche, dans ces temps anciens où elle s'appelait
plus prosaïquement passage Tire-Vit puis Tire-
Boudin. L'agence occupait le rez-de-chaussée d'une
vieille demeure à poutrage, du cœur de chêne, et
pierre apparente. Tristanne Dupré ressemblait aux
filles qui faisaient antichambre au Singe Pèlerin.
Si la carrosserie était identique, l'immatriculation
était bien différente. Tout ce qu'elle portait, des
bas à la coupe de cheveux, des escarpins au par-

fum, sortait tout droit des pages de *Vogue*. Jupe
Badgley Mischka, chaussures Alexander McQueen,
lunettes Carolina Herrera… D'un seul coup d'œil,
on faisait l'économie de l'achat du numéro. Mattéo fit glisser la carte sur le bureau dont il avait vu
le jumeau, à Beaubourg. « D'après ce que je me
suis laissé dire, c'est vous qui serviez de boîte aux
lettres à Flavien Carvel… »

Elle écarquilla les yeux derrière le verre légèrement fumé de ses lunettes avant de regarder l'inspecteur de la tête aux pieds, avec dédain.

« Je ne comprends pas…

— Mattéo, police judiciaire. Carvel est à la morgue, et je cherche à mettre le grappin sur celui qui
lui a payé l'aller simple. Le plus tôt sera le mieux.
Vous faisiez équipe, pour le rachat du peep-show
de la rue Greneta ? C'est ça ? »

L'hypothèse était venue sur ses lèvres sans même
qu'il y pense. Aux battements de cils affolés, il
comprit qu'il avait mis dans le mille. Il s'agissait
maintenant de tirer le fil sans à-coups.

« Flavien est mort ? Non, ce n'est pas possible ! »

Elle se rejeta contre le dossier de son siège, la
poitrine, sous la soie, agitée par une respiration
saccadée. La détresse n'était pas feinte.

Il se demanda si elle faisait partie des filles
interchangeables qui attendaient le fils prodigue
dans la voiture, quand il rendait visite à sa mère,
impasse du Gaz. Il repoussa une pile de magazi-
nes de décoration intérieure pour s'installer sur le
canapé. « Excusez-moi, j'ignorais que vous étiez

aussi proches... On l'a retrouvé ce matin près de la porte Saint-Denis, poignardé... J'aimerais savoir comment vous l'avez connu... »

Elle planta une Camel dans un fume-cigarette décor écailles de python, l'alluma avec le briquet assorti.

« De la manière la plus simple qui soit. Il a poussé cette porte et s'est assis exactement à l'endroit où vous êtes... Il cherchait à acheter un appartement dans la zone piétonnière, avec une préférence pour Tiquetonne... Après une dizaine de visites, il s'était arrêté sur un grand quatre-pièces, dans de l'ancien classé, rue Léopold-Bellan...

— Ce n'est pas donné, dans le secteur. Vous lui avez fait un prix ? »

Elle haussa les épaules.

« Sept mille euros le mètre carré. Il y en avait environ cent vingt... Je vous laisse faire la multiplication... Flavien disposait du tiers de la somme, il comptait facilement couvrir le solde grâce aux revenus du peep-show. Il devait emménager le mois prochain.

— Il habitait où, en attendant ?

— Au-dessus, au troisième étage, un studio qui fait partie du même lot que cette boutique... J'ai un double des clefs. »

Mattéo apprit également que l'agence était propriétaire de l'immeuble abritant les salles pour voyeurs, que c'était Tristanne qui avait mis son client argenté sur le coup et que sa banque se situait place de la Bourse, près des locaux du *Nouvel*

Observateur. Il était soudain revenu près du bureau alors qu'il s'apprêtait à grimper au troisième. Il retourna la carte de visite sur les notes prises par Flavien.

« Vous savez pourquoi il écrivait des bribes de faits divers sur tous les papiers qui lui tombaient sous la main ?

— Non, il les recopiait sur son ordinateur, le soir, pour alimenter un site, c'est tout ce qu'il m'a dit à ce sujet... J'en ai gardé plusieurs... Je me souviens aussi qu'il gardait un double de tout son travail sur sa clef USB... »

La jeune femme ouvrit son sac, un Vuitton, dans lequel elle farfouilla. « Tenez, c'est de lui... » Le policier se saisit du papier :

Depuis le début des émeutes, les policiers sont plus chauds, ils nous provoquent de plus en plus. Le frère d'un des enfants électrocutés était avec nous, comme d'habitude, en bas de son immeuble quand la police est arrivée avec ses flash-balls. Ils ont commencé à nous toiser pour finir par lui dire : « Toi, rentre chez ta mère ». Il a fait trois pas vers les flics pour leur parler, un des flics lui a dit : « Arrête ou je t'allume ». Nous nous sommes sauvés jusqu'au dixième étage, ils ont commencé à tirer des cartouches de gaz dans le hall. Ils ont enfumé la famille en deuil.

Il avait à peine terminé qu'elle lui en remit un autre :

Aéroport de Cotonou, 25 décembre. J'avais un très mauvais pressentiment et j'étais vraiment très mal à l'aise. À chaque fois qu'il va m'arriver quelque chose de mal, je le sens. Et là, mon sixième sens me disait que nous n'allions pas décoller. Je m'attendais vraiment à ce qu'il se passe quelque chose. J'ai même confié cette impression à l'une de mes collègues. Quelques instants plus tard, nous étions toujours dans l'avion, mais dans l'eau. Ceux qui étaient encore en vie étaient paniqués et criaient. Je n'ai pas eu peur parce que j'avais senti qu'un malheur allait se produire. Tout s'est passé très vite. Je dirais que deux minutes séparaient les moments du décollage et de l'accident. De l'endroit où je suis sortie de l'avion, je n'étais pas très loin du rivage. J'ai donc nagé pour regagner la terre ferme et sauver ma vie.

Il les rangea dans son portefeuille avec les précédents, puis se dirigea vers les escaliers. Il n'eut pas besoin d'utiliser le trousseau fourni par la négociatrice en immobilier. La porte avait été forcée, le studio inspecté dans ses moindres recoins. Le lieutenant contempla le désastre, les tiroirs renversés, le lit retourné, le matelas éventré. Il souleva les meubles à la recherche de l'ordinateur, de la clef USB dont Tristanne venait de lui parler. Apparemment, le visiteur avait tout emporté. Seule trace jugée sans importance, un dernier message énigmatique jeté dans la poubelle de la salle de bains :

Le 26 décembre, Rababa et son fils Hamed dormaient quand le tremblement de terre secoua violemment la petite ville de Bam, en Iran. Avant même d'avoir le temps de courir vers l'extérieur, leur maison s'est effondrée autour d'eux. Pendant quatre jours, ils sont restés emprisonnés jusqu'à ce qu'un voisin vienne à leur secours, creusant avec ses mains nues dans les décombres.

Il remonta à pied jusqu'à la rue de la Lune, près de l'ancienne poterne de la Poissonnerie, par où la marée, au petit matin, entrait jadis dans Paris. Une minuscule enclave presque provinciale, avec son square, son église, ses bandes d'enfants, à deux pas pourtant du flot ininterrompu des Grands Boulevards, de l'excitation de la rue Saint-Denis, de la réserve à bobos. De la cuisine, il apercevait la céramique publicitaire des établissements Castrique qui promettait un véritable « Dépoussiérage par le vide ». Il avait gardé l'appartement après le divorce, le départ d'Annabelle et des mômes, consacrant près de la moitié de ses revenus à payer une location dont il n'utilisait que deux pièces sur quatre. Tout était prêt pour leur retour. Déménager, ça aurait été s'avouer vaincu. Il se fit réchauffer un tajine, poulet-citron-carottes, préparé par la concierge marocaine qui s'occupait aussi de son linge et du ménage. Plus tard, il regarda un film policier à la télévision, comme on le fait d'un paysage de la fenêtre d'un train, incapable de se souvenir de l'intrigue, l'esprit totalement concentré sur le meurtre de Flavien Carvel. Le lendemain matin, après un passage dans les bureaux de la police judiciaire, Mattéo se présenta à la direction de la Financière des Victoires, la banque qui gérait les comptes de Carvel. Personne ne semblait au courant de la perte d'un client important, la veille, dans la rue des Degrés. Le conseiller personnel du disparu consentit, de très mauvaise grâce, à entrer dans son ordinateur le code secret qui permettait d'avoir accès aux informations sur les mouvements de fonds.

« Les avoirs nets de monsieur Carvel s'élèvent à près de quatre cent mille euros. Nous avons également garanti des transactions pour le double de ce montant. Des projets immobiliers. Je peux vous dresser un état au centime près…

— Je vous en remercie, mais ce qui me rendrait vraiment service, c'est de savoir d'où Flavien Carvel tirait ses revenus… D'après ce que j'ai compris, sa fortune est née assez soudainement. On peut s'interroger… Tout était légal, de votre point de vue ? »

Le financier allongea le cou à l'évocation d'un soupçon de blanchiment.

« Je ne vois pas ce qui vous permettrait d'en douter…

— Rien… Peut-être l'expérience… Je vous demande seulement de me rassurer. Ils venaient d'où, ces quatre cent mille euros ? »

Il tourna l'écran vers le lieutenant, fit défiler des dizaines de pages.

« De partout... D'Europe, des États-Unis, du Japon, de Russie, d'Afrique du Sud. Une centaine de pays, en tout... Le mois dernier, il a reçu près de dix mille virements via Internet avec une moyenne de trois euros par opération. Il vendait des temps de connexion, de l'accès à l'information... »

Mattéo prit son portefeuille dans sa poche, déplia le lambeau de papier trouvé sur le cadavre. « Ce genre-là ? »

Le banquier le pinça du bout des doigts, pour lire le message :

Tom Cruise a été aperçu, lundi dernier, rue de la Paix, dans le 2e arrondissement de Paris, en compagnie de la femme du candidat à l'élection présidentielle française, alors que les rumeurs de la séparation de la star américaine d'avec Katie Holmes font les gros titres de la presse people.

« Notre rôle se borne à vérifier la conformité des échanges avec les lois, à gérer les flux au mieux des intérêts communs de la banque et de ses clients. Nous nous interdisons la moindre intervention dans l'activité de ces derniers. Tout ce que je peux vous dire, c'est que monsieur Carvel tirait ses revenus de la vente d'informations sur le web. Rien de plus. Je tiens ces listings à la disposition du juge d'instruction.

— On attendra... »

Quand il sortit, un attroupement s'était formé rue Notre-Dame-des-Victoires. Une banderole aux couleurs de l'arc-en-ciel, arrimée aux grilles de la Bourse, annonçait l'érection de la « Borne Maudite ». Il se mêla aux badauds pour assister à l'inauguration d'une sorte de monument en forme de cercueil sur lequel étaient portés les noms de tous les dictateurs ou fauteurs de guerre du moment. Il s'éloigna quand retentirent les sirènes des voitures de police. Ses pas le portèrent vers le quartier de la confection. En remontant la rue Beauregard, il aperçut le patron moustachu du Mauvoisin qui astiquait son percolateur dans la pénombre, puis il refit lentement l'ultime parcours de Flavien Carvel jusqu'aux quatorze marches de la rue des Degrés. Les ouvriers de la voirie avaient effacé les traces du meurtre. Seul subsistait le souvenir du frottement du corps ensanglanté sur le mur aveugle, sous le panneau publicitaire émaillé des établissements Artex. Le lieutenant vint se coller à la paroi, comme pour épouser le placement de la victime. Il leva les yeux et remarqua alors quelques gouttes de sang, trente centimètres au-dessus de sa tête. Il se hissa sur la pointe des pieds pour constater qu'il y en avait encore un peu plus haut, sur le bord de la plaque où était inscrit « Artex diffuse Chaldée Créations, fabricant ». Il glissa l'extrémité d'un doigt sous le coin inférieur droit qui était légèrement soulevé, le fit jouer. Un objet minuscule, libéré de la pression du métal, tomba à

ses pieds. Il se baissa pour ramasser la clef USB
que Flavien avait eu la force de dissimuler avant
d'expirer. Dix minutes plus tard, Mattéo en copiait
le contenu sur son ordinateur. Deux icônes de
vidéos apparurent au milieu d'une dizaine d'autres
fichiers. La première était nommée « 11-09-01 »,
l'autre « Tom-Cécilia ». Il double-cliqua sur cette
dernière. L'acteur scientologue et l'épouse volage
marchaient en riant près de l'Opéra de Paris avant
d'entrer dans le Café de la Paix, bras dessus, bras
dessous. Des images anodines que seul un commentaire tendancieux parvenait à transformer en
idylle secrète. La seconde séquence, d'une durée
d'une minute également, était d'une tout autre
teneur. C'était visiblement filmé depuis une caméra
de surveillance équipée d'un zoom et posée au
sommet d'un bâtiment formant terrasse, dont on
apercevait un angle de la façade dans le mouvement de balayage de l'objectif. En face, on recon-
naissait l'architecture massive du Pentagone,
précédée par des jardins, des parkings, des voies
d'accès parsemées de guérites, pour les contrôles.
Après une quinzaine de secondes d'un lent balayage
de champ par la webcam, un objet blanc pénétrait
dans le champ, depuis la droite, traversait l'image,
allait frapper l'un des pans de la muraille de béton
pour s'y engloutir, comme absorbé par une immense
gerbe de flammes. Une horloge numérique indi-
quait la date et l'heure du crash : « 01-09-11/9 h 43
AM ». Le ralenti qui succédait permettait de
reconnaître le fuselage d'un Boeing 757 aux cou-

leurs d'American Airlines. C'était aussi évident,
aussi effrayant, que les documents d'actualité
montrant l'approche des deux avions qui allaient
percuter les tours jumelles. Mattéo ne se souvenait pas avoir vu un film d'une telle précision concernant l'attaque contre le ministère de la Défense
américain, à Arlington. Rien de ce que l'administration du président Bush avait mis à la disposition
du public pour contrer les thèses conspirationnis-
tes ne tenait la route, alors que là, sous ses yeux,
la réalité de l'explosion du vol AA77 n'appelait
plus le moindre doute. Il ouvrit les autres fichiers
qui contenaient plusieurs dizaines de textes sem-
blables à ceux retrouvés au hasard de ses investi-
gations sur Flavien Carvel, des témoignages sur
tous les fléaux qui avaient frappé la planète au
cours des derniers mois : tsunamis, tremblements
de terre, pollutions mortelles, attentats-suicides,
cyclones, éruptions volcaniques… Chacun des
extraits était accompagné de sa provenance, un
nom, un prénom, un contact téléphonique ou une
adresse mail suivi d'une somme libellée en euros.
La fuite éperdue d'un groupe de touristes devant
un nuage incandescent, aux Philippines, était cré-
ditée de trois cents euros, la confession d'un enfant
martyr du Hezbollah ceinturé d'explosifs coûtait
deux cents euros, tandis que les images d'un
vieillard emporté par une vague géante, en
Thaïlande, en valaient mille. Un seul paragraphe
était orphelin de son évaluation, celui relatant les
circonstances de la destruction des anneaux exté-

rieurs du Pentagone. Figuraient par contre les coordonnées de la source présumée du document : Fidel Hernandez. Cela pouvait correspondre au type élégant qui s'exprimait avec un léger accent espagnol dans la salle du café Mauvoisin, rue Beauregard, en compagnie de Flavien Carvel, juste avant qu'il ne se fasse poignarder près de la rue des Degrés. Il ne fallut que deux petites heures à son assistante pour obtenir l'adresse fournie par Hernandez pour son abonnement SFR, un hôtel situé près de la Bourse.

« Elle n'a pas l'air d'être bidon. J'ai pu vérifier l'activité de son portable au cours des trois derniers jours : plusieurs de ses appels ont été relayés par les bornes du secteur.

— Merci, Mélanie... »

Mattéo contourna le palais Brongniart pour remonter vers la Bibliothèque nationale. Le Royal Richelieu, encastré entre deux banques, affichait ses initiales dorées entrelacées sous les fenêtres des six étages d'un immeuble haussmannien. Le policier vint poser ses avant-bras sur la tablette de la réception. « Bonjour, je voudrais parler à monsieur Fidel Hernandez... Je n'ai pas le numéro de sa chambre... »

L'hôtesse d'accueil consulta l'écran des réservations.

« Désolée, je n'ai personne à ce nom...

— Il était encore là hier, à ce qu'on m'a dit... »

Elle pianota sur son clavier, interrogea plusieurs pages de planning. « Non, il n'y a pas eu de

"Hernandez" au cours des dernières semaines...
Aucun. »

Mattéo fit glisser sa carte de police sur le bois
verni. « Je ne peux pas vous expliquer, mais c'est
très important... Cet Hernandez est peut-être
descendu ici sous un autre nom. Très élégant, assez
petit, le visage rond, une pointe d'accent espagnol... »

L'hôtesse accompagna son haussement d'épaules d'une moue qui fit ressortir ses fossettes.
« Ça ne me dit rien... »

Mattéo pointa son index sur sa propre tempe.
« Il a une tache de vin, là, et il essaie toujours de
la dissimuler en ramenant ses cheveux dessus... »

Un sourire éclaira le visage de la jeune femme.
« Ce n'est pas monsieur Hernandez, c'est monsieur Herrera ! Vous vous êtes trompé de nom ! Il
est client chez nous depuis une semaine. Chambre
227, au deuxième. Vous voulez que je l'appelle ? »

Il immobilisa la main qui s'apprêtait à décrocher
le combiné. « Surtout pas. Donnez-moi le double de
ses clefs, je vais lui faire une surprise... »

Parvenu à l'étage, le lieutenant dégaina son
revolver avant de faire jouer la serrure. Hernandez, allongé nu sur son lit devant un film payant,
sursauta en entendant le déclic. Contre toute
attente, au lieu de chercher à se saisir d'une arme,
il plaqua ses deux mains sur son sexe. L'ouverture
du coffre à son nom, dans la chambre forte de
l'hôtel, permit de récupérer l'ordinateur et l'agenda
électronique de Flavien Carvel volés dans son

appartement provisoire, au-dessus des bureaux de Tristanne Dupré. Fidel Hernandez ne s'appelait pas davantage Herrera, mais Miguel Cordez. D'origine mexicaine, il habitait en France depuis une dizaine d'années, gagnant largement sa vie en mettant sur pied des escroqueries plus ingénieuses les unes que les autres. Le développement des sites proposant des vidéos amateurs payantes avait attiré son attention. Des machines trop grosses pour lui. Il avait jeté son dévolu sur un petit nouveau, Newscoop, créé quelques mois plus tôt par Carvel.

« Je connaissais pas mal de membres d'équipage. Dès qu'il y avait une catastrophe quelque part, je filais à Roissy ou à New York pour récupérer les photos ou les films auprès des premières personnes qui revenaient de là-bas... J'ai pu acheter des exclusivités pour presque rien sur le tsunami, sur Katrina...

— Le sujet tourné par la caméra de surveillance du Pentagone, il vient d'où ? »

Miguel Cordez avait approché sa main droite de sa tempe.

« Un cousin qui travaille dans une boîte de sécurité, à Washington... Il l'a piraté avant que les services ramassent tout le matériel pour le mettre sous embargo. Il en demandait cent mille dollars. Carvel a tout de suite donné son accord, sauf que j'ai appris qu'il négociait en sous-main pour le revendre six fois le prix...

— C'est de ça que vous discutiez, au Mauvoi-

sin ? Il n'a pas voulu céder, ni vous rendre l'enregistrement…

— Exact… »

En fin de journée, un conseiller spécial du
ministère des Affaires étrangères vint prendre la
vidéo montrant l'impact du vol AA77 sur le Pentagone afin qu'elle soit restituée aux autorités
américaines. La seule chose que le lieutenant
Mattéo se demandait encore, c'est ce qu'allait
faire la pocharde de la rue du Gaz avec tout le fric
hérité de son fils.

Les Batignolles

MÉMOIRE MORTE

Patrick Pécherot

Patrick Pécherot, né en 1953 à Courbevoie, publie son pre-
mier roman, Tiruaï *(Folio policier n° 379), en 1996. En 2002,*
il obtient le Grand Prix de littérature policière pour Les
brouillards de la Butte *(Folio policier n° 405), premier volet*
d'une trilogie sur le Paris populaire de l'entre-deux-guerres et
suivi de Belleville-Barcelone *(Folio policier n° 489) et de*
Boulevard des branques *(Folio policier n° 531). Parallèlement*
au roman noir, il alterne récits jeunesse, nouvelles et bandes
dessinées. Thème de prédilection : la mémoire sociale. Son
roman Tranchecaille *(Folio policier n° 581) lui a valu le prix*
« 813 » en 2009.

Je vais le tuer et j'ignore pourquoi. Non, ignorer n'est pas le mot juste. Je connais certainement la raison qui m'a conduit à braquer un pistolet sur sa poitrine. On ne fait pas ces choses-là au hasard. À n'importe qui. Enfin, je crois. À moins de n'avoir aucune éducation. Ce n'est pas mon cas. Ou d'être un *serial killer*. On dit cela, aujourd'hui, n'est-ce pas ? Peu importe, je ne suis pas un *serial killer*. Un état pareil doit vous laisser des traces. Un arrière-goût de sang, une odeur de mort. Elle remonte sans prévenir, comme de la bile qui reviendrait après une vilaine cuite. C'est un matin. Ces instants-là sont toujours des matins. Des aubes, exactement. La précision, c'est important. C'est l'aube, donc. Vous émergez d'un mauvais sommeil, tout empégué de nausée. Ouvrir les yeux, c'est parfois comme un haut-le-cœur. Dans la lumière incertaine, la forme gît sur le parquet. Tassée. Molle, forcément. Molle ? L'idée vous est venue parce que vous avez pensé à un ballot de linge. Vous pensez toujours à un ballot de linge. Vous avez pris ça dans un méchant bouquin et vous l'avez gardé, voilà. Autrement pourquoi ? Le corps recroquevillé au pied du lit est tout à fait rigide, vous le savez. Et froid. Ses muscles durcis, ses tendons pétrifiés. Ses veines aussi. Bleues sous la peau ivoire, elles font comme des cartouches de stylo dans lesquelles l'encre aurait séché.

C'est avant de vous coucher que vous l'avez assassiné. Vous ne l'aviez jamais vu, mais pour trouver le sommeil, il est des nuits où cela est nécessaire. Nul n'y pourra jamais rien. Au moins, vous savez pourquoi vous l'avez tué. Dormir. C'est une raison, non ? Valable, pour ainsi dire. Quand on a compté les tours de cadran des jours durant sans trouver le repos, on le comprend.

Mais lui, je ne me souviens même pas pour quel motif je vais l'éliminer. Souvenir ! Voilà le mot. Il existe une raison pour qu'il meure, mais je ne m'en souviens plus. Qu'il disparaisse est une nécessité. Il n'empêche, qu'il soit là, au bout de mon pistolet, et moi de l'autre côté, c'est embarrassant. Je ne peux tout de même pas lui demander pourquoi je le tue.

« Vous voulez me tuer, monsieur Robert ? Et pourquoi donc ? »

Voilà, on ne peut compter sur personne. Je ne lui aurais pourtant pas réclamé la lune. Il va mourir, alors, un renseignement en passant, ça lui aurait coûté quoi ?

« De la roupie de sansonnet !

— Pardon ?

— Oh, n'en rajoutez pas.

— À quoi, monsieur Robert ?

— À tout. La situation, votre air ahuri, vos questions idiotes…

— Ah, je comprends…

— Vous y avez mis le temps…

— Il est fatigué, n'est-ce pas ?

— Hein ?

— Il est en petite forme, aujourd'hui…

— Qui ?

— Cela arrive à tout le monde. Il veut se reposer un peu ?

— Mais, bon sang, de qui parlez-vous ?

— Prenez mon bras, je vous emmène au fauteuil. Et donnez-moi ce revolver…

— Pistolet !

— Ce pistolet. Il doit être très lourd.

— Pas du tout. Huit cent cinquante grammes. On voit que vous n'y connaissez rien.

— Bien.

— Il faut y ajouter le poids des balles, évidemment, ce qui doit nous mener, à raison de huit grammes par balle, plus douze par cartouche, aux alentours du kilo.

— Bravo !

— Ça va ! Je peux encore porter ça !

— Non, je disais bravo à cause de votre mémoire… »

Après tout, je dois peut-être le tuer parce qu'il est horripilant. À un tel degré, c'en est même éton-

nant. Regardez-le, il est content de lui, à présent.
Ce type est un crétin. Voilà une autre raison !

— Vous voyez, monsieur Robert, quand vous
vous concentrez, votre mémoire fonctionne. Il est
important de la travailler. Voulez-vous que nous
fassions quelques exercices ? »

Il est vraiment très con.

« Des exercices de tir ?

— Ah ! Je vous préfère comme ça. Quand il
plaisante, c'est qu'il va bien.

— Mais nom d'un foutre, de qui parlez-vous ? Il
n'y a que vous et moi dans cette pièce !

— Venez près de la fenêtre. Donc, votre revolver...

— Pistolet !

— Pardonnez-moi. Je ne suis pas très féru en la
matière.

— C'est un euphémisme...

— Bien, très bien. Votre pistolet pèse donc plus
de huit cents grammes...

— Un kilo dix. Il est chargé, n'oubliez pas...

— Pouvez-vous l'orienter différemment ? Merci.
Quelle en est la marque ?

— La marque, c'est un Luger. Parabellum, P08.

— Parfait !

— Oui, c'est une belle arme. Un peu capricieuse,
mais qui a fait ses preuves.

— Une pièce de collection...

— Les Américains donneraient un train de
chewing-gums pour en avoir.

— Les Américains ?

— Ceux qui n'ont pas eu la chance d'en ramasser sur le cadavre d'un Boche.

— Un Bo…Vous parlez de la guerre ?

— Il faut tout vous mâcher. Bien sûr, la guerre. Vous ne l'avez pas remarquée ?

— La… dernière guerre ?

— Comment voulez-vous que je sache ? On dit ça à chaque fois !

— 39-45 ?

— Encore un de vos jeux ineptes ? Vous souhaitez que j'additionne ? Que je soustractionne ? Trois et neuf : douze ; quatre et cinq : neuf… Qu'avons-nous là ? Une suite logique ?

— Vous êtes sérieux ?

— Jeune homme, je peux vous assurer qu'un Luger Parabellum P08 donne une foule d'envies, rarement celle de plaisanter.

— Je vous parle de la guerre à laquelle s'est livrée une bonne partie du monde de 1939 à 1945.

— Vous allez vite en besogne. L'Allemagne subit un sérieux revers, mais enfin, rien n'est joué. Du moins au point d'avancer une date. Tout aussi bien, vous pourriez dire 46, il me semble. D'ailleurs, ouvrez la fenêtre.

— La fenêtre…

— Allez, que voyez-vous ?

— Rien. Enfin, la rue des Dames…

— Assurément, la rue ! Mais encore ?

— Eh bien, des passants, des voitures, la queue à la boulangerie…

— L'éternel problème des tickets de pain…

« — Tickets de… ? Monsieur Robert, nous sommes en 2010, il est quatre heures et demie, c'est la sortie de l'école et la boulangère vend ses petits pains aux enfants comme… comme des petits pains, justement ! »

Je le tuerai demain. D'ici là, je me rappellerai pourquoi. Et je me serai reposé. Il m'a fatigué. Les gens qui vont mourir sont épuisants. Le commun des mortels n'est pas de la tarte, mais avec un pied dans la tombe, il devient invivable. À vous donner des envies de meurtre, si vous ne les aviez pas déjà. Lui, il a décroché la timbale. Un quart d'heure et il m'a crevé ! C'est le monde à l'envers. Je ne sais même plus ce qu'il est venu faire. Ni ce qu'il a raconté. Un moulin à paroles, il n'en sort que de la bouillie. Du malaxé. Une pâtée de mots à vous flanquer la pépie.

Pépie, du latin *pituita*, maladie des oiseaux caractérisée par la présence d'un enduit épais sur la langue. Se dit assez couramment de la soif. Elle n'est pas épatante, ma mémoire ? Ses trucs et ses machins enfouis comme des bricoles dans une malle d'osier. Ouvrez ! Farfouillez ! Dénichez votre bonheur ! C'est la pêche au trésor.

Pépie. Se dit de la soif. Soif, maladie des hommes caractérisée par la présence des mots restés sur l'estomac. Se soigne sur le zinc.

Celui de la Renaissance en vaut un autre. Sa devanture de travers comme une gueule, c'est à Pétain qu'il doit son nom. Le Maréchal et la

Révolution Nationale, le patron y voyait le signal
du redressement. Le retour des valeurs, du petit
noir et du blanc cassé. Du jaune aussi, couleur
d'anisette. Le jaune, il a surtout coulé sur les étoiles. Pour le reste, piquette frelatée et calva sciure
de bois. De guerre lasse, quand son gros pif a senti
les vents contraires, le mastroquet a décroché la
bobine à Pétain. Tout le monde a oublié le pourquoi de la Renaissance. Moi pas. La mémoire
morte, les souvenirs, c'est du lambeau de vie qui
s'accroche. Il en jaillit du fond des temps quand le
matin même s'évapore comme de l'eau. Pourquoi
celui-là ? La Renaissance rencognée rue des Dames.
Et celles qu'on y voit passer. Elles ne sont plus de
la première fraîcheur. Mais, quoi, pierreuse n'est
pas un état qui fait l'éternelle jeunesse.

« Un Cinzano !

— Je suis navré, monsieur, nous n'en avons pas.

— Un jour sans ?

— Je vous demande pardon ?

— C'est un jour sans alcool ?

— Je ne suis pas sûr de vous comprendre. Mar-
tini, cognac, Suze, je peux vous apporter ce que
vous voulez. À l'exception des boissons qui ne se
vendent plus.

— Ils ont interdit le Cinzano ?

— C'est amusant. Nous ne vendons pas de Cinzano parce que plus personne n'en achète.

— Depuis quand ?

— Je crois avoir servi le dernier, il y a... voyons...
vingt-cinq ans ?

— Vingt-cinq ans ?

— Et encore, il s'agissait d'une vieille bouteille et d'un bien vieux client.

— Un mandarin citron, alors...

— Je vois... Monsieur ne préférerait pas une absinthe ? Ou une cervoise ? Une bonne cervoise gauloise ? »

Son torchon à l'épaule, il est aussi assommant que l'autre. Le futur mort. À croire qu'ils se sont donné le mot. Si c'était le cas, il saurait peut-être pourquoi je dois le tuer. Mais ce n'est pas le genre de questions qu'on pose à un homme désorienté par l'idée d'un mandarin citron. Il lui faut du basique. Au ras du comptoir, pourrait-on dire.

« Garçon !

— Monsieur...

— Où sont donc passées ces demoiselles ?

— Quelles demoiselles ? »

Et voilà. Conciliabule au percolateur.

« Vous êtes le monsieur du quatrième ?

— Je n'ai pas compté les étages, mais ce doit être exact.

— Vous êtes sorti seul ?

— Oui. Enfin, ce n'est pas vraiment un exploit, cela se fait couramment, vous savez. D'ailleurs, je vais recommencer pas plus tard que tout de suite. Vous m'agacez avec votre air de Pierrot tombé de la lune. »

Un bistrot sans Cinzano, la rue des Dames sans dames, étonnez-vous que la mémoire soit sans souvenirs ! Ce n'est pas exact, du reste. Des souvenirs, j'en ai. C'est le plus curieux. Le quartier, par exemple. Je pourrais vous en raconter. Tenez, la rue des Dames, justement. Les bars, les meublés, les pavés où les chevilles se tordent et le ciel qu'on devine au-dessus des immeubles de guingois. Elle et les filles des rues, on croirait au rapport. Erreur, c'est aux religieuses qu'elle doit son nom. Elles l'empruntaient pour rejoindre leur couvent, là-haut, à Montmartre. Ça devait être au temps des mousquetaires et des chaises à porteurs. Parce que des religieuses, ici, je ne me rappelle pas en avoir rencontré. Des mousquetaires non plus. Des filles, oui. Des à bas résille et jupe fendue, avec leur dégaine lasse de trop d'invites. Les lèvres comme des braises qui ne voudraient pas mourir et des yeux qui ont tout vu. Les blanchisseuses aussi, c'était leur coin. Roses de peau, les cheveux fous dans la vapeur des ateliers, le corsage bâillant au mouvement de leurs bras nus. Et ces odeurs, à vous donner une faim du diable, avec des grosses envies de mordre à belles dents. Des besoins de miauler comme un chat de gouttière. Le sang bouillonnant dans les veines. Chaud, rouge et bien épais.

Le sang…

Il ne faudra pas oublier de le tuer. Mais qui ? Voilà que ça m'échappe. Cet homme à vélo, qui descend de la place Clichy, son cartable sur le porte-bagages ? Je ne crois pas. Le livreur de pizzas, peut-être. Je n'aime pas beaucoup la pizza. Ou

celui-là, qui marche rue Darcet... Il est sorti de
l'hôtel Bertha, au coin des Batignolles... La rue
des Batignolles, le square des Épinettes. Des noms
qui chantent. De vraies boîtes à musique. On les
remonte comme un boulevard. Et nous voilà
partis.

C'est la java bleue, la java la plus belle...

On est un soir d'été. Les pavés sont tièdes,
encore, de la chaleur du jour. L'air charrie des
senteurs de tilleul et de vin blanc. Ça vient de
Sainte-Marie. Les arbres de la place et les terrasses autour, comme des guirlandes. On a sorti les
tables et les chaises, et des barriques quand on a
manqué de tables. On s'est passé les bouteilles, le
petit cru au goût de pierre, la réserve du patron et
le mousseux qui fait chanter.

C'est la java bleue, la java la plus belle...

L'épicier a coiffé un casque de pompier, le
grand Marcel s'est dégoté une pétoire et le facteur montre fièrement deux grenades dans sa
musette. « Colis express », il dit. Et ça le fait rire.
C'était juste avant qu'il tombe. Pan ! Pan ! Une
volée de pigeons a masqué le ciel. Quelqu'un a
crié : « Un tireur embusqué ! » et les gens se sont
couchés par terre. Maintenant, on entend le siffle-
ment d'un train qui roule vers la gare Saint-
Lazare. Accroupi derrière un tonneau, je regarde

la vie quitter le petit facteur. Le sang s'échappe de sa poitrine. Il coule sur son brassard blanc, gorgé comme une éponge, où la croix de Lorraine s'efface.

C'est aujourd'hui. Ou hier. Nous sommes en août 1944.

« On est en 2010, monsieur Robert... » Sornettes, je sais ce que je vois. Un grand silence a recouvert la place. C'est la Libération et un brave gars vient de se faire trouer la peau.

Pan ! Pan ! Voilà que ça recommence. Une balle a fracassé la vitrine du bouquiniste. Il avait exposé un bel exemplaire des *Poèmes saturniens*.

> *Les sanglots longs*
> *Des violons*
> *De l'automne*
> *Blessent mon cœur*
> *D'une langueur*
> *Monotone...*

« Ils arrivent ! Ils arrivent. Les Américains seront bientôt à Paris. »

Dans la vitrine, Verlaine faisait comme un soleil.

Pan ! Une balle pour le poète !

Pan ! Pan !

« Oh ! Pardon. Je vous ai effrayé, monsieur. Ne craignez rien, je ne vais pas vous assassiner. Pas vous. Avant de vous croiser, je ne vous avais jamais vu. Tuer des gens qu'on ne connaît pas n'existe que dans les romans… Les romans ! Ça me revient. C'est à cause d'eux que je dois l'éliminer… Comment ? Mais non, je ne suis pas fou ! Restez courtois, monsieur. Après tout, je pourrais vous tuer aussi. Il n'y a que le premier pas qui coûte. Et à vous regarder, je crois que vous seriez un premier pas qui ne coûterait pas cher. Taisez-vous ! Vous ne valez rien. »

Quel imbécile ! Enfin… S'il fallait gaspiller une balle à chaque fois qu'on en croise un… À huit grammes de plomb par andouille, la farce serait hors de portée… Non. Je dois m'en tenir à l'essentiel. Et l'essentiel, c'est ce type qui doit mourir, rapport aux livres.

Un écrivain ? Les mauvais sont assommants. En supprimer un de temps en temps relève de la légitime défense. Mais je l'imagine mal en écrivain. Critique lui irait mieux. Cette façon qu'il a d'asséner son avis. « Bien. Un peu fatigué. Petite forme. » Est-ce qu'on tue un critique ? L'envie doit venir aux auteurs, mais je n'en suis pas un. Si tel était le cas, j'ai oublié ce que j'ai pu écrire, je ne suis donc pas impérissable. Or il ne s'agit pas de ma mort, mais de la sienne. Libraire ? Bibliothécaire ? Il me semble qu'il m'a prêté des bouquins. Je ne lui avais d'ailleurs rien demandé.

Me voici à Brochant. À gauche, en longeant le périphérique où poussait la zone, c'est le cimetière. À droite, la porte de Saint-Ouen, la plaine et le marché aux Puces. J'y viens souvent. Devrais-je dire j'y venais ? Un fripier. Nippes en tout genre, grolles éculées et, pour les initiés, du charbon, des jerricans tombés des entrepôts ferroviaires. On trouve de tout chez Riton de Clignancourt. Y compris, pour qui sait le demander, de la toile de parachute et des armes. Des Luger ?

Ils m'ont serré près de chez lui.

« *Papier, bitte !* »

Quand ils m'ont poussé dans la traction, j'ai eu le temps d'apercevoir le guichet du stade, le type à l'intérieur, sa casquette et son air gêné d'avoir vu ça. Plus jamais un match de foot, j'ai pensé. À cette seconde, il n'existait rien d'aussi important.

On a pris le boulevard Berthier. Dehors, la vie continuait. Au feu rouge, une femme à vélo m'a regardé avec une infinie tendresse. Vert. Le chauffeur a obliqué vers Malesherbes pour rejoindre l'avenue de Wagram. De beaux quartiers. Les façades sont cossues, les trottoirs larges. On y marche, tranquille, important, entre deux rendez-vous d'affaires qu'on brasse à grands gestes élégants. Il y a des rencontres, charmantes, de troublants cinq à sept et de gentils souvenirs. La voiture s'est rangée devant l'hôtel Mercedes, numéro cent vingt-huit. *Geheime Feldpolizei.*

Je me souviens de tout.

La pièce aux carreaux de faïence ébréchée. Les traces de sang sur le sol. La chaise métallique, l'ampoule nue, pendue à son fil électrique. La baignoire hideuse, sa tuyauterie obscène.

Ils ont parlé de Riton, des armes et des faux papiers.

« Qui donne les ordres ? »

Un type a ouvert les robinets de la baignoire. Il était tout à fait ordinaire. J'ai entendu l'eau couler à gros débit.

« On va te rafraîchir la mémoire ! »

Je ne me souviens de rien.

Quand je suis sorti du coaltar, ils fumaient en causant comme trois copains qui s'en racontent une bien bonne. Le gueuleton fin. Une adresse recommandable. La fille qu'on a eue la veille dans une maison tout ce qu'il y a de confortable. À deux pas du parc Monceau. Les pensionnaires très propres. L'hygiène, c'est essentiel. On en a tant vu se faire plomber dans les claques de bas étage.

Ils ne s'occupaient plus de la baignoire, ni de la chaise métallique, ni du sous-sol à l'odeur de mort. Ils ne s'occupaient plus de moi. Ils sont passés dans la pièce voisine. Ils étaient partis dans la senteur des marronniers, sur les belles avenues bien droites et joliment ombragées. Avec le parfum des femmes qui traîne encore dans le petit matin, au sortir du bordel si confortable et vraiment parisien. C'était trois bons amis qui causaient.

Il a fallu se convaincre de l'incroyable, franchir le couloir, gagner la lingerie à la porte ouverte sur la rue. Les ballots de draps et de serviettes maculées, comme des corps sans vie. Dehors, l'air n'avait jamais été plus vif. Et pourtant si doux et bon dans le soir d'été.

Il a fallu descendre l'avenue au pas du chaland, malgré le cœur qui bondit dans la poitrine. Au bout, la place des Ternes, les fleuristes, les nappes blanches de la brasserie La Lorraine. Et les marches du métro dévalées quatre à quatre parce que, maintenant, on est en train de s'en sortir.

Je me souviens de tout.

Tenez, le kiosque à journaux, là, au coin de la rue Balagny, je me le rappelle aussi. Dans sa boîte, le marchand ressemble à la marionnette d'un castelet. Son nez comme un cep de vigne.

Ah... Aujourd'hui, c'est un autre qui tient boutique.

« *Paris-Soir*, s'il vous plaît...

— C'est un journal ?

— Quelle question !

— Un nouveau ?

— En vingt ans, sa nouveauté s'est émoussée.

— Vingt ans... Il existerait depuis mille neuf cent quatre-vingt-dix ?

— Que chantez-vous là ? Mille neuf cent vingt-trois, voyons ! D'accord, j'ai arrondi. Ne chipotons pas. Il existe depuis vingt et un ans, ça vous va ?

— Vous ne confondez pas avec *Paris-Turf* ?

— Qu'aurais-je à voir avec les courses hippiques ?

— Si vous l'ignorez, ce n'est pas moi qui vous le dirais...

— Vous n'êtes guère obligeant.

— Rien ne m'y oblige. Ne montez pas sur vos grands chevaux.

— Vous êtes kiosquier, oui ou non ?

— Depuis trente ans, monsieur, et je n'ai jamais entendu parler de *Paris-Soir*. Ne serait-ce pas *France-Soir* ? Ou *Le Parisien* ?

— Bien sûr, le titre a dû changer avec la Libération. Il n'était plus très recommandable.

— La libération…

— Celle de Paris. Pour quelqu'un qui vend de l'information, vous semblez mal informé. Adieu, monsieur. »

Une chose est sûre, ce n'est pas lui que je dois tuer. Il n'ouvre pas ses journaux, il n'a pas pu me prêter de livres. On ne devrait jamais changer les kiosquiers. Ni les avenues. Celle de Clichy a son visage habituel. Poussiéreux de toute l'humanité qui bat la semelle, le même espoir usé en poche. Et les vitrines bon marché, les articles à cent sous, la quincaillerie de bazar, les gargotes à frites… Rien ne manque. Pourtant, je la reconnais mal.

> *… ni tout à fait la même*
> *Ni tout à fait une autre…*

Encore Verlaine. Est-il venu cité des Fleurs ? Les poètes y viennent tous, je suppose. Et moi, si rarement. Pourquoi ne veut-on jamais que je sorte seul ? Se perdre dans les rues est enivrant. On n'aime pas que je me perde. C'est stupide. On finit par vous retrouver. Ils vous retrouvent toujours. Le plus terrible, c'est de se perdre de l'intérieur. Ils nomment ça « égarement ». Mais ils disent souvent n'importe quoi. Que nous sommes en 2010, par exemple. Qui m'a servi ce bobard ? Celui que je dois tuer ? Il aura ce qu'il mérite. Il suffit de prendre le bon chemin. Par la cité des Fleurs, puisque le temps s'y est arrêté. Une longue allée, paisible, la glycine sur les murs, les jardinets et les demeures bourgeoises. Rien n'en trouble l'ordre. Ni le flux des autos sur l'avenue, ni la vie qui grouille aux carrefours. Ni le gros bouillonnement des trottoirs. À deux pas, on marche, on mange, on trime, on meurt, aussi. Mais jamais la rumeur ne pénètre jusqu'ici.

Peut-on mourir cité des Fleurs ?

Un chat s'étire au soleil. S'étirait-il quand les soldats sont venus ? Les pavés ont résonné du bruit de leurs bottes. Les camions vert-de-gris barraient l'allée. La porte de la maison enfoncée, les hurlements. À l'intérieur, ils sont pris au piège. Ils ne sont que trois. Deux et elle. Ont-ils tenté de s'enfuir ? Ont-ils résisté ? Se sont-ils dit adieu ? Maintenant, les soldats les tiennent en joue. Tout est mis à sac, les livres piétinés, les meubles renversés. Les tableaux jetés au sol. Et les cris, comme des aboiements. Pourquoi les soldats aboient-ils toujours ? Ceux-là ont tout de suite trouvé l'imprimerie cachée dans la cave. Ils étaient bien renseignés. Pour leur signifier qu'ils n'étaient plus rien, ils les ont frappés. Tous les trois. L'un après l'autre. Que s'est-il passé lorsqu'ils les ont emmenés ? Ils l'ont abattue dans la cour. Une rafale. Sèche. Elle est tombée dans les fuchsias. Elle avait vingt-cinq ans.

Nul n'a jamais revu les deux autres.
Qui se souvient ?
Mon Dieu…

« Mademoiselle !
— …
— Mademoiselle… S'il vous plaît…
— Vous êtes souffrant, monsieur ?
— Je voudrais rentrer chez moi.
— Vous vous êtes égaré ? Vous habitez loin ?
— Je ne sais pas. »

« Monsieur Robert, vous allez mieux ? Vous
voulez encore me tuer ?
— Ne me fatiguez pas avec vos questions.
Dites-moi plutôt si vous m'avez prêté des livres…
— Ah ! Vous vous en souvenez…
— Où sont-ils ?
— Sur le buffet. Vous les avez lus ?
— *Le Petit Vieux des Batignolles*… Je suppose
que vous avez pensé à moi…
— Qu'allez-vous chercher ? C'est à cause du
lieu. L'histoire se déroule près de chez vous. Savez-
vous que le roman d'Émile Gaboriau serait à
l'origine du genre policier ?
— Pas de quoi être fier. Et celui-là, *L'Homme
qui s'évada*. Albert Londres…
— Un immense journaliste…
— Grand bien lui fasse ! Il s'est évadé du
17e arrondissement ? Ce n'est pas sorcier, il suffit
de traverser l'avenue… À moins…

— À moins ?

— Qu'il ne s'agisse à nouveau d'une allusion...

— Qui sait ?

— À mon évasion de la *Kommandantur*, cette fois...

— Vous vous êtes évadé de la *Kommandantur* ? Vous ne m'en aviez jamais parlé...

— Vous n'avez pas eu besoin de moi pour l'apprendre.

— Je vous assure que l'ignorais.

— Oui ? Alors pourquoi ce livre ?

— L'évadé en question est un prisonnier que Londres a rencontré lors d'un de ses reportages sur le bagne de Guyane. Eugène Dieudonné.

— Connais pas !

— Un ouvrier typographe accusé d'avoir appartenu à la bande à Bonnot. Ces anarchistes qu'on surnommait « les bandits tragiques » à la Belle Époque. Un innocent, condamné au bagne à perpétuité. Son atelier était à deux pas, rue Nollet.

— Et celui-là... *Le Suspect*... Vous allez prétendre qu'il n'a aucun rapport avec moi...

— Aucun. Pourquoi y en aurait-il ? Je vous l'ai apporté parce que Georges Simenon a vécu ici, lorsqu'il est arrivé à Paris. À l'hôtel Bertha, il existe encore, vous devez le connaître...

— Foutaises ! Pourquoi m'avez-vous prêté ces livres ?

— Mais... pour faire travailler votre mémoire, sur les lieux, le quartier, son histoire...

— Travailler ma mémoire...

— Monsieur Robert, pouvez-vous poser ce revolver ?

— Pistolet, nom de Dieu ! Pistolet ! Luger Parabellum P08. Vous êtes orthophoniste, au lieu de m'imposer vos exercices stupides, faites-les vous-même, vous en avez besoin…

— Monsieur Robert, s'il vous plaît, votre pistolet…

— Orthophoniste… Vous êtes l'orthophoniste ?

— Bien sûr… Je viens chaque semaine… Baissez cette arme…

— Celui que je dois tuer… Ce n'est pas vous… Vous n'avez pas parlé, n'est-ce pas ?

— Parlé ?

— Vous êtes trop jeune. Quel âge avez-vous ?

— Vingt-six ans…

— C'était le mien lorsqu'ils m'ont arrêté. Les cartes d'identité chez Riton… C'était l'affaire d'une heure. Je suis sorti de leurs pattes deux jours plus tard… Un miracle. C'est ce qui a paru louche à notre réseau. Mais quoi, j'aurais dû crever là-bas parce que des bourreaux ont eu un instant de distraction ? Parce qu'une lingère a laissé ouverte une porte qui jamais n'aurait dû l'être ? Parce que le destin m'a fait une fleur ? J'ai été blanchi, oui ou non ?

— Calmez-vous…

— Mon Dieu…

— Monsieur Robert !

— Je me souviens de tout… Ils n'ont pas eu besoin de me toucher. La baignoire… Je me suis évanoui avant qu'ils m'y plongent... Quand je suis revenu à moi, j'ai parlé... J'ai dit tout ce que je savais... Et j'en aurais raconté davantage si je l'avais pu.

— ...

— Vingt-six ans. J'avais vingt six ans. Avez-vous déjà senti l'odeur de la mort au fond d'une cave immonde ?

— Non... Je... Personne ne...

— Ils m'ont laissé filer... Je devais continuer à leur livrer des renseignements... Quelques jours plus tard, les Américains débarquaient...

— La guerre est finie, monsieur Robert.

— Pas encore... Laissez-moi seul. Je suis fatigué.

— Voulez-vous me donner votre revolver ?

— Pistolet... Pensez aux exercices, jeune homme, la mémoire est une étrange mécanique.

— Monsieur Robert... Que faites-vous ?

— Je sais, maintenant, qui je dois tuer. C'est un garçon de vingt-six ans. Non, pas vous, soyez tranquille à présent. Celui dont je parle ne me quitte pas. Voilà plus de soixante ans qu'il ne m'a pas quitté. Le temps n'a aucune prise sur lui.

— S'il vous plaît...

— Vous le voyez ? Il est devant vous. Moi, chaque matin, je l'ai vu dans mon miroir. Il m'a hanté chaque nuit, sans espoir de sommeil. Il avait fini par s'assoupir mais vous l'avez réveillé avec vos bouquins et vos bonnes intentions.

— Je ne savais pas... Je vous le jure...

— À présent, je dois en finir avec lui...

— Je vous en prie... Votre mort ne changera rien... C'était il y a si longtemps.

— "Je me souviens des jours anciens..." Connaissez-vous Verlaine ? C'était hier. C'est aujourd'hui. Sortez.

— Je ne vous laisserai pas faire une bêtise.

— Allez au diable...

— Monsieur Robert !

— Je vous y attends. »

Bastille-Oberkampf

бесценный[1]

DOA

DOA, Dead On Arrival. *C'est le titre d'un film noir de 1950, un sigle emprunté au vocabulaire médico-légal ou le nom d'un group punk canadien. Parfois les gens pensent que c'est pour* Dead Or Alive, *mais c'est faux. Une Doa, c'est encore une Incantation, après une prière pour les morts. DOA et la mort, vieille histoire. Très noire. DOA est l'auteur de* La ligne de sang *(Folio policier nº 453),* Citoyens clandestins *(Grand Prix de littérature policière 2007. Folio policier nº 539) et* Le serpent aux mille coupures *(Folio policier nº 646).* L'honorable société, *écrit avec Dominique Manotti, a reçu le Grand Prix de littérature policière 2011.*

---

1. Précieuse.

Le bureau dans lequel j'étais assis se trouvait au dernier étage du bâtiment, sous les toits. *Côté cour*, avait précisé, à notre arrivée, un officier de police au timbre ironique et fatigué. Il faisait partie du groupe de trois qui m'avait accompagné du lieu du drame jusqu'à l'Hôtel-Dieu, pour la visite médicale de rigueur. Là-bas, une infirmière avait nettoyé le sang séché sur mon visage avant de céder la place à un interne. Lui avait jugé mon état *compatible avec la garde à vue* après m'avoir fait passer une radio du rachis, puis posé des points de suture douloureux. J'avais une longue entaille à l'arcade sourcilière gauche, avec un premier hématome sous l'œil, un autre à droite de la bouche et un derrière la tête, à la base du crâne. *Rien de bien méchant*, avait dit le médecin.

C'était il y a une demi-heure et le jour se levait de l'autre côté de la fenêtre de la salle d'examen. Après ces soins et quelques prélèvements, on m'avait conduit au Quai des Orfèvres. À présent, je voyais le ciel bleuir à travers un vasistas barré d'acier.

« Ils ont installé ça à cause de Durn. » Le cynique, que les deux autres appelaient *Sydney* et traitaient comme leur chef, avait dû suivre les errances de mon regard pas encore tout à fait sobre.

Je me tournai vers lui.

« Pardon ?

— Durn, le tireur fou, en 2002.

— Je n'habitais plus en France.

— Ah. Un forcené qu'on avait arrêté... » Il poursuivit sa conversation mais elle ne m'intéressait plus. « ... qui s'est foutu en l'air par un velux comme celui-là, mais dans un autre bureau, en face... »

Mes yeux dérivaient sur le décor gris et administratif qui m'entourait. Deux petites pièces en enfilade, ouvertes sur un couloir éclairé au néon. Un monde différent du mien, décrépit, hostile.

« Il venait de faire des aveux complets... »

Les murs, dont la peinture neutre avait connu des jours meilleurs, étaient recouverts de documents administratifs, cartes et trophées de guerre. De quelques aquarelles élégantes aussi, mais uniquement derrière *Sydney*. Peintes par lui sans doute.

« Les barres, elles ont été mises là juste après. »

Il y avait une plante verte en manque de lumière dans un coin, un *rack* de radios portatives en charge, plusieurs armoires métalliques surmontées d'emballages de whiskies, uniquement des *single malts* — les occupants des lieux étaient des connaisseurs — et six bureaux encombrés, avec chacun leur PC d'un autre âge, qui remplaçait la batteuse d'antan.

« Depuis quand vivez-vous à l'étranger ? »

Sans oublier les trois flics. Un en face, *Sydney*, petit avec son costume croisé trop grand pour lui et sa pipe ; un sur ma droite, au clavier, qui se prénommait apparemment *Yves*, grand et mince, légèrement voûté, tout en jeans ; le dernier dans mon dos, toujours silencieux. Lui, je n'avais pas entendu son nom mais, comme il portait une chemise mauve siglée d'un joueur de polo, il s'était de suite retrouvé affublé du sobriquet *Ralph*, dans ma tête.

« Sept ans. »

Enfin, j'étais présent moi aussi. Physiquement du moins, parce que pour le reste, je vivais tout ça de loin, pas concerné, avec l'impression de ne pas être là, dans les arrière-cuisines défraîchies du fameux 36, pour essayer de débrouiller ce qui s'était passé cette nuit.

« À Londres ? » *Sydney* fit un léger mouvement du menton à Yves, pour lui signifier de se tenir prêt tandis que je lui répondais d'un acquiescement silencieux. « Monsieur Henrion… Valère, c'est ça ? »

Nouveau hochement de ma part. Valère Henrion. Un nom étrangement familier. Le mien. Dans la bouche d'un inconnu, policier de surcroît. *Reality check*, je regardai mes mains entravées. La gravité de ma situation me frappa subitement, me suffoqua presque. Ceci n'était pas un entretien amical. Ces types me traitaient comme un suspect. Je déglutis. « Est-ce que je n'ai pas droit à un conseil ? » Pitoyable.

Sydney feuilletait mon passeport. « Vous voyagez pas mal, dites donc. » Ce n'était pas une question et sa voix avait perdu toute sa lassitude chaleureuse. Il releva le nez vers moi. « L'avocat, c'est plus tard, d'abord, on discute entre nous. Ce loft, place de la Bastille, celui où on vous a retrouvé, à qui... » Il ne termina pas sa phrase.

« Il est à un ami, Marc Dustang. Il me l'a prêté pour quelques jours.

— C'est gentil de sa part. Pas sûr qu'il recommence de sitôt. » Sourire.

Un instant, j'entrevis la chambre de Marc et ses murs clairs constellés de rouge.

« Et il est où, ce Marc Dustang ?

— À New York, pour deux semaines.

— Pour ?

— Ses affaires, je suppose.

— Vous, vous êtes venu faire quoi, à Paris ? »

Je soupirai, traversé d'une tension qui refusait de refluer, agacé par ce qui allait suivre. Je n'avais envie que d'une chose : m'enfermer dans le noir et remettre de l'ordre dans mes idées.

« Travailler. Je rentre de la *Fashion Week* de Milan et j'enchaîne sur celle de Paris. Septembre-octobre est une période assez lourde pour moi. Toutes les capitales de la mode sont en transe, je bosse beaucoup.

— Vous êtes quoi déjà ? Ah oui, *sound... designer* ? » *Sydney* attendit, regarda ma jambe droite qui s'agitait, nerveuse, incontrôlable.

Je cédai à nouveau.

« C'est ça. Je conçois des bandes-son pour les défilés. Parfois, je mixe pour des soirées privées de créateurs.

— Et ça paye bien ?

— Assez, oui.

— C'est comme ça que vous avez rencontré mademoiselle Ilona… » Il consulta ses notes. « Vladimirova ? Elle aussi faisait partie de ce milieu, non ? Et pas que de celui-là, d'ailleurs.

— Je ne comprends pas.

— Voyons, monsieur Henrion, vous voulez me faire croire que vous ne saviez pas comment votre amie gagnait sa vie ? Même nous, on le sait. Je vois là… » De l'index, il montra le moniteur de son PC, « … qu'elle a déjà croisé certains de nos collègues plusieurs fois.

— Ce n'est pas mon amie et non, je ne le sais pas. » J'avais du mal à parler d'elle au passé. « On ne se connaissait pas… » Dans mon dos, *Ralph* pouffa. « Vraiment. »

Sydney m'adressa un sourire condescendant. « Vous avez été plutôt intimes pour des gens qui ne se connaissaient pas *vraiment*. À moins que vous ayez payé pour la sauter, ce qui voudrait dire que vous saviez parfaitement à quoi vous en tenir à son sujet. Qu'est-ce que je suis censé croire, moi ? »

Je cherchai mes mots pour lui répondre mais ne parvins qu'à recracher la vérité, si désuète : « Écoutez, j'ai rencontré cette jeune femme hier soir pour la première fois de ma vie. J'avais déjà entendu parler d'elle, mais je ne l'avais jamais vue avant.

— Ah, et comment aviez-vous entendu parler d'elle ?

— Par sa meilleure amie, une de mes ex.

— Son nom ?

— Yelena Vodianova.

— Tu donnes beaucoup dans la poule russe, Valère. »

Ralph s'invita dans la discussion : « *Mannequin* aussi je suppose ? »

Je hochai la tête sans me retourner ni relever la saillie. *Sydney* reprit la main :

« Où habite-t-elle ?

— Yelena ? À Milan. Elle est mariée, avec un gosse. Elle bosse toujours et on se croise parfois au moment des collections. Je lui ai dit que je devais passer par Paris, alors elle m'a demandé de prendre contact avec Ilona.

— Pour ?

— Lui donner un cadeau. Raté d'anniversaire, je crois, ou quelque chose comme ça.

— Quel genre de cadeau ?

— Je n'en sais rien. Il était emballé et j'évite de fouiller dans les affaires des gens. Je peux juste vous dire qu'il n'était pas très volumineux. Ni très lourd. »

Des deux mains, je mimai la forme d'une boîte de vingt centimètres de long sur dix de large et dix de haut.

« Et vous ne l'avez pas interrogée sur la nature du cadeau, votre Yelena ?

— Non.

— Vous n'êtes pas très curieux.

— Je ne suis pas flic.

— Ni très prudent. » *Ralph*, à nouveau, agressif. « Elle aurait pu te faire passer de la came en douce. T'es sûr que tu ne sais rien du contenu de ce paquet ? Il est encore temps de…

— Oui, je suis sûr. Et je n'ai aucune raison de me méfier de mes ex. » Cette réponse, défi stupide et gratuit, sonnait creux à mes propres oreilles. Si je me sortais de ce guêpier, il y avait peu de chance que je refasse confiance à qui que ce soit.

« Vous avez ses coordonnées, à cette fille ?

— Dans mon portable, à *Yelena.* »

Sydney repéra l'appareil au milieu de mes effets personnels, sur son bureau. Il le jeta à *Ralph* qui s'éloigna dans la pièce voisine.

« Donc, vous avez pris contact avec Ilona, et ensuite ?

— Nous nous sommes retrouvés dans le onzième. »

Je me revis entrant dans ce bar, près du Cirque d'Hiver, où Ilona m'avait donné rendez-vous à vingt-deux heures, le Pop'in. Il était plein d'une foule jeune, *hype*, en plein *revival glam pop-rock*, de bruit et de fumée. Les Von Bondies, en fond sonore, chantaient « Pawn Shoppe Heart », un morceau que j'avais utilisé pour clore un défilé, deux ans plus tôt. Et puis elle, au comptoir, per-chée sur ses sandales Jimmy Choo à talons hauts, leggings noirs, minijupe en jeans, chemise blanche ouverte sur un débardeur en strass, sous la veste militaire de rigueur. Elle parlait avec le barman, sans vraiment faire attention à lui, le coude posé sur un casque de scooter rose, et dominait la salle de son regard bleu très pâle surligné de noir. Pas difficile de la reconnaître, Yelena me l'avait montrée en photo.

Elle aussi m'avait capté, trop vieux et pas raccord avec le look de la clientèle. Je m'étais approché, elle m'avait salué vite fait, dans un français aux *r* très roulés, sans chaleur, à peine polie, avait accepté un autre verre puis récupéré son cadeau d'un geste sec, avant de le fourrer dans son sac. Sans l'ouvrir.

« Étrange, non, qu'elle n'ait pas voulu voir ce que c'était ? » Yves lâcha son clavier quelques secondes.

Je haussai les épaules. Sur le moment, cela m'avait intrigué. Mais l'attitude hautaine de cette fille ne m'avait guère donné envie de chercher à comprendre ou de m'attarder dans ce bar. J'étais fatigué après ma semaine milanaise et l'idée de passer une soirée tranquille avant d'enchaîner sur une autre *week* d'enfer me séduisait plutôt. Très vite, d'ailleurs, Ilona m'avait fait sentir qu'elle voulait partir et s'était levée de son tabouret, sans même attendre que j'aie fini ma bière. Sur un *au revoir* du bout des lèvres, elle avait pris son casque et rejoint la porte d'entrée, qui donnait rue Amelot, pour se figer brusquement, la main sur la poignée. Après avoir fait volte-face, elle était revenue vers moi, tout sourire. Et elle était vraiment belle, lorsqu'elle souriait.

Un peu surpris, j'avais jeté un coup d'œil dehors, aperçu quelques passants, surtout un type baraqué, un peu plus âgé que moi, l'air pas commode et vêtu d'un trois-pièces noir. Mais il avait détourné la tête en me voyant le regarder et, le temps que j'interroge Ilona, il avait disparu. Elle-même avait choisi de jouer la repentance pour se faire pardonner son attitude.

« Elle s'est repointée comme ça, en s'excusant ?

— Oui. C'était une fille bizarre.

— Et l'homme en costard, vous lui avez demandé si elle le connaissait ? »

Hochement de tête. « Elle a prétendu que non. Sur le moment, je n'ai pas vu de raison de ne pas la croire. »

Sydney ne parut pas convaincu mais poursuivit.

« Et ensuite, vous avez fait quoi ?

— Elle m'a proposé de dîner. On est sortis du Pop'in et on est allés à Oberkampf. »

En fait, cela ne s'était pas exactement passé aussi simplement que ça. Après avoir discuté encore une demi-heure à l'intérieur, Ilona m'avait fait monter à l'étage pour redescendre ensuite dans la salle de concert du bar. Là, on avait zigzagué entre les tables bondées pour quitter les lieux par une issue de secours qui donnait sur une cour intérieure et, après la cour, sur Beaumarchais.

« Et sa bécane ?

— Sa bécane ?

— Oui, vous avez dit qu'elle avait un casque, c'était juste pour faire joli ?

— Non, elle avait un scooter, mais elle a préféré y aller à pied. »

Parce que son deux-roues était garé devant le bar. Je ne comprenais que maintenant le but de cette manœuvre et la méfiance paranoïaque d'Ilona, qui s'était sans cesse retournée sur le chemin. Hier soir, j'avais mis ça sur le compte de son *originalité :* toutes les Russes que je croise dans mon métier sont un peu *originales*. En fait, elle voulait à tout prix éviter la rue Amelot et les gens qui l'y attendaient.

« On a marché une trentaine de minutes, fait le tour par République, remonté Faubourg-du-Temple jusqu'à Saint-Maur, puis on a pris à droite pour rejoindre Oberkampf et le restau, le Café Charbon, vous connaissez ? »

Sydney ne réagit pas mais je saisis le *oui* de la tête d'Yves, sur ma droite, et son commentaire à propos de mon inconscience à me balader un samedi soir dans ce genre de quartier avec une *fille pareille*.

J'entendis un bruit dans mon dos, *Ralph* revenait.

« Pas de réponse au numéro indiqué, Valère. » Sa voix fut d'abord très proche, maîtrisée, puis j'eus l'impression qu'il se redressait pour s'adresser à son chef : « J'ai obtenu les collègues sur place. Il y en avait un qui parlait anglais et je lui ai demandé de faire des vérif'. Il va rappeler.

— Continuez, monsieur Henrion.

— On a mangé, parlé un peu, il y avait du monde. Ce n'était pas très bon.

— Toujours pas d'ouverture de cadeau ?

— Non.

— Finalement, cette brave Ilona n'était pas si désagréable que ça.

— J'ai fait ça pour Yelena, parce que c'était sa meilleure amie. » Et peut-être un peu pour moi, pensai-je sans rien dire.

« Serviable, avec ça. »

Ilona avait insisté pour que nous prenions place dans le fond, près d'un grand miroir. Elle s'était assise de façon à tourner le dos à la vitrine du bistrot. Pour surveiller ses arrières sans risquer d'être reconnue de l'extérieur. Ça me frappait maintenant, alors que je me remémorais la soirée. Pendant le repas, elle avait appelé un numéro de son portable plusieurs fois, sans que personne ne décroche. À bien y réfléchir, elle avait aussi fait ça pendant notre balade improvisée. À chaque coup de fil avorté, elle était apparue plus tendue. Moi, j'en apprenais un peu plus sur elle, parce qu'elle baissait sa garde. En fait, je devinais plutôt, je captais les signes. J'avais déjà entendu d'autres histoires du même genre et je n'avais pas de mal à combler les blancs.

Comme Yelena, elle était arrivée à Paris vers quinze ans, laissant derrière elle une vie merdique et sans avenir, dans un pays délâbré et corrompu. Prête à tout pour se faire une place au soleil. Une jolie gamine comme tant d'autres, que des agences peu scrupuleuses, qui s'appuyaient sur d'anciens mannequins aux mêmes origines, plus âgées et devenues de véritables maquerelles, avaient bringuebalée de capitale en capitale. Sans jamais oublier de lui ponctionner un max de blé. Agences qui n'avaient pas hésité à l'envoyer sur des plans foireux lorsqu'elle avait commencé à vieillir et donc à moins bien tourner.

Bien sûr que je me doutais de ce qu'Ilona faisait pour arrondir ses fins de mois. J'avais un pied dans le milieu et, même si je ne m'adonnais pas à ces pratiques, je les connaissais bien. J'en croisais beaucoup, des filles dans son genre. Un temps, j'avais pensé que Yelena faisait la pute de luxe, elle aussi. Elle me parlait tellement peu de sa vie, à l'époque, que j'avais fini par me méfier d'elle. Elle n'avait pas compris mon attitude et notre histoire avait capoté. Lorsque j'avais réalisé que cette discrétion n'était que de la pudeur et de la honte, elle était déjà partie ailleurs, pour bosser avec d'autres gens et refaire sa vie. C'était il y a six ans, peu après mon arrivée à Londres. Depuis, on était quand même restés en contact et cela m'avait au moins donné l'occasion de m'excuser, d'essayer d'être un ami un peu meilleur.

C'était probablement à cause de cela, pour un vieux fond de culpabilité mal digérée, que j'avais accepté de rendre service à Ilona à la fin du repas.

« Alors comme ça, elle vous a demandé d'aller

chez elle tout seul, et vous avez dit oui, sans hésiter, sans explication ?

— Bien sûr que non !

— Et donc ?

— Je ne me souviens plus ce qu'elle m'a raconté, je… je suis fatigué.

— Avec tout ce que tu t'es envoyé ? » *Ralph* se rappelait à mon bon souvenir.

Je ne pouvais rien répliquer. Inutile d'essayer de justifier la coke, je l'avais prise volontairement, comme un con. Le reste, on me l'avait fait ingurgiter de force. Mais mes trois interrogateurs ne semblaient pas prêts à me croire.

« Donc, vous avez accepté, et ?

— Et je suis sorti du Charbon… »

Dans la faune du samedi soir, un peu nerveux et pas très encouragé par la *clientèle* locale. J'avais connu le quartier Oberkampf plus branché, plus lisse, en plein renouveau, quelques années plus tôt. Là, c'était juste redevenu n'importe quoi, avec encore plus de bars et de restaurants.

L'immeuble où se trouvait l'appartement d'Ilona et de sa colocataire était dans une impasse privée, non loin du bistrot, fermée par un portail grillagé. Ce que l'on appelait une *cité*, dans le onzième, le genre de venelle où les artisans avaient leurs ateliers avant. Ces derniers avaient disparu depuis longtemps, remplacés par des logements un peu bohèmes, très chers, pour mannequins, photographes et artistes en tous genres. Ou par des HLM. La mixité sociale à l'œuvre.

« Il n'y avait pas beaucoup de lumière dans la cour et personne en vue. » J'étais resté un moment dehors, à écouter les bruits d'une fête, sous les toits, et à regarder les gens, dans la rue, de l'autre côté de la grille. « Je suis monté au second, j'ai trouvé l'entrée qu'Ilona m'avait indiquée, sur le palier, et j'allais frapper quand j'ai entendu le cri. »

Jamais je n'avais été confronté à une telle souffrance. Un hurlement terrible, entrecoupé de gargouillis profonds et de sanglots.

« C'était une fille, je crois. J'ai pensé que ce devait être la colocataire d'Ilona et j'ai failli essayer d'entrer mais…

— Mais ? » *Sydney* s'était penché vers moi.

« Deux hommes se sont mis à parler à l'intérieur, en russe. Il y a eu des coups puissants, d'autres gémissements de douleur. Même à travers… Je… J'avais l'impression de sentir les impacts.

— L'adresse ! Grouille ! »

Je la donnai à *Ralph*, de mémoire, en me retournant cette fois. Impossible de l'oublier, après ce que j'avais perçu derrière cette porte. Il alla téléphoner à côté.

« Vous avez fait quoi, après ?

— Je suis parti. »

Courage, fuyons. Yves secoua la tête derrière l'écran de son ordinateur.

« Je… Je voulais le dire à Ilona, lui demander sa clef, prévenir quelqu'un, ramener du monde. » J'essayai de m'expliquer mais c'était inutile. « Et vous, vous auriez fait quoi à ma place, hein ? Je

n'étais pas armé, je ne sais pas me battre. » Je
baissai la tête. « J'ai eu peur. »

Le silence retomba sur le bureau pendant quelques secondes. Ils me laissèrent me débrouiller
avec ma honte. Je sentais leurs regards moqueurs
sur moi.

« Vous êtes parti, et alors ? » *Sydney*, l'humiliation avait assez duré.

Je redescendais quand j'ai croisé le type aperçu
devant le Pop'in. Il tenait un sac McDo. On a été
surpris tous les deux, mais lui ne m'a pas reconnu.
Enfin, pas tout de suite. Il m'a juste détaillé de la
tête aux pieds lorsque je suis passé à côté de lui,
sans me précipiter, en essayant de garder mon
calme. Je courais déjà dans l'impasse lorsque je
l'ai entendu gueuler dans l'escalier. Des noms, je
pense, au moins un : Victor.

« Ses copains, dans l'appartement ?

— J'ai pas cherché à le savoir. Je me suis dépê-
ché de rejoindre le Charbon et Ilona. Elle a compris qu'il y avait un problème dès qu'elle m'a vu
entrer.

— Pas con, la petite. Ensuite ?

— Ensuite, elle a refusé de me suivre dehors.

— Pourquoi ?

— L'instinct, je suppose. La menace était derrière moi. Elle m'a embarqué dans les toilettes et,
de là, dans la boîte de nuit attenante, le Nouveau
Casino. »

À peine entrée, elle avait fait un truc qui m'avait
dérouté. Elle s'était dirigée vers le vestiaire et y

avait déposé son sac à main. Mais pas son casque. Puis elle m'avait confié le ticket que lui avait remis la fille qui s'occupait des fringues. Mais ça, je ne le leur dis pas.

« Vous avez fait quoi, une fois à l'intérieur ?

— Elle m'a entraîné vers le bar, au fond. On s'est noyés dans la foule et on a attendu. Elle refusait de m'écouter. Je sentais qu'elle était morte de trouille et ça commençait à me faire paniquer aussi. Je voulais appeler quelqu'un.

— Qui ?

— Vous, la police. Qui d'autre ?

— Pourquoi ne pas l'avoir fait ? »

Derrière moi, d'autres flics firent leur entrée dans le second bureau. *Ralph* se mit à leur parler et je compris qu'il s'agissait de ceux qui étaient restés chez Marc lorsque nous étions allés à l'Hôtel-Dieu. Ils échangèrent des informations à voix basse.

Sydney revint à la charge.

« Pourquoi ne pas nous avoir appelés, monsieur Henrion ?

— Elle m'en a empêché. Elle ne voulait pas que je sorte pour téléphoner et, à l'intérieur, je ne captais rien. En plus, je n'entendais rien, avec la musique.

— Un peu facile.

— Pour vous peut-être. De toute façon, je n'aurais pas eu le temps.

— Pourquoi ?

— Le mec de l'escalier est apparu dans la boîte,

avec un autre, du même genre que lui, plus vieux.
Ilona les a vus d'abord, moi juste après. Eux n'ont
pas tardé à nous repérer et à bousculer tout le
monde pour nous rejoindre.

— C'est là qu'ils vous ont coincés ?

— Non. » Je fermai les yeux et me passai une
main sur le visage pour m'aider à conjurer mes
souvenirs. Soudain, je ricanai.

« Quoi ?

— Il y avait un concert, plus tard, ce soir-là, au
Nouveau Casino, et ils passaient les Franz Ferdinand pour faire patienter les gens. "Auf Achse",
vous connaissez ? »

Sydney fit non de la tête.

« Laissez tomber. Il y avait trois Blacks à côté
de nous au bar. Ils mataient Ilona depuis notre arrivée, alors elle est allée les voir pour leur demander une clope. Les deux Russes se sont pointés, le
premier lui a attrapé le poignet et l'a retournée
violemment. Elle l'a giflé. »

Ensuite, tout était allé très vite. Le mec avait
voulu lui en balancer une en retour, mais un des
Blacks l'avait repoussé, brutal. Ils avaient tous
commencé à se battre et Ilona et moi étions sortis,
profitant de la confusion.

Dehors, il y avait une Mercedes noire qui attendait, avec un troisième homme. Heureusement,
elle était garée de l'autre côté de la rue, dans le
mauvais sens. Il nous avait vus, mais le temps de
réagir et de descendre de sa caisse, nous étions déjà
loin, à dévaler Oberkampf au milieu des fêtards

du samedi soir. Je me souvenais qu'Ilona avait viré ses Jimmy Choo pour courir, que nous avions pris des transversales puis étions descendus vers le Cirque d'Hiver, pour récupérer le scooter. Une erreur. Entre-temps, les trois Russes s'étaient regroupés et, sans hésiter, voyant la direction qu'on avait suivie, étaient retournés vite fait au Pop'in.

La Mercedes avait surgi dans la rue Amelot au moment où Ilona démarrait. Sans hésiter, elle avait filé sur le trottoir pour tenter de semer la voiture, plus puissante.

« Là, j'ai vraiment eu peur. Je n'avais pas de casque et on a pris plein de sens interdits, des petites rues. On a failli renverser plusieurs personnes. » Je secouai la tête. « Je crois qu'on a battu le record de vitesse de traversée du onzième. Mais on n'arrivait pas à les larguer et ils allaient finir par nous rattraper. À un moment, sur un des boulevards, je ne me rappelle plus lequel… » Je m'arrêtai au milieu de mon récit pour fouiller ma mémoire, en vain. « Enfin, je le retrouverai certainement sur un plan. En tout cas, j'ai aperçu un camion de la voirie garé près de l'une de ces immenses grilles d'aération du métro, plantées dans les trottoirs. Elle était ouverte en grand et plusieurs câbles et tuyaux plongeaient par là dans le sol. »

J'avais alors dit à Ilona de refaire le tour du pâté de maisons en prenant un contresens. Sur ce coup-là, nous avions eu du bol : une bagnole arrivait à l'autre bout et avait retardé les Russes. Une fois de retour au camion, je lui avais ordonné de descendre, puis j'avais balancé le scooter dans l'ouverture et on avait sauté juste derrière, sur une large conduite enterrée. Le deux-roues était foutu mais nous, invisibles. Personne n'avait surpris notre manège, pas même le pauvre gars qui s'occupait des opérations d'entretien. Lui, il nous avait juste vus remonter à la surface trente minutes plus tard, un peu cradingues, une fois sûrs que la voie était libre.

Sydney me dévisagea, l'air incrédule.

« Vous pouvez aller vérifier, le scoot' doit encore être au fond du trou. On a pris un taxi en maraude et on est rentrés chez Marc. Je pensais qu'on était sortis d'affaire, j'avais tort. »

Le téléphone se mit à sonner dans la pièce à côté. *Ralph* alla décrocher. Je soupirai, cela n'échappa pas à *Sydney*. Second appel, quelques secondes plus tard. On demandait à nouveau *Ralph*. Je fermai les yeux. La seconde conversation, en anglais, fut plus laborieuse. L'Italie. *Ralph* raccrocha, nous rejoignit. Sa voix était moins assurée, emmerdée. « J'ai de mauvaises nouvelles. »

Je baissai la tête, reniflai.

« Yelena est morte.

— Comment le savez-vous ? » Il ne me tutoyait plus, le flic au joueur de polo.

Je le savais à cause de ce qui s'était passé ensuite. Ilona et moi étions arrivés chez Marc, très énervés l'un contre l'autre. Surtout moi contre elle, en fait. L'adrénaline dégageait, laissant la place à une tension plus sourde.

« Il était quelle heure ?

— Deux heures et demie du matin, peut-être trois. »

Je me rappelais avoir gueulé en faisant les cent pas devant la baie vitrée du loft. À mes pieds, il y avait la place de la Bastille, avec sa colonne de Juillet et son Génie de la Liberté illuminés. Mais je me foutais du spectacle, je ne pouvais plus m'arrêter de crier.

Ilona s'était réfugiée dans un coin du salon, près d'une table basse, loin de mes éructations. Après un long moment sans réaction, elle avait sorti un sachet de poudre d'une poche de sa veste et s'était tracé des lignes sur la table. J'avais bondi sur elle, hors de moi, pour l'attraper par les épaules et la secouer. Je m'étais arrêté à cause de son regard triste et abattu. Celui d'une fille qui savait qu'elle avait joué et perdu. Elle avait posé un doigt sur ma bouche, s'était envoyé un trait avec un billet roulé avant de me le passer.

« J'ai hésité et puis j'ai fait pareil. Croyez-moi ou pas, ça faisait longtemps que je n'avais plus tapé de coke. On a fini les rails et on s'est dévisagés. »

Après, c'était assez vague. Elle m'avait caressé la joue, embrassé sur la bouche puis mordu la lèvre supérieure. Jusqu'au sang. D'abord, on avait fait l'amour là, sur cette table basse. Je me revoyais en train de remonter sa jupe et de baisser ses collants. C'était elle qui avait voulu que je la prenne comme ça, par derrière, dans l'urgence.

Un plan cul violent, désespéré, qui avait duré longtemps, partout, jusqu'à ce qu'on finisse par tourner de l'œil dans la chambre. « Lorsque je suis
revenu à moi, les trois Russes étaient autour du
lit.

— Comment ont-ils découvert où...

— Yelena. C'était la seule qui savait chez qui
j'allais à Paris. Je le lui avais dit et elle aussi connaît... connaissait Marc. » Je déglutis, pour éviter
de pleurer. « Elle a souffert ? »

Ralph acquiesça.

« Et son gamin ?

— Tous, le mari aussi. Les mecs ont pris leur
temps. » *Ralph* regarda son chef. « Idem pour la
colocataire, à Oberkampf.

— Putain, mais c'était qui, ces enculés ? Dites-
le-nous si vous le savez ! » *Sydney* frappa son
bureau du plat de la main.

Je fis non de la tête. « Ils ont parlé en russe tout
le temps. Il y en a un qui m'a sorti de force du lit
et m'a frappé au visage. Je me suis retrouvé dans
les pattes du plus vieux, le fameux Victor. Ça, au
moins, je l'ai compris. Je crois même que c'était
lui, le boss. Il m'a mis à genoux, en me menaçant
avec un pistolet. Ensuite, il m'a fait boire de la
vodka à la bouteille. Pour m'étourdir, je pense. Il
me donnait même des petits coups de canon, pour
me faire avaler plus vite. »

La suite, j'aurais préféré l'oublier. Les deux autres
Russes s'étaient mis au travail sur Ilona. Un qui
lui tenait les bras, l'autre à califourchon sur ses

cuisses, pour l'empêcher de bouger. Celui-là, avec un couteau, avait commencé à lui entailler le visage et à la questionner.

« Ils n'ont jamais parlé en français. Entre chaque estafilade, il versait de l'alcool sur les plaies et elle, elle criait. » Une larme coula sur ma joue. « Elle criait. Elle se débattait, criait encore. Et plus elle faisait ça, plus les mecs se marraient.

— Vous n'avez rien fait ? »

Je montrai mon arcade couturée. « Après un long moment, elle ne bougeait plus. J'ai cru qu'ils l'avaient tuée. Il y avait du sang partout, sur les draps, les murs. Le tortionnaire s'est tourné vers Victor, pour lui parler. Il a obtenu une réponse et a approché son visage de celui d'Ilona. Le con, il tenait son couteau juste sous son menton, comme ça. » J'imitai la posture, lame vers le haut. « Et là... »

Là, Ilona lui avait donné un coup de boule dans la main. La pointe était remontée dans le cou du mec, qui était parti en arrière en se prenant la gorge. Son pote, celui des poignets, s'était redressé, surpris, avant de réagir et de la frapper de toutes ses forces. Victor m'avait oublié. Le flingue redressé vers le lit, il était trop occupé à essayer de comprendre ce qui se passait.

« Dans un sursaut de désespoir, je me suis relevé pour attraper le pistolet. On s'est battus, des tirs sont partis vers le lit. J'ai entendu un bruit sourd et compris que son pote avait été touché.

— Bien touché, oui. »

J'ignorai l'ironie facile d'Yves.

« L'arme est passée entre nous, on a encore lutté, il y a eu une autre détonation et Victor est tombé sur moi. Je me suis cogné la tête sur le sol et j'ai perdu connaissance. Lorsque je me suis réveillé, sous son cadavre, des policiers étaient là. Tous les autres étaient morts. Ensuite, vous êtes arrivés.

— Et c'est tout ? »

Non, évidemment. Je regardai tous mes interlocuteurs un à un. « Vous ne trouvez pas que c'est suffisant ? » Probablement pas, mais ils devraient s'en contenter.

Victor m'avait dit ce que lui et ses sbires recherchaient, dans un français approximatif, pendant qu'il me tenait en joue. Il était le patron d'une compagnie aérienne un peu spéciale, qui faisait dans le fret pas très légal. *Je travaille même avec CIA, je transporte prisonniers terroristes*, m'avait-il glissé en rigolant, dans le salon de Marc, entre deux gorgées de vodka. Ça le faisait d'autant plus rire que, vers la fin des années 1990, il bossait avec un *business partner* juif ukrainien, Leonid, qui avait récemment obtenu la nationalité israélienne. Ils vendaient des armes aux rebelles, en Angola et au Libéria. Et ces derniers les refourguaient en partie à Al-Qaïda, avec des diamants. Là-bas, tout se payait avec des pierres précieuses locales, les *conflict diamonds*, les diamants de guerre.

Six ans plus tôt, Victor et Leonid s'étaient retrouvés à Londres pour sceller un pacte avec un mafieux concurrent. Ils avaient fait venir des filles, dont Ilona et Yelena, pour fêter ça. La soirée s'était bien passée mais, au petit matin, ils s'étaient aperçus que le paiement de leur dernière livraison africaine, cinq millions de dollars en cailloux bruts, avait disparu. Ils avaient bien sûr mis ça sur le dos de l'autre criminel et lui avaient réglé son compte. Aucun des deux n'aurait soupçonné *ces petites putes*, dixit Victor, d'avoir fait le coup. Et les filles, elles, avaient attendu.

Pas assez, apparemment.

Il y a un mois, Ilona était allée à Anvers avec des Polaroïd du lot de pierres non taillées, pour voir des diamantaires et se renseigner sur son éventuel prix d'achat. La rumeur avait fait le tour de la diaspora avant de revenir aux oreilles de Leonid, qui s'était mis à la surveiller. Il avait vite compris que Yelena était elle aussi dans la combine et il avait prévu de faire récupérer les diamants en Italie, par des hommes à lui. Mais, sans se douter de quoi que ce soit, Yelena avait pris tout le monde de vitesse en me confiant le *cadeau* d'Ilona. Ensuite, sa chance avait tourné et moi, j'avais failli me faire tuer. Salope.

« Je suis fatigué.

— Vous allez pouvoir vous reposer bientôt. »

Les flics m'ont relâché le lendemain. Le proc' m'a dit de rester en France quelques jours, pour d'ultimes vérifications, avant de me prévenir que l'affaire aurait probablement des suites judiciaires et que je devrais revenir. J'ai pu reprendre mes affaires chez Marc, en particulier le blouson que je portais ce soir-là et que j'avais pris soin de laisser sur place. Dans celui-ci, il y avait le ticket de vestiaire d'Ilona. Je suis patient, moi, très patient.

Rue de la Santé

NO COMPRENDO
L'ÉTRANGER

Hervé Prudon

Hervé Prudon est né en 1950 en banlieue parisienne. Son premier roman sort dans la Série Noire à la fin des années 1970. Il vagabonde depuis entre différents éditeurs (Fayard, Grasset, Flammarion, etc.) sans que jamais son style singulier n'atteigne un vaste public. Effectuant divers travaux d'écriture, il a mené une existence précaire et marginale. Il en partage aujourd'hui chaque instant avec sa compagne, ses deux enfants et un chien rigolo.

JOURNAL

Paris est une ville pleine. Tous les matins, je fais
le vide :

c'est comme à la campagne — dernier jour de
novembre — un ciel neuf et bleu gagne — à être
connu un ciel nu — s'avance à découvert le vide
— sur un plateau de verre — la mer sans une ride —
la mer de glace — et la ville abolie — c'est comme
dans les prairies — quand le temps passe — le vent
s'apaise et la douleur s'efface — on prend une
chaise — on s'assoit là — avec l'envie de peindre
ça — que rien n'oppresse — la caresse de l'au-
delà...

Je ne sors pas mais je ne suis pas le seul : cocons,
tribus, partis, cellules — familiales ou autres —,
ghettos, portes blindées, doubles vitrages, triples
verrous, cadenas, barricades, chacun campe sur
ses positions. Personne ne bouge. Pour aller de
chez moi aux quartiers chics, il faut grimper aux
arbres, aller de branche en branche, comme un

baron perché. Je suis trop acrophobe. Trop claus-
tro aussi pour ramper dans les catacombes. Alors
longer l'asile, la prison, les couvents et les hôpitaux. Des lieux clos. Ce qu'on appelle des quartiers de haute sécurité. Haute tension. Ça se trouve
rue de la Santé, d'un bout à l'autre. C'est la rue la
plus malade de Paris.

FER

Il faisait beau fin novembre, et anormalement
doux. Des gens se baignaient à Nice et à Biarritz.
Dans certains quartiers parisiens, il devait flotter
un air de vacances, ce genre de parfum spontané
qui vous inonde de plaisir et vous rend amoureux
et plein de plénitude devant une devanture ou
derrière un derrière. Et dans d'autres quartiers, il
n'y avait pas de parfum. Ce n'était pas une bonne
idée de sortir aujourd'hui. Dehors était trop vide
par endroits. De vrais trous noirs d'antimatière.
Ailleurs un pittoresque saturé. Il y a des jours
où cette ville est *borderline* à tendance bipolaire.
J'avais zéro gramme de fer dans le sang et j'aurais
dû savoir que ce manque allait s'inverser dange-
reusement d'une manière ou d'une autre. Dans
les polars, le type qui a purgé sa peine est toujours
rattrapé par ses démons ou ses copains, il replonge,
rechute, repique au truc. Mais ça, comme je l'ai
dit, c'est des histoires. Dans la réalité, il y a moins
de réalité ; il se passe moins de choses dans la rue

que dans la tête. Les choses mortes, par exemple, ou les vieilles idées, elles n'ont pas de sépulture mais n'en finissent pas de pourrir dans des bouts de cervelle au périmètre mal sécurisé. Tout ça pour dire qu'il y a des jours de grande menace où je ne tourne pas rond, où ma vie ressemble à une vieille bande magnétique impossible à rembobiner et encore moins à décrypter à cause des hiéroglyphes, des borborygmes, des sonnets obsolètes, du sabir postmoderne et des niveaux d'intensité de la mémoire individuelle ou collective. J'avais besoin d'un technicien capable de fourrer ses doigts dans le disque dur ramolli de mes neurones désinformatisés et dans le cambouis viscéral de mon cortex décortiqué, pas d'un cancérologue. Mais les aléas du calendrier médical font que j'avais rendez-vous ici et non pas là, et que j'étais condamné à me taper dans toute sa longueur la rue de la Santé. Pour les uns c'est un cordon sanitaire, un corridor humanitaire, la protection sociale, pour d'autres c'est le couloir de la mort. Cette rue se défile sous un infini mur haut en pierres meulières trouées comme des éponges ; c'est une rue emmurée vivante. J'y passe de la secousse à la déliquescence.

SANTÉ

« On peut vivre sur l'émotion, docteur, on ne vit pas sur la fatigue, on vit dessous. Sur l'émotion, on surfe, on est poisson-volant, missile sol-air, mais la fatigue, elle vous torpille, elle vous noie.

— Rentrez chez vous et reposez-vous.

— Me reposer sur qui, sur quoi ?

— Voyez des gens.

— Des quoi ? Où voulez-vous que j'aille ? M'empailler dans une vitrine ? M'asseoir à une terrasse chauffée entre deux portemanteaux ? Cette ville factice est un mirage et une frustration. Je ne sors jamais, docteur, sauf assignation de votre part au contrôle médical. Se retrouver dehors au ras des rues, c'est s'enfermer, se cloisonner, s'emmurer. Vous voulez vraiment que je descende dans la rue, cette rue ? Dans cet état d'extrême secousse et vulnérabilité où vous m'avez mis ? Cette rue, c'est une épée noire, elle me traverse en sens contraire, elle m'arrache les tripes et la tête, c'est une rue brutale, malade et folle, dangereuse. Vous avez vu le mur ? Quinze mètres de haut, des centaines de mètres de long, que de la pierre meulière, et chacun veut s'extraire du mur pour vous jaillir à la gueule. Derrière le mur poisseux, c'est un putain de voisinage féroce, un zoo humain. Une réserve d'Indiens qui marchaient pas en file indienne. Un univers concentrationnaire. L'arrière-boutique, le rebut, les invendus, toute la laideur de la plus belle ville du monde. Une collection privée, secrète où on trouve tout ce qui ne va pas. Ça vous saute à la gorge à travers les murs. Je ne suis pas formé à la violence, et puis j'ignore encore de quel côté je suis. Rue de la Santé, il y a deux côtés, un côté murs et un côté maisons. Deux camps s'affrontent. Ceux qui ont presque tout et ceux qui n'ont plus rien. Cette rue n'est pas parisienne et je doute qu'elle aille jamais nulle part. »

Je ne sais plus ce qu'il a répondu. Circulez, il n'y a rien à voir.

« La rue de la Santé est une fente, une faille, dans le système exhibitionniste, la négation de l'opération portes ouvertes que propose la Ville lumière. Elle coupe du nord au sud la partie orientale du 14ᵉ arrondissement, un quartier dit résidentiel, par opposition à commerçant. En fait, un quartier de rien. Un non-lieu. Au Monopoly, elle n'existe pas.

— Vous faites une fixation. »

Cette rue joyeuse comme un pot d'échappement part du Val-de-Grâce (hôpital militaire) et finit rue d'Alésia (défaite du chef gaulois Vercingétorix contre le général romain Jules César) au carrefour Glacière, désormais baptisé place Coluche (humoriste français mort à moto à 42 ans, fondateur des Restos du Cœur), elle longe côté numéros pairs Cochin (hôpital civil), la Santé (maison d'arrêt, seule prison parisienne *intramuros*), Sainte-Anne (hôpital psychiatrique). Les murs aveugles de ces établissements consignés là jusqu'à nouvel ordre font face à des immeubles muets qu'on a le droit de trouver moches, surtout passé le métro aérien boulevard Saint-Jacques, quand on s'approche des quartiers périphériques où s'implante le logement modeste et social. Plus haut, plus historiques,

entre Arago et Port-Royal, des couvents et insti-
tutions religieuses ou monastiques cachent derrière des murs ravalés et des bouquets d'arbres la
pérennité de leur richesse patrimoniale.

« Je ne fais pas une fixation, docteur, c'est la vie
qui m'a fixé là, où je dois garder la chambre, à un
bout de la rue, elle m'a cloué le bec, elle a rivé mon
clou, et vous êtes là, à l'autre bout, un pied dans
ma tombe et l'autre chez les heureux du monde.
Et je dois me taper de part en part cette rue séques-
trée derrière des murs d'enceinte qui suintent la
misère et la douleur. Il n'y a que les murs des
cimetières pour ressembler autant aux murs des
asiles et des prisons. On ne sait pas qui ces murs
séparent, les vivants et les morts, les normaux et
les anormaux, les gens honnêtes et les criminels,
les malades et les bien-portants, les animaux et les
êtres humains... Les uns et les autres, ils séparent
les uns des autres, cela suffit. Il suffit d'imaginer
que, derrière les murs, c'est plus qu'un zoo, c'est
la jungle, l'Afrique, l'enfer et la banlieue de vivre.
Rue de la Santé, personne ne passe à pied et la
circulation automobile est rare. Les riverains sont
invisibles et protégés par leur anonymat. Leurs
enfants ne jouent pas sur le trottoir. Personne
n'aurait l'idée d'emménager là, face aux murs,
sinon l'écrivain Samuel Beckett qui avait élu domicile juste en face de la prison. Il disait qu'il serait
toujours du côté des prisonniers, mais la plupart
des prisonniers n'avaient pas lu Samuel Beckett,
qui habitait de l'autre côté de la rue, de l'autre

côté des murs. Les murs ont l'épaisseur du réel, mais de part et d'autre, la vie a la consistance d'un fantasme. Rue de la Santé, on ne voit rien mais on peut entendre des voix, des râles et des cris, des gémissements, des appels, des délires, des révoltes et des agonies. On n'est pas sûr. C'est comme à la lisière d'une forêt profonde. C'est comme un *no man's land*, la frontière mexicaine ou le mur de Berlin. Les honnêtes bons vivants normaux ne s'approchent pas des asiles, des prisons ni des hôpitaux. Ils ignorent l'existence des couvents séculaires. On ne sait pas quel genre de vie s'y pratique, à quel vice on s'y adonne, ni quel type de surprise on nous y prépare. La vie d'ici n'est pas parisienne, pas de terrasses, pas de boutiques, nulle flânerie ensoleillée. C'est une vie d'ombres. Les bords de Seine et les Champs-Élysées sont ailleurs, mais la Seine est une sauce fade et les Champs-Élysées sont pavés de pierres molles. L'Histoire de France se déclame là, sous l'Arc de triomphe. Paris est une ville grandiloquente, qui s'illumine sans éclairer personne, le coq gaulois déplumé s'y déguise en paon phosphorescent. L'histoire des gens de France ne s'écrit plus dans les journaux ou dans les livres, elle s'est endormie quelque part entre jadis et naguère, entre ailleurs et plus loin, mais la rue de la Santé est le fond qu'on touche avant de rebondir : De Gaulle et Mitterrand furent soignés à Cochin, tous les grands criminels ont séjourné à la maison d'arrêt, et à Sainte-Anne, les allées s'appellent Maupassant, Baudelaire ou Antonin-Artaud. La rue de la Santé est un couteau noir, un coupe-gorge, une tranchée froide, une faille, une fente, un silence et un courant d'air. Chaque particule d'air est un shrapnel qui vous entaille la cervelle. Loin de la foule, le passant qu'on y croise est forcément un évadé, un survivant, un sursitaire, un taulard ou un anormal, voire un anachorète. De toute façon un étranger, pas un citoyen. Il ne peut pas être un touriste, un salarié ou un commerçant. Un riverain peut-être, mais de quel bord ? Il ne peut pas vous ignorer, son regard n'a nulle part où aller, il veut vous serrer dans ses bras, ou bien vous faire la peau. Il semble vous connaître, ou bien vous reconnaître. Il vous a déjà vu en joyeuse compagnie quand il était en salle de contention, ou au mitard, ou bien sur le billard, en prière ou en souffrance. Ce n'est pas le choc des cultures, c'est la dérive des continents. Ce type devant vous, c'est un iceberg dans un brouillard à couper au couteau. Vous êtes prêt à combattre et à mourir, parce que c'est là que ça se passe, rue de la Santé, enfin, vous allez en découdre, après avoir tourné des années dans cette putain de ville en forme d'escargot sans trouver ni votre place ni la sortie. »

CAMUS

« Maman est morte aujourd'hui. Ou peut-être hier, je ne sais pas. » Moi, je sais aujourd'hui qu'elle

est morte. Peut-être qu'hier je ne le savais pas.
Quelle importance ? Hier, aujourd'hui, morte ou
pas, elle ou moi ? Hier soir, j'ai relu *L'Étranger*
de Camus pour m'endormir. Résultat, je n'ai pas
dormi. J'ai rêvé qu'un chien qui avait ses entrées
partout me tirait par la manche dans des cours des
miracles dont on n'a plus idée, des oubliettes du
temps qui passe, des trente-sixièmes dessous
dont jamais on ne remonte vu l'ascenseur social
en panne et la concurrence internationale, j'étais
dans une taule de neuf mètres carrés avec deux
autres détenus, j'étais sur un lit d'hôpital à côté
d'un cancer du foie, j'étais comme un zombie sur-
médicamenté à la cafétéria de Sainte-Anne et le
chien me disait de me dépêcher, il fallait encore
faire les catacombes et le cimetière du Montparnasse. Ce chien a fini par me laisser tranquille,
mais je me suis mis à penser à notre rendez-vous.
C'est bien une chose que je ne devais pas faire,
parce que je vous en laisse l'entière responsabi-
lité, de me faire venir ici pour m'en faire repartir
sans rien. Autant ne pas venir et ne pas y penser.
J'ai quitté la maison in extremis à neuf heures et
demie pour voir s'il y avait du courrier. Il y avait
cette lettre de l'huissier concernant mes impayés
de loyers et mon expulsion. Mon père est mort
sans rien, et ma mère encore pire, toute seule, elle,
elle avait même perdu la tête. Paris lui était interdit à cause de sa tension et des loyers trop élevés.
Pour elle, Paris, ce n'était pas une vie. Pour moi, il
n'y avait rien d'autre. J'avais déjà dans les années

1960 incendié toute la banlieue au napalm comme le cobalt peut vous débarrasser d'un cancer.

GÉNÉRAL EN CHEF
DE LA CLASSE MOYENNE

J'avais rêvé gamin des Champs-Élysées, des bords de Seine et du Quartier latin. Je vivais à trente kilomètres de Paris dans un logement social. Mon père était général en chef de la classe moyenne et représentant de la France profonde. C'est dire s'il n'existait pas. Il rentrait de la gare le soir à vélo et défilait sur le parking devant les voitures des voisins et les fenêtres des voisines. Bien sûr, il avait dans ses poches des plans de bataille et des cartes marines, mais il n'allait pas les déployer devant sa famille qui avait des devoirs de classe ou la cuisine du dîner à faire. Dans les années 1950-1960, le fils d'un salarié modeste de la banlieue sud pouvait envisager une carrière de professeur parisien. Paris était une citadelle prenable. Une sorte de cible à atteindre. Il me semblait que c'était un bon endroit, pour qu'un jeune homme de culture française ait fermement l'illusion de vivre au centre du monde. Mais ce n'était pas une cible faite de cercles concentriques, c'était plutôt une spirale dont le centre ne cesse de vous échapper. Plus j'étais parisien, plus j'étais étranger. Un immigré. Je ne m'accordais même pas le droit de vote, ni un permis de travail. Je m'incrustais dans des

appartements sans payer mon loyer, jusqu'à l'exclu-
sion. Je réussissais toujours à me dissoudre dans la
ville, je ressemblais à une algue pour la foule. J'ai
vécu d'écrire et mentir, c'est dire si j'ai vécu de
rien. La plupart du temps immergé, brumeux, mais
pratiquant la technique du poisson-volant, j'avais
des fulgurances d'étincelante lucidité qui me font
dire que j'ai quand même vécu. Enfin, il me
semble.

PAUPÉRISATION

Il me semblait dans ces années 1970 qu'en émer-
geant à Paris, je reproduisais le destin de l'humanité tout entière, j'étais comme ce poisson à pattes
qui sort des océans et devient singe en quelques
millions d'années, puis homme, j'étais sur la terre
ferme, la terre promise. Je venais de la banlieue
sud, sans savoir que j'abandonnais cet impalpable
infini mouroir vaseux au marasme économique
et à la violence du chômage, de l'inespoir et de
l'abrutissement. J'ai débarqué porte d'Orléans et
je me suis coincé là, sans jamais vraiment franchir
la Seine, j'ai tourné autour de Denfert, Montparnasse, Port-Royal. Les gens du quatorzième, du
moins à cette époque, ressemblaient à une classe
moyenne prospère et pas encore à une bande de
trouillards en voie de paupérisation. Mais je ne
voulais pas être prospère. Je voulais être Verlaine
ou François Villon. Verlaine a fini sa vie là, dans

le quartier des hôpitaux, passant d'un hôtel bor-
gne à un hospice, des bras d'Eugénie Krantz et
Philomène Boudin, prostituées notoires, à ceux
moins tendres des bonnes sœurs à cornette.

ŒSOPHAGE

J'ai fini à Cochin. Pas vraiment fini. Pas vraiment
continué. Je me suis arrêté là. Le pavillon Achard
est un grand machin bleu qui vous ficherait le
cafard, mais du neuvième étage on domine tout
Paris, qui ressemble la nuit à la mer qui scintille.
J'étais devenu l'ombre d'un grand corbeau et
j'avais dans l'œsophage un œuf mort et pourri.
Un garde du corps ne me quittait pas : c'était une
sorte de girafe ou de potence, d'où pendait un
goitre, une outre, un bidon lourd de chimiothéra-
pie. J'avais aussi sur les genoux un pousse-seringue
et, dans la poitrine, une capsule de transmission
entre une veine et les tuyaux par où transitaient
les produits. Chaque matin, un brancardier venait
me chercher pour me conduire à une ambulance
qui traversait la ville en direction de la place Gam-
betta. Dans un décor de science-fiction, je me faisais bombarder de rayons sur une musique de
Keith Jarrett. Dans la grande salle d'attente où
patientaient des hordes apeurées de pauvres, je
fumais des Craven A en attendant le retour des
ambulanciers. Je ne pensais plus à boire des quantités d'alcool, j'étais beaucoup plus tranquille. Je

n'avais pas envie de m'esquiver vers un bistrot, ni
d'aborder des filles. J'avais tout ce qu'il me fallait
parce que d'une part je pouvais voir ma vie
comme une chose réelle et pas un fruit fantasque,
et d'autre part elle était l'objet des soins de toutes
les personnes qui m'entouraient, et cela lui donnait une certaine consistance renforcée. J'étais nu
dans ma vie, mais cette vie était un coussin d'air.
Le poids que j'avais perdu, c'était le poids de la
culpabilité, la mauvaise graisse. Je me sentais
incroyablement pardonné. Bien sûr, j'avais tort,
mais tant que j'étais à l'hôpital, ou même dans
l'ambulance, à écouter les conneries des ambulanciers, j'étais intouchable et d'une admirable lucidité mais qui n'avait de pertinence que d'un côté
du mur, neuf étages plus haut que la vie des gens.

ADORATION

Je dominais la rue de la Santé, dont je crois avoir
dit l'essentiel, et la cour carrée d'un petit couvent
d'Ursulines. Le matin à dix heures, une fenêtre de
l'immeuble s'ouvrait et une femme y apparaissait
en majesté souriante, et le souvenir souverain
de son sourire m'accompagnait toute la journée
durant ce temps d'obédience passé à l'hôpital, y
retrouvant dans sa vie lente et recluse la secrète
impatience du temps d'enfance, quand il y a un
siècle d'un Noël à l'autre et deux cent mille palpi-
tations du cœur entre deux baisers.

« Elle ne sourit pas, elle grimace », disait mon
voisin de chambre, un type vraiment méchant dans
son malheur, et dont la compagnie était une grande
grimace dans mon dos.

Je savais qu'en bas, dehors, dégringolé de mon
observatoire et chassé de la parenthèse asilaire, tout
irait vite très vite entre deux accidents mortels, et de
séquelles en métastases, de faillite personnelle en
cataclysme planétaire, tout se déglinguerait, irré-
médiablement, à la petite semaine pour les siècles
des siècles, et sans aucun rituel qui sacre l'instant
ni plus jamais d'ivresse qui le sublime, aucune surprise ne secouerait l'épuisement de vivre quand
serait effacé le souvenir de la consolation que
j'avais trouvée, non pas auprès de cette Ursuline
que je n'ai pas bien vue de mes yeux vue d'aussi
loin, les yeux niqués par les médocs, mais dans la
croyance émerveillée que j'aurais pu marcher au
moins une fois dans le vide, à mi-chemin du ciel,
pour la rejoindre les pieds nus, en pyjama, léger,
sur l'invisible corde raide de mon désir, et même
après que ses bras se lassent de s'ouvrir et que
mon regretté désir s'use et pendouille, vaincu par
la médication et d'autres choses de ma constitu-
tion mentale, cela constaté bien avant mon élar-
gissement des pavillons cancéreux.

Mais à qui souriait-elle et souriait-elle douze
mois sur douze toute la sainte journée entre ses
quatre murs et les arcades de son petit couvent ?
Était-elle cloîtrée à jamais ? Était-elle vraiment
comme je l'ai vue s'afficher sur le mur, dans le

cadre de sa fenêtre, Ava Gardner et la Joconde,
sinon qui d'autre ?

« Une pute, disait mon voisin de chambre, elle
te fait des strip-teases de la bouche avec son sourire. »

C'est vrai qu'elle m'avait foutrement contaminé
avec son sourire. Il me suffisait de penser à elle,
couronnée de lumière, la poitrine soulevée et les
bras ouverts par l'ampleur de son geste inaugural
du jour glorieux, et le sourire se répandait sur toute
ma figure épanouie, s'éternisait entre mes lèvres
comme un soupir d'extrême béatitude. Mon voisin de chambre, paranoïaque atrabilaire à tendance
bipolaire, ça le rendait nerveux, parce que je n'arrê-
tais pas de penser à elle, espiègle et généreuse,
donc, de sourires. Il n'aimait pas me savoir sourire
dans son dos.

À l'époque récente où moi aussi j'étais nerveux, j'avais l'impression que le temps qui passe à
rien faire, c'est du sang qu'on perd, du sang qui
vous quitte. Il était là, mon sang, dans les veines
de cette petite nonne. Petite ou grande, je ne sais
pas. Elle était là, la vie. Derrière les murs. Entre
quatre murs et dans un lit, dans la conversation
qu'elle a avec le monde au carrefour du matin et
de l'éternité, une certaine façon de faire de la cour
d'un couvent rue de la Santé le Sahara de Charles
de Foucault et de prier là, sans rien dire et sans
perdre son temps. Mon temps à moi, mon temps à
vivre ou pas, c'était aux autres de le dépenser, et
le penser, en faire un bon usage. À l'usage, j'avais

été déçu par la vie, enfin, surtout par la mienne.
Je n'avais vraiment jamais réussi à vivre, mais si
vous avez essayé, vous-même savez que ce n'est
pas facile, mais je commençais à entendre dans la
respiration de l'univers sensible, invisible, et pour
tout dire discret, très ignoré, comme ce territoire
de Patna où Lord Jim s'est bâti un destin, quelque
chose de plus vif que la vie, l'écho radar d'une
matière infiniment douce susceptible de m'accueillir
un moment. Les choses et les gens qu'on regarde
à la dérobée, comme le nom l'indique, nous leur
dérobons quelque chose, sans doute, un peu de
leur image, comme si nous étions des caméras de
surveillance, mais pourquoi pas de bienveillance ?
Nous leur faisons confiance pour nous mener,
nous balader, ils nous incarnent, comme si cette
foutue métempsychose n'attendait pas notre mort.
On devient le chien dans la rue, l'arbre en attente
de feuilles, le bébé qui braille dans sa poussette et
la religieuse dans sa chambre, qui ne peut pas vous
voir mais sans doute prie pour vous, votre salut.

Tous les matins je faisais mon salut, elle faisait
son sourire, tout ça se mélangeait et restait sus-
pendu dans l'air.

Les premiers jours à ma fenêtre, c'était passion-
nément sexuel, j'étais à l'affût, fébrile et prédateur,
généreux donateur de sperme, mais avec l'habitude et la paresse, et toute une chimie lénitive,
c'est devenu autre chose : murmurer une chanson
douce, ne plus casser les biscottes, apprivoiser une
mésange, foutre la paix aux infirmières de nuit,

donner un petit quelque chose de soi, et petit peu par petit peu, jour après jour, c'est toute mon espérance que j'ai déménagée chez la religieuse d'en face, faisant mon nid dans ses pots de fleurs, et ma foi dans son catéchisme, alors que mon voisin de chambre se tranchait la gorge dans la douche commune.

Je ne devais pas regretter nos conversations, non parce qu'il m'appelait Fleur Bleue, ou Sœur Sourire, mais parce que je n'y comprenais rien. Un jour, avant de m'adresser la parole, il rédigeait le brouillon de sa déclaration :

« Sauf à voir ce que jamais vu ni possible à savoir inimaginable à ce jour dont il alors faudrait pour dire d'autres mots que toujours les mêmes donc aujourd'hui insensés, et demain dépassés par un audiovisuel sans imprimante, je ne vois pas quoi dire, Sourire, en français dans le texte.

— Non, disais-je, on ne voit pas toujours quoi dire.

— On ne dit pas non plus ce qu'on voit, parce que ce qu'on voit est, n'est-ce pas, indicible, en français dans le texte. Schopenhauer peut dire que l'existence véritable de l'homme est ce qui se passe à l'intérieur de lui-même, et qu'avec un même environnement chacun vit dans un autre monde, on est quand même dans la même chambre, hein ? Alors fais-moi plaisir, arrête de sourire. Tu vas y passer, toi aussi.

— Swami Prajnanpad affirme qu'il faut dire oui à tout, et que, quand on accepte une chose de son plein gré, il n'y a pas de souffrance, et la peur doit être bannie de notre vie.

— Si je n'animais pas dans la vie active un groupe de parole schizophrène, j'aurais l'impression de m'adresser à un mur de chiotte autistique couvert de graffiti d'une écœurante et doucereuse odeur de merde. Tu as mis des sourires partout dans cette putain de chambre, qu'est-ce qui te plaît ici ?

— Moi.

— Tu me fais penser à cette saloperie de jeune mère qui a étouffé son bébé et l'a jeté dans un étang. Le même soir, elle souriait aux caméras de la télévision en prétendant qu'on lui avait volé son gosse. Pourquoi elle souriait, hein ? Pourquoi tu souris, toi aussi ? Dégage, tire-toi d'ici, trou du cul, tête de nœud. »

POISSON-SINGE

Enfin, il est mort, c'est la vie. Tout se serait donc bien passé, à l'hôpital, s'ils m'avaient gardé dans leurs murs ; ils avaient même confisqué ma bite pour éviter que je me blesse, si bien que mon impuissance conjoncturelle s'imbriquait parfaitement dans la chasteté votive de mon Ursuline d'en face. J'avais de plus en plus l'impression d'être assis en moi-même comme une pierre dans le sable. Je n'avais rien à faire de plus. J'étais né pour être là. J'étais légitime comme Verlaine.

Puis on m'a collé un Turc pour voisin. Peut-être un Kurde. Rien d'un poète. Je ne comprenais rien à ce qu'il disait, mais quand il se taisait il avait l'air mort.

Et quand il est mort, il avait un sourire qui me ressemblait. Je me demandais pourquoi ce Turc ou ce Kurde était venu mourir à Paris 14ᵉ.

Je vous ai parlé du poisson à pattes qui est devenu singe puis homme, mais je ne vous ai pas dit sa consternation quand il a compris, dans sa grande intelligence, que la terre ferme ou promise n'était pas le centre du monde. Le centre du monde avait changé de place entre-temps. Il était désormais immergé, ou chinois, ou quelque part dans la banlieue mondiale, dans l'anonymat des vies oubliées, minuscules, inconscientes, menu fretin protozoaire. Alors le poisson-singe n'avait plus qu'à retourner dans la mer, au hasard des courants, mais il ne savait plus ni nager ni respirer dans l'eau. C'est ainsi qu'on peut le voir sur l'estran, cette bande de sable mouillé entre la plage et l'eau, il parle aux coquillages, et il entend Apollinaire : « Et l'unique cordeau des trompettes marines... » Il arpente sans savoir si c'est l'heure d'aller se mouiller ou se sécher.

« Vous ne voulez vraiment pas me garder ici, docteur, vous m'avez vu ?

— Je suis gastro-entérologue, pas psychiatre. Je vois que vous êtes dépressif, mais il y en a d'autres, et les lits se font rares. Votre colon n'a pas l'air mal, votre estomac a définitivement trouvé sa place dans le médiastin et à part ce problème d'anémie, vous êtes en parfaite santé. Je ne veux plus vous voir ici, la prochaine fois, allez chez votre médecin traitant. Vous avez été opéré il y a dix ans, c'est une vieille histoire et vous n'arrêtez pas de revenir nous voir. Vous vivez à côté ? Vous venez en voisin ? Vous avez pris pension en face ?

— En face, c'est un couvent. Et les plus proches voisins, c'est des taulards et des aliénés. J'habite plus loin, un quartier neuf fréquenté par la classe moyenne. J'ai l'impression d'être mon père, mais lui, il n'avait pas de dettes, il payait son loyer.

— Bien. Qu'est-ce qu'il faisait votre père ?

— Du vélo, matin et soir, pour aller à la gare et revenir de la gare, mais moi je vais rentrer à pied.

— Ne vous faites pas prendre dans la manif avec votre tête de nœud et vos jambes en flanelle. Les pompiers contre les CRS, ça va barder. Et téléphonez-moi ce soir pour les résultats de la biopsie. »

ADIEU

Je suis remonté voir ma chambre. Elle n'avait plus d'odeur. L'abruti qui s'était tranché la gorge dix ans plus tôt était là, revenu, recousu, alité, mal en point. Il ne voulait pas de ma compassion, sans même m'avoir reconnu. Je suis allé jusqu'à la fenêtre pour jeter un coup d'œil sur le couvent. Des Ursulines tournaient dans la cour, voilées, je ne savais pas laquelle était la mienne. Elles ne sortaient pas, ou peu. Un peu comme moi. Nous n'étions pas destinés à nous rencontrer. De l'autre côté, au-dessus des toits, on pouvait voir la tour Eiffel comme si c'était une nouveauté.

GÉNOCIDE

Une fois dehors j'ai reculé. J'ai traversé le boulevard et suis allé m'asseoir dans un jardin de l'Observatoire. De là, je pouvais voir le Sacré-Cœur, mais, entre la butte Montmartre et ce bout de Montparnasse, il y a tout Paris, ce n'était pas grand-chose sous la brume. Et dire que j'avais voulu trouer le cul de cette putain de ville. Ce n'était que des murs, des maisons, et derrière les murs des maisons, des têtes, et dans chaque tête d'autres murs, des maisons de poupées, du maquillage, des rêves de singes.

Je m'en voulais de n'être pas au point. J'avais eu peur d'une rechute et mon corps était devenu un mécanisme irresponsable.

Je me dis des mots éternels sans aucune consistance, le beau jour, le ciel nu, la peau bleue transparente du vide, le tremblement de l'air, la frontière de l'absence, la rue de la Santé, la santé de la rue. Tout serait donc dans tout ? Mais moi je ne suis dans rien. S'abstraire encore, se soustraire, en sens contraire penser, seul, penser tao, piaf et tao, ne pas agir, ne plus bouger, jusqu'à l'épreuve des faits.

C'est alors qu'il y a eu ce premier cadavre. Je me suis entendu dire : il est mort, c'est la vie. Il n'y avait aucune frontière entre lui et moi. J'avais déjà pensé tout ça à propos d'un être cher, ou peut-être pas, ou bien d'un être ailé, ou rampant, ou d'un objet inanimé. Un robot ménager ? NF sans doute, norme française, j'ai toujours été fidèle aux normes françaises, jusque dans ma petite fantaisie.

Je suis un homme de qualité, ai-je dit tout haut, de qualité française, une création de l'artisanat national. Pas le produit haut de gamme, mais pas la camelote de supermarché. Je suis une exception culturelle à la française, excepté le fait que je n'ai rien d'exceptionnel. Moyen comme il faut. Il me semble que le cadavre est assis sur le banc et que moi, je suis assis sur mon cul. Je n'ai d'autre assise spirituelle que mon propre fondement d'ailleurs fondu depuis ma maladie, mais c'est quand même de là que je parle, hein, à des murs, à des morts.

Je remue des pensées avec des fourmis dans les pieds. Ce sont peut-être les fourmis qui remuent mes pensées. Elles pensent en allemand, en stratège, elles me tiennent bien droit dans mes bottes, façon Bismarck. Mais je vais filer à l'anglaise, façon l'homme invisible. J'ai beau penser en stratège, j'agis quand même en vagabond. Je vagabonde sur place. J'ai ce cadavre sur les bras, dur de s'en extraire. C'est un jeune homme qui m'attendrit.

Je dois faire quoi ? Le geste qui sauve ? Sauve qui
peut. Attendre les secours, une certaine élucida-
tion à la fin de laquelle je pourrais faire mon deuil
de cet épisode et goûter les bienfaits de la rési-
lience ? Cette ville est morte et peuplée de cadavres. Même les feuilles des marronniers sont mortes.
Le vent gronde les grands arbres et la pluie claque
du bec à la surface de la fontaine des Quatre-Mon-
des. Une feuille me tombe sur le nez, molle et
mouillée, morte. Une vraie limace qui me sort
du nez. Je suis grosso modo dans le même état
d'hébétude consternée que le jour où je me suis
fait exclure du grand concours de poésie florale
pour avoir chié dans mon froc devant le jury officiel. À présent, à travers une pluie lumineuse, je
me navre de voir à côté de moi sur le banc avachi
la tête et les épaules découpées à la machette un
jeune homme qui il y a cinq minutes encore me
faisait part sourire aux lèvres et dentition irrépro-
chable de son ambition raisonnée de vivre ici, en
France terre d'accueil, un jeune Rwandais quasiment francophone et amical qui demeurait, d'après
ce que j'ai cru comprendre de son fichu baragouin,
à la Cité universitaire et voulait abandonner ses
études à Paris. Il avait rencontré une jeune fille à
son goût, de sa culture et de sa condition, et ça
lui suffisait, pour commencer à s'intégrer, un job
d'interprète sur les bateaux-mouches, en attendant. « En attendant quoi ? je lui ai dit. En attendant d'être vieux ? » Il avait *L'Étranger* de Camus
dans sa poche, le con. C'est drôle. Quand on lit

L'Étranger, on se prend toujours pour Meursault, celui qui tue, celui qui pense, et jamais pour l'Arabe qui meurt comme un con. Si j'avais été le général en chef de la France profonde, je n'aurais pas été fier de moi. Un type lui demande une cigarette, le gars est non fumeur, alors le type insiste, s'en va, revient avec une machette et découpe le gars en morceaux. *No comprendo*. Je n'avais pas vu le danger venir ni senti l'offensive adverse contourner la ligne Maginot. Mais après tout, on n'a pas les yeux dans le dos.

« Dans le dos on a des ailes, t'es pas d'accord ?

— Si, a-t-elle dit.

— Tu joues toujours dans des films dégueulasses ?

— J'écris des livres, dit-elle. Je suis une nouvelle Virginia Woolf. »

Je ne devrais pas être là, à la Closerie des Lilas, à deux pas de Cochin et l'Observatoire. Il y a eu dans cette brasserie des écrivains célèbres, puis leurs fantômes, enfin des plaques sur les tables, *in memoriam*, et pour finir des gros hommes qui fument le cigare et des femmes-squelettes qui toussent.

Celle qui me fait face, la dernière fois que je l'ai vue, c'était il y a vingt ans, et le film dégueulasse, c'était un moment de ma vie, pas un chef-d'œuvre de la cinémathèque.

Je devrais rentrer chez moi, prendre la rue de la Santé, les yeux fermés, et m'enfermer chez moi. La dernière fois, j'avais réussi à la faire rire, cette

radasse en cheveux rouges et collant léopard, avec
des potins parisiens. Je l'avais intriguée peut-être,
peut-être pas. Je la faisais bander, rien d'autre à
dire. J'avais une bête furieuse entre les jambes,
un tigre affamé. Elle ressemblait à un épouvantail
élégant, à l'époque, et maintenant à une momie
épileptique. Toujours elle fumait des petits ciga-
res qui sentaient mauvais et riait fort, mais sans
joie, ni raison de rire, à part moi. Elle buvait des
quantités de bière. Il y a dix ou vingt ans, la dernière fois, elle était déjà une ancienne danseuse,
ou un ancien mannequin, une ancienne Américaine
aussi. Elle avait déjà une ancienneté dans un tas
de domaines. Elle parlait mal le français et n'écoutait pas ce que je disais. Elle ne voulait pas écouter n'importe quoi. Elle était pressée de vivre et
à présent encore plus pressée, vraiment dans
l'urgence, frénétique, mais pas avec moi. C'était
comme si, pendant dix ou vingt ans, elle avait
rechargé sa batterie et que moi je l'avais vidée. Je
n'avais aucune envie d'être assis en face d'elle. Si
j'avais pu choisir une dame de compagnie, j'aurais
plutôt choisi une morte, ou une Alzheimer, une
petite folle mutine, inoffensive, hésitante, balbu-
tiante, égarée, avec des gestes et des mamours d'un
autre âge. Je n'étais pas mécontent d'avoir laissé
ma bite au vestiaire. Je n'avais rien sous la table
susceptible de me mettre encore dans une mauvaise
passe ; sous la table il n'y avait que des mégots
que personne n'aurait eu l'idée de rallumer.

J'avais mis les pieds où il ne fallait pas, de l'autre

côté du boulevard. En l'espace de cent mètres, j'étais passé par le 5e et le 6e arrondissement alors que, cette nuit, j'avais rêvé que je faisais partie de la classe moyenne, vous savez, celle dont on pourrait dire qu'elle n'est ni plus ni moins. Dans ce rêve, donc, je promenais mon chien, un chien fantôme, sans me pousser du col, et le chien se met à tirer sur sa laisse, il traverse Sainte-Anne de la rue d'Alésia au métro aérien, puis gratte la petite porte en métal de la prison, et il part renifler la maladie dans la cohue des urgences de Cochin, comme s'il cherchait quelque chose ou quelqu'un. Pas du tout. Il cherche juste à se débarrasser de moi chez les fous, les taulards et les moribonds. Il me fait faire le tour de la porte à tambour de la Closerie des Lilas, me tire jusqu'à une dame en cheveux rouges et collant léopard, et puis ressort par le même tourniquet, et me fait divaguer rue Campagne-Première, une rue que Godard a fait jouer dans *À bout de souffle*. Il mord le cul du lion de Denfert, s'engouffre dans les catacombes et, pour finir, bien me finir, il lève la patte sur moi. Je me réveille pisseux, poisseux, en sueur, dans une tiédeur et une odeur qui soulève le cœur et le brise, et fait couler des torrents de larmes, pisseuses, poisseuses, c'est l'odeur de la chimio qui vous embaume et vous profane vivant, je suis allongé sur un lit dans une chambre blanche et le chien n'est plus là, il doit fureter au cimetière du Montparnasse derrière des hauts murs gris en quête d'une concession. Voilà le genre de rêve polytraumatisant auquel j'ai droit. Mais le pire reste à venir : un toubib me vire de la chambre en me traitant d'usurpateur. « Allez voir la vie parisienne ! »

Tu parles. Tout le monde est plus parisien que moi. Le monde entier est parisien. L'ouvrière chinoise qui fabrique des petites tours Eiffel au fond du Shanxi et le Malien clandestin qui les vend sur le trottoir du quai Branly, l'exégète d'Albert Camus ou Jacques Derrida et la danseuse de french cancan qui lève la patte du côté de Hambourg. Il n'y a pas plus parisienne que la Joconde et pourtant elle est italienne, Mona Lisa. Mon parisianisme ne vaut pas tripette. Voilà dix ans que je n'ai pas quitté le 14ᵉ arrondissement, le seul de la rive gauche où la Seine ne coule pas.

« Tu es absurde, me dit la femme écrivain.

— Je suis un étranger. Je ne rentrerai jamais chez moi. D'ailleurs j'ai reçu un avis d'expulsion.

— Alors tu me payes pas mon coup ?

— Je paie pas ton coup, je tire pas mon coup, nous n'en valons pas le coup.

— Dégage, trou du cul, tête de nœud, tire-toi d'ici. »

FIN HONORABLE

Relu ça dans *Lord Jim* à la librairie d'à côté : « Nous ne sommes ici-bas que par tolérance et condamnés à chercher notre route à la lumière de feux croisés, attentifs à chaque minute et à chaque pas irrémédiable, espérant que nous arriverons quand même à faire une sortie honorable — mais sans en être tellement sûrs malgré tout — et avec diablement peu de secours à attendre de ceux que nous coudoyons à droite ou à gauche ». Moins de courage que d'indifférence.

« Tout cela me concerne-t-il vraiment ?

— Quoi ? me demande le libraire.

— Moi, l'huissier, la biopsie. À quoi bon ? Ma mère, quand elle est morte, elle n'avait plus sa tête, mais si elle l'avait eue, qu'est-ce que j'en aurais fait, moi, de sa tête ? Et mes enfants, qu'est-ce qu'ils en ont à foutre, de la biopsie, de l'huissier et de moi ? L'ouverture de la Chine au marché provoque en ses provinces l'exode le plus grand que l'histoire humaine ait jamais connu, des jeunes Indiennes travaillent pour l'exportation seize heures par jour pour un salaire de quinze euros par mois. Dans le même mois, un mannequin ou un footballeur gagnent un million d'euros.

— Vous achetez le livre ?

— Non, je n'achète plus rien. »

RUE DE LA SANTÉ

Je suis repassé avec modestie dans le 14e arrondissement. Tant que j'étais sur le boulevard de Port-Royal, j'étais dans le soleil, large d'épaules, la tête haute, malgré les avanies de ma constitu-

tion, mais le bout de la rue de la Santé m'est tombé
dessus comme une encoche dans un tomahawk,
j'ai bifurqué dans cette gorge, *little big horn*. J'avais
à ma gauche les gens bien et à ma droite les gens
mal. J'éprouvais donc une certaine difficulté à ne
pas zigzaguer, tituber, valser d'un mur à un portail et d'un planton à un interphone. Heureusement que je ne passe pas tous les jours devant la
prison, parce que je ne peux pas m'empêcher d'y
entrer pour aller voir mon fils qui est logé là par
les hasards de l'existence, et il n'aime pas que je
vienne à tout bout de champ au parloir avec des
airs de vouloir le déloger. Pour moi, il garde toujours cet air consterné qu'il avait en déballant
sous le sapin son cadeau de Noël — un chouette
livre — alors qu'il escomptait une Playstation dernière génération. Il sait très bien que je n'aime
pas ça, le savoir là, mais il sait très bien aussi que
je n'aime pas le savoir ailleurs. Pour tout dire,
depuis qu'il est né, je n'ai jamais su quoi en faire,
de ce grand zig. C'est un garçon qui distingue per-
tinemment le bien du mal, mais qui soutient que
celui-là est plus nocif que celui-ci et que les promoteurs du bien universel ont fait plus de victimes
que les adeptes des mauvais coups. En d'autres
termes, il dit que les croisades, l'Inquisition, le
communisme et le colonialisme ont été plus généreusement meurtriers en toute bonne foi et au
nom de la loi qu'une poignée de vauriens sans foi
ni loi.

« Pourquoi tu viens ici, p'pa ?

— Je passais dans le quartier, fils.

— T'es malade ? C'est ton cancer ?

— T'inquiète pas, garçon.

— Je m'inquiète pas, p'pa. Je m'informe, c'est tout, tu te cramponnes.

— Je tiens le coup, grand.

— Je ne vois pas de quel coup tu parles, p'pa.

— On parle entre hommes, fils, ça fait du bien.

— L'ennui avec toi, p'pa, c'est que tu parles quand il n'y a rien à dire, et que tu ne dis plus rien quand on pose des questions.

— Je n'ai pas toutes les réponses, mon grand, les réponses, on vous les souffle pas comme ça.

— T'as jamais pris la vie du bon côté.

— Parce que t'as pris la vie du bon côté, toi ?

— Moi, je suis d'un côté, alors que toi, t'as toujours été à la rue. T'es l'homme de la rue, p'pa, un quidam. Personne fait attention à toi.

— Comment tu te sens ici ? La bouffe est chouette ?

— Je suis très bien ici, p'pa, personne ne peut me virer et personne ne veut prendre ma place.

— T'es un malin, fils, par les temps qui courent. Les gens perdent leur emploi, peuvent plus payer leur loyer, leur femme se tire, leurs garçons vendent de la drogue et leurs filles vendent leur cul, ils se retrouvent tous à la rue, les jeunes, les vieux, 48 % des Français ont peur de devenir SDF. T'as la bonne planque, fais pas le mariole…

— C'est pas rose tous les jours, p'pa, le Comité national d'éthique rapporte que la prison est un

lieu de régression, de désespoir, de violences exer-
cées sur soi-même et de suicides. Le taux de suicide y est sept fois plus important que dans la
population générale. La moitié des suicides con-
cerne des présumés innocents. La deuxième cause
de suicide est la prise de mesures d'isolement.

— Tu sais garçon, comme je te dis, dehors, c'est
pas non plus très fraternel. Ici au moins vous êtes
entre vous. C'est comme à Cochin ou Sainte-Anne,
ou chez les Ursulines. T'as vu ta mère ?

— Non.

— Eh bien moi je l'ai vue à la télé, dans une
émission littéraire. Ça avait l'air de marcher pour
elle : elle avait des chouettes cheveux rouges et des
collants panthère. Elle témoignait sur ses orgasmes, mais rien qui pût me compromettre.

— Tiens, pendant que tu as la bouche ouverte,
tu vas me rendre un service, sans vouloir te commander, tu connais le café jaune plus bas, à deux
pas du boulevard, au niveau du métro ?

— Je connais sans connaître, c'est pas ma cantine.

— Ils ont un garçon, il s'appelle Willy, tu lui
demanderas le colis que je lui ai confié, et tu le
planques en attendant.

— En attendant quoi ?

— Discute pas.

— C'est tout, fils ?

— Rien d'autre, p'pa, et pas de conneries. »

C'est fou ce que ce garçon a pu prendre comme
assurance. Lui qui laissait sa place aux autres sur

le toboggan, je le vois qui s'éloigne en dominant les deux matons d'une tête. Une sorte de Roi-Soleil. Enfin, un soleil qui serait à l'ombre. Mais avec le réchauffement de la planète, il n'est peut-être pas plus mal là qu'ailleurs, en attendant.

« Mais en attendant quoi ?

— On peut attendre sans rien attendre, tête de nœud, m'a répondu le maton, dégage, trou du cul. »

Une fois dehors, je regarde la vie en face et je ne me vois pas là-dedans et je me laisse gagner par une sorte de perplexité, voire une mélancolie semblable à ce pincement au cœur que je ressentais après avoir laissé mon fils, lui ou sa sœur, le matin chez sa nourrice, une brave femme sans doute, souvent débonnaire, mais assurément perverse.

À bien y réfléchir, j'ai toujours abandonné mes enfants. Je leur ai laissé la précarité en héritage, c'est pas mal la précarité, pour celui qui aime les surprises. Un jour, il l'aura sa Playstation. Si j'avais de l'argent, je lui paierais tout de suite, je lui ferais un colis. Mais je n'ai pas d'argent, je n'en veux pas, je n'en mérite pas. Si j'en voulais, ce ne serait pas ici. Ici les gens n'ont pas seulement tout, ils savent aussi s'en servir. Ils savent même se servir de vous. Ils se serviraient même de mon garçon, s'il avait une utilité quelconque.

RUBAFIX

Le mur de la prison m'a semblé encore plus haut et plus long qu'à l'aller, ou bien le ciel semblait plus bas.

Il était une heure quand je suis repassé sous le métro aérien. Il y avait du monde au bistrot, des Africains qui mangeaient des spaghettis roses entortillés en vrac dans leur assiette comme des poignées de neurones compliqués. On croit souvent que les Africains sont gais, mais ceux-là étaient tristes. Il n'y avait que la patronne qui se marrait, une Blanche aux cheveux rouges, avec des collants zébrés, elle dansait derrière son comptoir. Je crois qu'il lui manquait la moitié des dents mais je ne voyais que d'un œil à cause de la fumée. J'ai demandé Willy, en murmurant comme si j'allais passer un moment coquin avec lui. J'ai expliqué laborieusement mon affaire à ce Willy, qui ne répondait rien parce que la patronne m'a confié qu'il avait eu les cordes vocales et quelques côtes tranchées à Kigali en 1994. Willy m'écoutait en me fixant bien dans les yeux comme si je lui avouais enfin que j'étais responsable du massacre de sa famille et de toute son ethnie, en ma qualité de commandant en chef du contingent français ayant protégé dans leur fuite les miliciens hutus qui ont génocidé à la machette et au tournevis huit cent mille Tutsis. La patronne semblait partager son avis, elle ne riait plus du tout. Willy a disparu pour

revenir avec un paquet saucissonné avec du Ruba-
fix. Il a mis le paquet dans un pochon en plastique, puis dans un sac Nicolas. Il a posé tout ça sur
le comptoir et j'ai encore pensé à mon garçon
dépiautant ses paquets sous l'arbre de Noël. Il
m'a semblé courtois de commander une bière et
d'en proposer une à Willy et la patronne m'a dit :
   « Dégage, trou du cul, on t'a assez vu.
   — Oui, on t'a assez vu, a enchaîné Willy, dégage
ou je te vide comme un poulet. »
   J'ai pensé que j'étais déjà vide mais je ne suis
pas entré dans la polémique.

ÉPISODE

   Je suis revenu en traversant Sainte-Anne — c'est
un raccourci et une promenade paisible. On dirait
un gros couvent avec des tennis, des arcades, des
statues équestres ou pas, un jardin romantique et
une chouette cafétéria qui pratique des prix abor-
dables. De plus, ma fille y est artiste, à certaines
heures. Elle a été longue à trouver sa voie. Quand,
à treize ans, elle est devenue mutique et anorexi-
que, j'ai bien cru qu'elle s'orienterait vers le novi-
ciat, mais c'est alors qu'elle nous est revenue avec
des cheveux rouges et la bouche noire, des collants en résille et des chaussures de parachutiste.
Elle était inséparable de sa copine Fred qui avait
la même face blafarde de gargouille, tatouée de
diables agressifs et piercée des sourcils aux lèvres

de clous à tête carrée. Si bien que quand Fred a
sauté du quatorzième étage en face de chez nous,
j'ai d'abord cru qu'elles étaient deux, mais à
l'époque je voyais double. Maintenant j'y vois
clair, je vois simple, je vois les choses comme elles
sont. Je crois que c'est ma fille qui a poussé Fred,
comme on repousse un mauvais génie. Ma fille
n'était donc pas si folle, mais elle l'était quand
même assez pour qu'on l'interne et qu'on lui
garde sa chambre ici depuis cinq ans.

« Folle, ça n'existe pas, m'a-t-elle dit la dernière
fois, je suis paranoïaque, à cause de toi. Je n'ai pas
pu sublimer en pulsion sociale valorisante mon
désir homosexuel que tu n'as jamais pris en compte.
Tu n'as jamais accepté que Frédérique soit ma
sœur parce qu'alors, ton attirance pour elle aurait
été incestueuse.

— Je n'étais pas son père. »

On avait eu comme ça une discussion plutôt
intéressante, je veux dire par là qu'elle dépassait
largement les grimaces dégoûtées et vociférations
monosyllabiques auxquelles s'était réduit notre
dialogue père-fille. À présent, elle faisait du théâtre en milieu psychiatrique. S'il y avait eu un public,
elle lui aurait tourné le dos, et si elle avait eu un
texte à dire, elle se serait méfiée des oreilles espion-
nes. Mais il n'y avait ni texte ni public, juste un
metteur en scène qui, d'ailleurs, n'avait pas de
scène. Toujours est-il que ma fille avait trouvé
sa voie et si d'aucuns peuvent dire que c'est une
impasse, que peuvent-ils dire de leur propre voie.

J'avais une grande envie de consoler ma fille et lui dire que sa petite impasse était plus belle que les plus larges autoroutes. Je savais où la trouver, elle avait l'habitude de se cacher derrière un gros arbre pour jeter des pierres aux oiseaux. Je n'ai rien d'un oiseau, pourtant, quand elle m'a vu, elle a poussé un grand cri et m'a jeté une poignée de gros cailloux. Je crois qu'elle m'avait reconnu. Du moins, elle a reconnu un homme. Elle déteste ça, le violeur potentiel. C'est comme ça surtout depuis son épisode non psychiatrique il y a un an, elle allait mieux, elle avait repris ses études et même trouvé un job de caissière pour se les payer, parce que j'étais sans emploi, à l'époque, mais le patron lui répétait qu'elle était conne et grosse, une grosse salope et une grosse conne, toute la journée, derrière ses moustaches, alors elle a quitté ce job pour se prostituer en intérim et ça l'a dégoûtée, cette promiscuité masculine, le non-respect de la personne humaine et l'atteinte à la dignité féminine. Moi-même, je n'étais pas si fier. J'ai battu en retraite et quand je me suis retourné, je ne la voyais plus mais l'arbre était secoué de tremblements. L'arbre convulsait et hurlait : « Dégage tête de nœud, trou du cul, casse-toi d'ici, va fouiller ta merde. » Un psychiatre m'a pris par le bras en me dévissant l'épaule et je lui ai demandé s'il y avait encore des chambres libres. Il a rigolé, parce qu'on vidait les hôpitaux psychiatriques pour remplir les prisons. J'ai pensé au regroupement familial et j'ai eu envie de rentrer chez moi.

J'ai quitté l'enceinte de l'hôpital en pensant à mon père, général en chef de la classe moyenne, qui n'a jamais connu ses petits-enfants, mais a toujours eu foi dans le progrès social et la grande chaîne de la vie. Il disait aussi qu'il faut faire de bonnes études, avoir un bagage dans la vie sans se pousser du col, et se trouver une planque dans la fonction publique.

LES AUTRES

Je n'avais rien fait pour arranger mon anémie. Je ne savais même plus si j'avais fait une biopsie à Cochin ou à Sainte-Anne une *biopsy*. Ce genre de détail orthographique pouvait me tourmenter, me tracasser, me perturber au plus haut point. Je n'aurais pas dû marcher sur la tête. De jeunes racailles ont perçu ma faiblesse : « T'es malade ou t'es déjà mort ? Qu'est-ce que tu faisais chez les fous ? Pourquoi tu traînes devant la prison ? Pourquoi tu ne rentres pas chez toi ? » Ils m'ont traité de sale Français, ils devaient être arabes ou noirs, j'ai un problème avec les couleurs. J'ai dit que j'étais passé devant l'hôpital, le couvent, l'asile et la prison, certes, et que j'avais entendu pleurer les murs, mais je n'avais rien vu. Il n'y a rien à voir rue de la Santé. Nulle part. J'aurais pu passer devant des vitrines, des brasseries, des cafés, je n'aurais rien vu. Ça aurait brillé, ça aurait ri là-dedans, oui, mais je serais passé. J'ai pas d'argent, rien à vendre ni à donner. Je suis fatigué. Quand je sors, je deviens claustrophobe. Dehors pas chez moi. Chez moi c'est plus grand que dehors. Cette ville est une ville morte, comme on dit une langue morte. Tombée en désuétude. Rien ne vit. Les gens sont de plus en plus minces. Ils ont l'épaisseur d'un veston léger, d'un collant en lycra, d'un jean troué, d'un DVD. Je dis à ces connards de jeunes que je ne les entends pas, je ne les vois pas, je ne sais même pas qu'ils sont là tous les jours à dealer, à emmerder, à attendre en attendant que la vie les attende. La vie n'attend personne. Ils n'existent pas. Ils sont des sous-merdes. Je leur dis ça parce qu'Hassan, le jardinier, est derrière moi, avec une grande fourche, et qu'il est strict sur le règlement. Il n'aime pas voir des pré-délinquants fumer dans son jardin, dormir sur les pelouses ou défier les passants honnêtes. « Ça va ? » me demande-t-il.

Je ne lui dis pas que je sors de l'hôpital, il s'en fout. Je lui dis que ça va. Il me parle du jardin. Je m'en fous. Je me demande ce que pensent les jeunes. Ils ne pensent pas, ils attendent, ils repoussent. Je ne sais pas non plus ce que pensent les Arabes, on ne sait jamais ce qu'ils pensent, ils ne pensent pas, ils prient. Hassan jardine, mais en priant, peut-être, ou bien il prie en jardinant. Allez savoir. Je ne sais pas non plus ce que pensent les femmes, elles causent, mais est-ce qu'elles pensent ce qu'elles disent, ou disent ce qu'elles pensent ? Et quand elles pensent, elles ne pensent pas à moi mais à Brad Pitt ou George Clooney, je vois bien. J'appelle pas ça penser. De toute façon, mes agresseurs, ils ne sont ni noirs ni arabes ni jeunes, c'est juste des abrutis. On ne sait pas ce que pensent les abrutis. Un sanglier, un tigre ou un serpent, même un moustique, on peut imaginer, mais un abruti ? Il pense à lui. Il ne pense pas aux autres. Moi non plus, je ne pense pas aux autres, mais au moins j'essaie de penser pour les autres. J'entends pleurer les murs. Je ne pisse pas sur les murs des prisons, je ne tague pas les murs des hôpitaux. Soudain je me rends compte que je suis dans les bras d'Hassan, comme une vieille tarlouze qui sanglote à gros bouillon. C'est l'anémie. Il paraît qu'elle a un effet vasodilatateur sur les canaux lacrymaux. Hassan est très embarrassé, parce que c'est un homme pudique. « Vous devriez rentrer chez vous. »

Je lui dis que les jeunes m'en empêchent l'accès. Il les chasse d'un revers de main, comme des mouches. On dirait qu'il a fait ça toute sa vie, chasser les jeunes cons comme des mouches. « Je les connais, dit-il, ils ne sont pas méchants. » Je hoquette que c'est exactement ce que je dis à mes enfants à propos des sangliers, des serpents et des tigres, ils ne sont pas méchants, mais cela posé, il n'est pas déplaisant de voir un grillage, un mur, un océan et quelques forêts vierges entre eux et vous.

Les jeunes me menacent derrière le dos d'Hassan, ils me traitent, ils traitent ma mère et mes enfants jusqu'à la septième génération, ils disent qu'ils vont me faire la peau. Ils ont dans leurs fal-zars soit des grosses bites soit des grands couteaux, mais c'est la même humiliation de ma personne humaine.

« Laisse tomber, dit l'un d'eux, il est nase, va te finir, me lance-t-il, on ne joue pas avec les morts.

— Ne les écoutez pas, dit Hassan, ils jouent avec n'importe quoi. »

ASCENSEUR

Dans l'ascenseur un voisin, souffle bloqué, visage fermé. Il regarde vers moi tout en regardant ailleurs. C'est un peu comme si on se tournait le dos en s'imposant un face-à-face sans complaisance. Il a l'air d'avoir trente ans, le teint frais, rose. Chaque nouvelle génération est une invasion, une immi-gration récente qui cherche moins à s'intégrer qu'à me désintégrer. Nous n'avons rien à nous dire et nous ne le disons pas. Tiens, il a un petit bouton sur la lèvre, c'est humain. Un, deux, trois, quatre, les étages défilent sans dire ce qu'ils cachent comme les murs rue de la Santé. Le voisin n'a pas bougé un cil. Moi non plus. Je regarde le bouton sur sa lèvre. Nos corps sont proches. Il n'y a rien entre nous. En me disant cela, je ne sais pas si je veux dire que rien ne nous sépare, ou bien qu'il n'y a rien de commun entre nous. Je peux voir son visage comme s'il était le sphinx, énorme, ou la

Joconde, chaque détail, mais un très grand mystère. Je ne crois pas beaucoup en l'existence de
Dieu mais l'existence de l'homme reste à prouver.
Beaucoup d'absence dans tout ça. J'ai bien envie
de lui tripoter son bouton pour en vérifier la maté-
rialité. L'ascenseur s'arrête au cinquième et le
voisin descend en me saluant sans sourire. Je
l'emmerde, moi, ce trou du cul.

ATTENDRE QUOI ?

Chez moi. C'est le dernier étage ; au-dessus, c'est
le ciel. Je m'y sens en vacances, en transit — à
l'écart du monde et de la vie. J'y suis plus proche
du ciel que de la rue. Le monde est enfermé dehors.
Je vois le monde à la télévision, il a la consistance
d'un écran plasma, de belles couleurs, souvent, il
y a une musique de fond, pour embrouiller les
commentaires.

J'ai eu tort de sortir. Sans le système médico-
social français qui permet l'accès aux soins gratuits, je ne serais jamais sorti de chez moi, au prix
du scanner, de la fibro, de la colo, de l'échogra-
phie et du simple conseil d'ami.

« Tu en as mis du temps, dit Sarah, qu'est-ce que
t'as fait ?

— Quand ? Rien. »

(C'est vrai, presque rien, c'est tout autant dire
peu et mal fait, mais après tout, loin déjà fait presque et mal fichu, mais après tout ailleurs caché ou

bien caché ici tapi dedans, mais désaffecté tout
comme dévitalisé, alors ce soir plus rien, non merci,
repu, quelques pas encore oui, plutôt, de préférence en ville sans les saisons qui tombent, avec le
bruit et le dos de la foule et le derrière des murs
et déjà rentrer dormir, sans doute, ou bien manger parler un peu seul, ou pas, regarder la télévision et puis l'éteindre et dire quelque chose toujours
la même à propos d'aller dormir, enfin avant
d'aller ou rester, prendre mal d'une fenêtre mal
fermée ou bien ombrage d'un arbre, là, dehors la
nuit, mal, et peur des géants d'abord, ensuite des
nains et toutes sortes d'insectes volants et rampants
en grand nombre et de langue étrangère, mais pas
plus qu'une traduction hâtive de l'idée qu'on se
fait, furtive, avec nuage et tourbillon, donc, à saisir avec une certaine précaution avant d'en faire
son miel, à l'encontre de l'entourage des formes
et du bruit dans la maison joyeusement, peut-être,
mais quand même un peu toujours la même chose
joyeuse édentée, c'est-à-dire assez peu, autant
dire presque rien à côté des deux bourdons dans
l'oreille gauche et l'oreille droite et de la taie sur
l'œil d'abord, et puis la surdité et le glaucome le
lendemain une ankylose des extrémités et de la
bouche et l'extinction des feux de l'amour jusqu'au
dégoût de bouger, et dire l'essentiel minimum
sans parler de la peine et la fatigue vaines et naï-
ves parce que, bon tout ça pour quoi, encore que
dire sinon prévenir une fois de plus de quoi, qui
ne fût déjà arrivé tous les jours et avant les jours

d'une absence ou présence nécessaire ou faculta-
tive à la bonne marche des troupes ou l'arrêt des
hostilités comment savoir sans préjuger des capa-
cités d'inquiétude ou désolation générant des
réactions de joie des explosions de haine, mais je
devrais déjà dormir être allé ou resté dormir ici
ou là, dans le même état de chose morte ignorante
ignorée.)

« Rien ? Pas de nouvelles, bonnes nouvelles. Tu
as acheté du vin chez Nicolas ?

— Du meursault.

— C'est quoi le colis saucissonné par du Ruba-
fix ?

— C'était ce matin dans la boîte aux lettres.
Ça doit être l'iPod que tu as commandé sur eBay
pour l'anniversaire de Chloé.

— Chouette. Tu n'as pas vu mon collant léopard ?

— Tu t'es fait une nouvelle teinture ?

— Oui, pour me détendre, je suis passée à la
banque à cause de cette histoire de loyer impayé,
c'est une histoire de fous.

— C'est toujours des histoires de fous.

— "Nous n'avons jamais été aussi seuls, fusion-
nés dans la même folie, égarés dans un monde qui
a la consistance d'un fantasme, ça nous angoisse
à en mourir." J'ai lu ça dans le bouquin des Dar-
denne, je vais écrire quelque chose là-dessus.

— Tu as la chance de pouvoir encore écrire. »

(Moi, je suis juste bon à attendre les résultats de
la biopsie. C'est comme attendre le verdict. Dix

ans, vingt ans ? Quelques semaines ? Et en même temps je m'en fous. Je n'y peux rien. C'est joué.)

« Où sont les gosses ?

— Julien joue à la Playstation et Chloé dort chez sa copine. »

(Je n'ai aucun pouvoir sur leur vie. Là ou pas là, c'est idem. J'ai pataugé toute la journée alors que la rue était droite. J'ai merdé, j'ai failli, je ne sais pas ce que j'ai failli, j'ai failli faire quelque chose que je n'ai pas fait. J'ai pas assez souri, j'ai fait la tronche toute la journée, c'est pas ce qu'on appelle une fin honorable.)

« Tu auras quand les résultats ?

— Je m'en fous.

— Parle plus fort, je suis sous la douche. »

Personne ne fait attention à moi avec ma tête de nœud et mon trou du cul. Le monde tourne. Les femmes s'épanouissent. La Chine rattrape son retard. Je sors sans attendre. Attendre quoi ?

FERMETURE

Il fait froid, nuit. Rue d'Alésia déserte. Volets fermés. Bar-tabac éclairé. Je suis dans ce bistrot tout en bas des rues Glacière et de la Santé, qui est diffuse, la nuit, non éclairée. Les murs mangent la noirceur du ciel. Des lampadaires très faibles, anémiques, éclairent des barbelés. La rue est pleine de meurtres, de crises de démence, de maladies nosocomiales rampantes et toute une contagion délibérée. Une menace d'épidémie, la gangrène. Des mauvais coups. Tout est maintenu là, zone d'ombre, comme une centrale atomique. On a l'impression qu'il va se passer quelque chose, enfin.

Je lis, un polar d'Albert Camus. Lire et écrire pour soi sans compter pour les autres, c'est une façon d'être français, être un zéro de A à Z. Donc je lis *L'Étranger*. Je suis cet étranger. C'est une façon d'être en dehors du coup, d'être là par hasard, en transit.

« Dégage, me dit le patron, on va fermer. T'as assez lu, tête de nœud.

— Je finis ma page, chef. »

J'ai fait un pas, un seul pas en avant. Et cette fois, l'Arabe a tiré son couteau qu'il m'a présenté dans le soleil. La lumière a giclé sur l'acier et c'était comme une longue lame étincelante qui m'atteignait au front. Tout mon être s'est tendu et j'ai crispé ma main sur le revolver. La gâchette a cédé, j'ai touché le ventre poli de la crosse et c'est là que tout a commencé.

La lumière s'est éteinte, le bistrot a fermé. Tout a fermé. J'ai fini de vivre pour aujourd'hui. Je ne saurai jamais ce qui a commencé.

I

VILLE LUMIÈRE, VILLE TÉNÈBRES

Toutes les destinations en **Folio policier**

Cathi Unsworth présente **Londres Noir** :
Barry Adamson, Desmond Barry, Dan Bennett, Ken Bruen, Max Décharné, Joolz Denby, Ken Hollings, Stewart Home, Patrick McCabe, Joe McNally, Mark Pilkington, Sylvie Simmons, Jerry Sykes, Cathi Unsworth, Martyn Waites, Michael Ward et John Williams.
Alcool, extravagance, drogue et rock, tel est le quotidien des musiciens ratés, des punks ou skinheads, et des filles paumées qui hantent la capitale britannique.

Denise Hamilton présente **Los Angeles Noir** :
Michael Connelly, Robert Ferrigno, Janet Fitch, Denise Hamilton, Naomi Hirahara, Emory Holmes II, Patt Morrison, Jim Pascoe, Gary Phillips, Scott Phillips, Neal Pollack, Christopher Rice, Brian Ascalon Roley, Lienna Silver, Susan Straight, Héctor Tobar et Diana Wagman.
De Mulholland Drive à Los Angeles River, de Pacific Palisades à Los Feliz, pénétrez dans les bas-fonds de cette ville tentaculaire, cette Cité des anges où se fracassent tant de rêves...

Aurélien Masson présente **Paris Noir** :
Salim Bachi, Didier Daeninckx, DOA, Jérôme Leroy, Dominique Mainard, Laurent Martin, Christophe Mercier, Patrick Pécherot, Chantal Pelletier, Jean-Bernard Pouy, Hervé Prudon et Marc Villard.
Douze auteurs pour découvrir douze façons d'arpenter les trottoirs parisiens.

DANS LA MÊME SÉRIE

Chez Asphalte éditions

Dans la collection Asphalte Noir

Aurélien Masson présente PARIS NOIR, 2010. Folio policier n° 655.

Denise Hamilton présente LOS ANGELES NOIR, 2010. Folio policier n° 653.

Cathi Unsworth présente LONDRES NOIR, 2010. Folio policier n° 654.

Tim McLoughlin présente BROOKLYN NOIR, 2011.

Chiara Stangalino et Maxim Jabukowski présentent ROME NOIR, 2011.

Paco Ignacio Taibo II présente MEXICO NOIR, 2011.

Hirsh Sawhney présente DELHI NOIR, 2012.

Adriana V. López et Carmen Ospina présentent BARCELONE NOIR, 2012.

COLLECTION FOLIO POLICIER

Dernières parutions

308.	José Giovanni	*Le deuxième souffle*
309.	Jean Amila	*La lune d'Omaha*
310.	Kem Nunn	*Surf City*
311.	Matti Y. Joensuu	*Harjunpää et l'homme-oiseau*
312.	Charles Williams	*Fantasia chez les ploucs*
313.	Larry Beinhart	*Reality show*
315.	Michel Steiner	*Petites morts dans un hôpital psychiatrique de campagne*
316.	P.J. Wolfson	*À nos amours*
317.	Charles Williams	*L'ange du foyer*
318.	Pierre Rey	*L'ombre du paradis*
320.	Carlene Thompson	*Ne ferme pas les yeux*
321.	Georges Simenon	*Les suicidés*
322.	Alexandre Dumal	*En deux temps, trois mouvements*
323.	Henry Porter	*Une vie d'espion*
324.	Dan Simmons	*L'épée de Darwin*
325.	Colin Thibert	*Noël au balcon*
326.	Russel Greenan	*La reine d'Amérique*
327.	Chuck Palahniuk	*Survivant*
328.	Jean-Bernard Pouy	*Les roubignoles du destin*
329.	Otto Friedrich	*Le concasseur*
330.	François Muratet	*Le Pied-Rouge*
331.	Ridley Pearson	*Meurtres à grande vitesse*
332.	Gunnar Staalesen	*Le loup dans la bergerie*
333.	James Crumley	*La contrée finale*
334.	Matti Y. Joensuu	*Harjunpää et les lois de l'amour*
335.	Sophie Loubière	*Dernier parking avant la plage*
336.	Alessandro Perissinotto	*La chanson de Colombano*
337.	Christian Roux	*Braquages*
338.	Gunnar Staalesen	*Pour le meilleur et pour le pire*
339.	Georges Simenon	*Le fils Cardinaud*
340.	Tonino Benacquista	*Quatre romans noirs*
341.	Richard Matheson	*Les seins de glace*

Composition Nord Compo
Impression Novoprint
le 20 mars 2012
Dépôt légal : mars 2012

ISBN 978-2-07-044510-3/Imprimé en Espagne.